푸른 뱀

김대갑 장편소설

차례

1장   니샤와 카오 • 6
2장   스피카 • 58
3장   별신굿 • 110
4장   청사포 • 140
5장   남지 2호 • 190
6장   그녀, 여주 • 248
7장   에필로그 • 278

작가의 말 • 282

1장

니샤와 카오

1

 방 안에 전단향이 가득하다. 처음에는 강하면서도 그윽하지만 시간이 지남에 따라 부드럽고 섬세하게 변해가는 향훈이다. 제단 위에서 물안개처럼 흘러나오는 그 향은 상쾌하면서도 어딘가 중후한 느낌도 들었다. 가슴에 오련하게 전해져 오는 향을 맡으며 니샤는 진지한 태도로 경배를 올렸다. 깊은 밤이었다.
 그녀의 집안 곳곳에는 온통 신비롭고 환상적인 분위기가 흘러 다녔다. 출입구 맞은편에 설치된 제단에는 향로를 중심으로 양옆에 대리석으로 만든 작은 조각품이 놓여 있었다. 오른쪽에는 크리슈나 신의 형상물이, 왼쪽에는 가네샤 신의 형상물이 고요히 자리 잡았다. 또한 제단 위 벽에는 두 신을 그린 커다란 유화가 웅혼한 자태를 자랑했다.

코끼리 머리에 네 개의 팔을 가진 가네샤 신. 온갖 장애를 없애주고 행운을 가져다주는, 또한 역경을 헤쳐나갈 수 있는 슬기를 주는 신이다. 검푸른 피부를 가진 크리슈나는 왼손에 인도식 피리인 반수리를 들고 있고 오른손으로는 우주의 중심을 돌리고 있다. 그는 인간계와 천상계를 아우르는, 운명을 다스리는 신이었다.

니샤의 조상은 인도에서 마에섬으로 이주한 사람들이었다. 세이셸 사람 중에는 아프리카 흑인 노예와 유럽 백인과의 혼혈종인 크레올족이 제일 많았다. 그 외 인도와 일본, 중국에서 이주한 사람들도 살았다. 세이셸공화국은 마에와 프랄린, 큐리어스를 비롯한 115개의 섬을 품에 안고 있는 인도양의 작은 섬나라였다.

비대한 몸집의 크레올 여인과는 달리 날씬한 몸매를 가진 그녀는 사흘 내내 슴바양의 제단에 향불을 피우며 숭고한 의식을 치르고 있었다. 긴 생머리에 뚜렷한 이목구비, 수정 같은 눈동자에 연한 갈색의 피부를 가진 니샤는 전형적인 인도 미녀였다.

그녀는 왜 자신이 이렇게 오랫동안 제단 앞에 있는지 잘 알지 못했다. 그저 사흘 전, 그렇게 해야 한다는 의식이 강하게 몰려왔고 그것에 따라 제의를 올리고 있을 뿐이었다. 니샤는 그윽한 전단향에 취해 눈을 감았는데 어떤 기의 흐름이 바투 다가오는 것을 느꼈다. 눈을 뜨자, 점성술사였던 할머니가 그녀 앞에 환영처럼 나타났다. 화려한 분홍빛의 살와르 카메즈에 푸른색 사리를 걸친 할머니는 오른손을 뻗어 제단 오른쪽의 장식장을 가리키고는 순식간에 사라졌다. 니샤는 꿈인지 현실인지 몽롱한 상태에서 제단 옆에 있는 그것을 유심히 살펴보았다.

장식장 위에는 백과사전처럼 보이는 두꺼운 책과 작은 나무 상자, 각종 장신구들, 반수리와 쉐나이, 나침반이 놓여 있었다. 반수리는 일자형의 대나무로 만든, 깊고 풍부한 저음이 매력적인 악기였다. 반면에 쉐나이는 높고 웅혼한 고음의 악기였으며 끄트머리가 나팔처럼 벌어진 구조였다. 코브라를 불러 모으는 전통 악기 '풍기'에서 유래한 것이었다. 그 물건 중에서 유독 눈에 띄는 것은 푸른색 테두리를 가진 나침반이었다.

니샤가 장식장으로 다가가자, 나침반의 바늘이 빙빙 돌아갔다. 그녀는 무아지경에 빠져 바늘의 움직임을 내려다보았다. 꿈을 꾸고 있는 사람의 눈동자가 희미하게 떨 듯 바늘은 신비롭게 진동했다. 코코넛 나무 판재로 만든 벽의 틈새로 연약한 바람이 불어왔다. 일렁이는 촛불이 그녀의 그림자를 바닥과 벽에 길게 드리웠고 니샤는 나침반을 양손으로 소중히 잡았다. 그녀는 나침반과 쉐나이를 들고 제단 맞은편에 있는 출입구로 천천히 걸어갔다.

일 층으로 내려가는 나무 계단을 밟다가 니샤는 잠시 하늘을 쳐다보았다. 흐린 밤하늘은 어둠과 무게감으로 가득했으며 마치 세상의 모든 슬픔과 걱정, 불안이 쌓여있는 것처럼 보였다. '저 밤하늘 너머에도 별이 숨어 있겠지. 어둠 속에서 반짝이며 빛과 소망을 주는.' 그녀는 숨을 한번 들이마시며 나침반을 내려다보았다. 바늘은 다시 한번 요동치는가 싶더니 정확히 북동쪽을 가리켰다. 그곳은 마에섬 보발롱 해변의 끝자락이었다. 니샤는 맨발로 천천히 발걸음을 내디뎌 해변으로 걸어갔다. 곧이어 그녀의 발에 푹신한 모래의 감촉이 전해져 왔다.

자박자박. 그녀가 발을 내디딜 때마다 모래가 발바닥 양쪽으로 밀리면서 작은 비명을 질렀다. 어느새 니샤는 나침반이 가리키는 모래사장의 구석진 곳에 도착했다. 그녀가 주변을 둘러보니 온통 검은 황금색으로 가득 차 있었다. 별 몇 개가 밤하늘에 희미하게 빛나고 있었고 달은 구름에 가려 빛을 발하지 못했다.

무서우리만치 어두운 가운데 그녀의 눈에 노란색 잔영이 희미하게 들어왔다. 잔영은 물결 따라 바다로 나갔다가 모래사장으로 밀려오기를 반복했다. 멀리 수평선에서 바람이 불어왔다. 구름이 걷히는가 싶더니 갑자기 밤하늘에 별들이 화려하게 나타났다. 덩달아 수평선 위로 붉고 노란 달이 구름을 젖히고 떠올랐다. 비로소 니샤는 노란색 잔영이 한 무더기의 라이프 재킷인 것을 알게 되었고 그 위에 어떤 남자의 형상이 있는 것을 알게 되었다.

그녀는 허리를 숙여 라이프 재킷을 힘겹게 모래사장으로 끌어당겼다. 족히 대여섯 개는 되어 보이는 재킷은 줄로 엮어 있었다. 엎드려 있는 남자는 미동도 하지 않았다. 그의 옆에는 푸른색 배낭이 바특하게 놓여 있었다. 그것을 만지는 순간, 강한 전율이 그녀의 몸으로 밀려왔다. 니샤는 오묘한 감정에 이끌려 쉐나이를 연주했다. 높고 은은한 소리가 검은빛으로 반짝이는 바다 위로 퍼져갔다.

니샤는 쉐나이가 발산하는 소리에 맞춰 따뜻한 기운이 그녀와 남자 주변에 맴도는 것을 느낄 수 있었다. 그 기운은 하늘로 솟구치기도 했고 지상으로 내려오기도 했다. 니샤는 눈을 감고 두 팔을 벌려 마치 그 기운을 안아 드는 듯한 자세를 취했다. 재킷 위에 있던 남자의 형상이 서서히 일어섰다. 멀리, 칠월의 밤하늘에 수많은 별이 반짝였고 니샤는 비트적비트적 걷는 그 남자와 함께 집으로 돌아갔다.

2

"니샤, 내가 죽은 거야, 살아 있는 거야?"

코코넛 나무 의자에 앉아 코발트블루의 바다를 쳐다보던 카오가 나지막이 중얼거렸다. 태양 빛에 그을린 사각형 얼굴을 가진 그는 헐렁한 티에 툽툽한 바지 차림이었다. 왼쪽 눈이 부자연스럽게 움직이는 것이 어딘가 불편해 보였다. 그의 등 뒤에 서 있는 니샤의 몸에서 엷은 향훈이 부드럽게 흘러나왔다. 인도양의 소금기에 섞인 그 향은 자극적이지도 연하지도 않은 은은한 것이었다. 커다란 꽃이 그려진 원피스에 연하늘색 카디건을 걸친 니샤. 카오는 그녀의 몸에서 나오는 향을 맡으면 늘 편안했다. 말없이 서 있던 그녀는 흐리마리한 미소를 지으며 대답했다.

"그게 무슨 상관이지? 그대는 지금 인도양의 수평선과 놀을 보고 있는데."

"그렇군. 나는 지금 붉은 놀을 보고 있군."

그가 쳐다보는 서쪽 하늘에는 붉은색과 노란색이 얽히고설킨 채 일망무제처럼 펼쳐져 있었다. 흰 포말과 붉은 포말을 번갈아 보여주는 파도는 한 마리의 거대한 동물과 같았다. 그것은 상앗빛 모래를 할퀴기도 했고 때로는 바다 쪽으로 쓸고 가기도 했다. 놀이 수평선 뒤로 완연히 물러가자 바다는 차츰 흑다이아몬드처럼 변해갔다. 세이셸 마에섬의 보발롱 해변에는 검은 공기가 사방에 떠돌아다녔다.

"곧 별이 찬란하게 보이겠군. 살아있기도 하고 죽어 있기도 한."

"그래. 영원하면서도 허망한 존재, 바로 별이지."

"저 별이 무척 밝게 빛나는군."

카오가 손가락으로 남서쪽에 유독 밝게 떠 있는 별을 가리키며 말하자 니샤가 설명했다.

"처녀자리의 스피카야. 이맘때면 무척 밝게 빛나는 별이지. 지하의 신, 하데스의 아내인 페르세포네가 손에 들고 있는 보리 이삭. 그래서 저 별은 생명과 수확을 상징하는 거야."

"스피카… 희미하게 기억나는 것이 있어. 바람이 부는 언덕에서 누군가와 함께 저렇게 밝은 별을 본 것 같아. 밤하늘의 제왕처럼 그 별은 빛나고 있었지."

"카오, 가장 위대한 잠언은 있는 그대로의 자연이야. 저 스피카는 다섯 개의 별로 빛나고 있어. 밤하늘에 하나, 그 밤하늘을 투영하는 바다에 하나, 그리고 그대 눈동자와 나의 눈동자에 하나씩."

"나머지 하나는 어디에 있지?"

"그대의 마음속에 또 하나가 있지."

카오는 니샤의 말에 희미한 미소를 지으며 천천히 고개를 끄덕였다. 잠시 후, 밤의 정적을 깨는 니샤의 쉐나이 소리가 들려왔다. 그녀가 즐겨 부르는 쉐나이는 높으면서도 중후한 소리를 내며 별들 사이로 떠다녔다. 이 소리에는 영과 혼이 담겨 있다고 말하며 니샤는 힌두교 제사를 지낼 때마다 쉐나이를 연주하곤 했다.

카오가 힘겨운 몸짓으로 의자에서 일어나려고 하자 니샤가 오른손으로 그의 왼팔을 잡아주었다. 그들은 모래사장에 발자국을 남기며 코코넛 나무가 병풍처럼 둘러쳐진 곳으로 걸어갔다. 나무 사이에서 자늑자늑한 바람이 불어왔다. 그들이 사는 곳은 코코넛 나무 뒤에 있는 작은 나무집이었다.

그는 왼쪽 다리를 절었다. 그와 엇비슷한 키를 가진 니샤. 흑단처럼 검은 그녀의 머리칼에 별빛이 내려앉았다. 보발롱 비치는 바다를 따라 바나나처럼 길게 곡선을 그리고 있었다. 세계에서 가장 길다는 그 해변에는 파우더처럼 푸슬푸슬하고 고운 모래가 투명한 빛을 내었다.

*

하얀색 치마와 저고리를 입은 여인이 바닷가 바위에 서서 구슬픈 노래를 부르고 있다. 파란 머리띠를 맨 여인은 양손에 든 붉은 꽃과 노란 꽃을 허공에 휘젓고 있다. 그녀의 오른쪽에 앉은 사내들이 하얀 두루마기를 입은 채 징과 꽹과리, 북과 장구를 두드렸고 어떤 사내는 가늘고 높은음을 내는 태평소를 불었다. 여인이 한 소절을 부르면 곧이어 장엄하면서도 중후한 소리가 사방에 울려 퍼졌다.

오소 오소 돌아오소
갔건마는 돌아올 날 막역하네
눈물이 진주라면 흐르지 않게도 싸 두었다가

십 년 후에라도 오시는 님을 진주 우에다 앉히련만

이윽고 꽃이 사방에 날리면서 여인의 눈동자에서 푸른빛이 뚝뚝 떨어졌다. 그 빛은 차츰 피눈물로 변하는가 싶더니 카오의 가슴속으로 사정없이 파고들었다.

"커헉!"

카오는 단말마의 비명을 지르며 출입구 근처의 해먹에서 몸을 벌떡 일으켰다. 인상을 찡그리며 괴로운 표정을 짓는 그의 얼굴에서 땀방울이 주르륵 흘러내렸다. 가네샤 신의 형상 앞에서 기도를 드리던 니샤가 놀란 표정으로 그에게 다가갔다.

"또 꿈을 꾼 모양이네."

"도대체 그 여인이 누군지 모르겠어. 또 그 여인이 춤을 추던 곳이 어디인지도 알 수가 없어. 작은 항구 비슷한 곳이었어. 왜 이렇게 반복되는 꿈을 꾸는 걸까?"

"카오, 너무 괴로워 말아. 그건 과거일 수도, 미래일 수도 있어."

"느리면서도 서글픈 소리, 가늘면서도 높은 소리가 함께 들렸어. 무슨 노래인지 뜻은 하나도 모르는. 드넓은 바다가 보였고 아주 큰 나무가 있었어."

"큰 나무? 코코넛 나무를 닮았던가?"

"아니, 그것과는 완전히 다른 나무였어. 커다란 나무 밑둥치에서 여러 가지가 뻗어 나와 하늘로 향했지. 녹색의 작은 잎들이 매달려 있었고, 가끔 그 잎들이 땅으로 떨어지기도 했지. 그 나무 아래 이상하게 생긴 작은 집이 기억나."

"아, 그 집은 신을 부르는 곳이야. 인도에서도 나무 아래 사당을 지어 신을 모신 곳이 있어."

"도대체 이게 무슨 꿈일까?"

"카오, 천천히 생각해 보기로 해."

3

카오가 창밖을 쳐다보니 희미한 여명이 비치고 있었다. 니샤는 그의 이마에 맺힌 땀을 닦아주고 부엌으로 가서 아침 식사를 준비했다. 곧이어 코코넛 오일과 카레 냄새가 집안에 가득했다. 나무 계단을 따라 일 층 마당으로 내려간 카오는 펌프에서 시원한 물을 길어 올려 얼굴을 씻으며 머리를 후드득 털었다.

"카오, 이걸 마셔."

집 안으로 들어온 카오에게 니샤는 망고 주스를 한 잔 권했다. 그리 달지도 성겁지도 않은 세이셸의 망고는 그의 메마른 목구멍을 청량하게 적셔주었다. 그들이 사는 집은 이 층 구조였다. 여덟 개의 나무 기둥 위에 코코넛 나뭇잎과 판재로 지붕과 벽을 만든 공간이 있었다. 일 층에서 이 층으로 올라가는 계단 오른쪽에는 녹슨 펌프가 자리 잡았고, 일 층 기둥 사이로 돛대와 낚시 도구를 보관하는 창고가 있었다.

출입구를 지나 방 안에 들어서면 사방으로 유리가 없는 창문이 보였고 왼쪽 벽에는 낡은 침대가, 출입구와 붙은 벽에는 해먹이 놓여 있었다. 나무로 만든 사각 테이블이 방 가운데에 자리를 잡았으며 부엌으로 쓰는 작은 공간이 테이블 오른쪽 벽에 있었다. 방 안에서 가장 특이한 곳은 니샤가 매일 의식을 올리는 제단이었다. 제단은 방 안에서 가장 밝은 곳인, 출입구와 마주 보는 창문 아래에 자리 잡았다.

침대 위 벽에는 멕시코 화가인 프리다 칼로의 그림 한 점이 신비한 자태를 자랑했다. 〈우주와 대지와 나와 디에고와 세뇨르 홀로틀의 사랑 포옹〉이라는 긴 제목의 유화였다. 프리다 칼로가 벌거벗은 자태로 아기처럼 누워있는 남편 디에고를 안고 있고, 그 두 사람을 다시 대지의 여신 가이아가 안고 있다. 니샤는 '사랑과 증오, 그리고 그것을 넘고자 했던 프리다 칼로의 일생이 응축된 작품'이라고 말하곤 했다. 장엄하고 우수적이며 심오한 비애를 가진, 한마디로 초현실적인 그림이었다.

니샤가 내놓은 음식은 망고와 파파야 샐러드, 코코넛 밀크로 조리한 바나나, 염장한 생선으로 버무린 빵나무 열매였다. 빵나무 열매는 탄수화물이 듬뿍 들어간 신비의 요리 재료였다. 세이셸 사람들의 주식이라고 할 정도로 대중적인 음식이었고 카오가 특히 좋아하는 것이기도 했다. 그 요리를 먹을 때마다 카오는 잃어버린 기억의 한 토막을 떠올렸다. 분명 어디선가 먹어 본 듯한 익숙한 맛이었다. 감자와 고구마를 합쳐 놓은 그 맛을 카오의 혀는 분명 기억하고 있었다.

"니샤, 오늘따라 음식이 너무 맛있는데."
"늘 맛있게 먹어줘서 고마워."

두 사람은 서로를 쳐다보며 싱긋 웃었다. 아침 식사를 마친 카오는 니샤의 설거지를 도와주었다. 조금 있으면 그녀의 친구인 알리제가 집으로 올 것이다. 두 사람은 프랄린 섬에 있는 다른 친구를 만나러 가기로 했다. 니샤와 가벼운 키스를 한 카오는 밖으로 나갔다. 그는 나무 보트를 타고 하루 종일 낚시를 할 예정이었다. 간단한 음식과 맥주가 들어있는 가방을 메고 그는 보발롱 해변으로 향했다.

돛대를 왼쪽 어깨에 메고 낚시 도구를 손에 든 카오는 서너 명이 탈 수 있는 작은 나무 보트 위에 올라갔다. 예전에 세이셸에는 통나무 가운데를 파서 만든 너벅선이 많았지만, 지금은 돛과 노를 갖춘 보트가 다수를 이루었다. 해변에 정박한 크고 작은 배들이 그의 눈에 들어왔다. 페인트가 군데군데 벗겨진 낡은 배들이었다. 그중에는 니샤의 사촌오빠인 조단의 배도 있었다. 세이셸 최고의 베테랑 어부라는 그는 일주일에 두세 번 정도 바다로 나갔으며 돌아올 때마다 물고기가 가득했다.

카오는 잔잔한 바다로 배를 몰고 갔다. 오늘따라 바람도 거의 없는 상태라 낚시하기에는 더없이 좋았다. 사월의 뜨거운 바람이 공기를 타고 그의 폐 속으로 들어왔다. 바다는 늘 그의 마음을 설레게 했다. 검푸른 물아래 그 무엇이 있을까? 그 깊이를 헤아릴 수 없는 바다는 무엇을 품고 있는 것일까? 프러시안 블루의 바다가 그의 눈동자를 푸르게 물들였다.

보발롱에서 몇 킬로 떨어진 바다 위에 그는 닻을 내리고 준비한 낚싯줄을 바다로 내렸다. 가물거리는 물안개 위로 해변의 풍경이 아스라이 눈에 들어왔다.

"저 풍경, 분명 나는 그 어디에선가 이런 모습을 본 적이 있어."

카오는 다소 넋이 나간 상태로 중얼거렸다. 그의 눈동자에 비친 푸른 물결이 규칙적으로 일렁거렸다. 어디에서 봤던가? 왜 나는 이곳에 있는가? 그는 매번 바다로 나올 때마다 이런 감정에 휩싸이곤 했다. 그러나 언제 어디서 그런 풍경을 봤는지 도무지 기억할 수 없었다.

카오는 그동안 잃어버린 과거의 기억을 찾으려고 나름 노력했지만 아무리 해도 소용없었다. 카오, 과거의 일에 너무 연연해하지 마. 그대는 지금 이 순간을, 나와 함께 있는 현실을 즐기면 되는 거야. 니샤는 평상시에 늘 이런 말을 했었다. 한편으론 맞는 말이었다. 과거가 어떠하든지 간에 나는 지금 세이셸에서 카오로서 존재하는 것이니까.

멀리 라디그 섬과 프랄린 섬이 가물가물 보였다. 세이셸에서 두 번째로 큰 섬인 프랄린은 풍광이 아주 뛰어난 섬이었다. 그의 보트 주위로 바닷새들이 돌아다녔다. 생선 몇 마리를 칼로 잘라서 바다로 던져주니 바다 등 갈매기들이 잽싸게 날아와서 멀리 물고 갔다. 옥색 구름이 수평선 위에 비단결처럼 펼쳐졌을 때 카오는 다시 배를 몰고 보발롱으로 향했다.

오후 늦게 보발롱 해변으로 돌아온 카오는 나무 보트를 모래사장에 올려놓고 망연자실 바다를 쳐다보았다. 붉은 놀이 어제와 마찬가지로 수평선 위로 한없이 펼쳐져 있었다.

"놀, 저 핏빛 색깔. 그래 나는 저 색깔을 그 어디에선가 또 본 적이 있어."

 카오, 그대가 여기에서 세이셸의 놀을 보고 있는 동안 또 다른 곳에서 그대는 다른 놀을 보고 있을지도 몰라. 지금 여기 있는 그대는 수많은 카오 중의 하나야. 우주는 하나가 아니라 여러 개인 거야.

 모래사장에 누워 니샤의 말을 떠올리는 카오. 그는 혼미한 가운데, 자기 몸이 허공으로 올라가는 것을 느꼈다.

4

 니샤와 알리제, 카오는 소박하게 차려진 저녁을 먹고 있었다. 해바라기 기름으로 튀긴 바나나와 말린 코코넛으로 구운 카롱 발루 생선, 볶음밥과 맥주, 그리고 타카마카 럼주였다. 풍만한 몸매에 큰 가슴을 자랑하는 알리제는 커다란 눈망울과 탱탱한 피부를 갖고 있었다. 나이는 니샤보다 대여섯 살 어려 보였고 무척 쾌활한 성격을 지니고 있었다. 오뚝한 코에 붉은 사리를 왼쪽 어깨에 걸친 그녀는 크리슈나 신을 숭배했으며 아침저녁으로 신에게 경배를 올렸.

 알리제가 나이트클럽에서 만난 동양 남자에 대해 이야기하며 웃음을 터트리자 니샤도 발을 구르며 웃기 시작했다. 두 여인의 실없는 농담을 묵묵히 듣고 있던 카오는 타카마카 럼주를 훌쩍 마시고는 담배를 꺼내 피웠다. 담배 연기를 무척 싫어하는 알리제가 고개를 젓자 카오는 설핏 미소를 지으며 일 층으로 내려갔다. 기둥 사이 의자에 앉은 카오는 참 신기한 생각이 들었다.

그저 잠자다가 눈을 떴다고 생각했는데 이름도 모르는 섬에 자신이 있었으며 그의 곁에 니샤와 알리제라는 여인들이 있었다. 마치 예전부터 알고 있었다는 듯이 그는 니샤와 함께 살고 있었다. 나는 어디에서 왔을까? 나에게 다른 이름이 있었을까? 어쩐 일인지 니샤는 왜 카오가 자신과 함께 있게 되었는지 자세한 이야기를 해주지 않았다.

  그다음 날, 세 사람은 오랜만에 시내 나들이를 했다. 니샤의 낡은 밴에 몸을 싣고 셀윈 클라크 마켓으로 향했다. 카오의 눈에 영국의 빅벤을 축소한 스몰 벤이 들어왔다. 세이셸은 초록빛 바다와 뜨거운 태양, 열대 나무와 모히토가 있는 인도양의 지상낙원이었다. 제일 큰 섬인 마에에 빅토리아항이 있었는데 세계에서 가장 작은 수도였다.

  시장은 늘 떠들썩했다. 세계 각지에서 온 관광객들과 그들을 상대로 물건을 파는 상인들의 흥성거림이 있었다. 니샤와 알리제는 향신료와 각종 야채, 세이셸의 토종 과일을 사느라고 흥겹게 움직였다. 쌀 빵과 각종 카레도 빼놓지 않았다. 밤에는 나이트클럽에서 서빙을 하고 낮에는 어린이들을 돌보는 일을 하는 알리제였다. 어느새 장바구니를 가득 채운 두 사람은 마지막으로 어물전으로 향했다.

  넓은 좌판에는 날개다랑어와 블랙핀 꼬치, 문어, 홍돔 등이 진열되어있었고 상인들은 부지런히 칼을 놀렸다. 좌판 한쪽에는 홍로 몇 마리가 날개를 펄럭이며 벌레들을 잡아먹고 있었다. 가끔 상인들이 던져주는 생선 내장도 놈들은 날름 받아먹었다. 신기한 공존이었다. 황로들은 먹을 것을 챙기고 상인들은 어물전의 위생을 얻고 있었다.

　모든 쇼핑을 끝낸 두 여인은 박쥐 카레를 먹으러 가자고 했지만, 카오는 얼굴을 찡그리며 손을 내저었다. 세이셸의 요리는 모두 잘 먹었지만 아직도 그것만은 입맛에 맞지 않았다. 처음 그 요리를 보았을 때는 마치 큰 개구리를 통째로 구운 것처럼 느껴졌다. 그러나 니샤가 건네준 고기를 입에 넣는 순간, 너무 질겨서 한참을 씹어야 했다. 그녀가 준 성의를 생각해서 억지로 목구멍 너머로 넘기긴 했으나 그 후로는 도무지 먹고 싶은 생각이 들지 않았다. 카오가 손을 내젓자, 그녀들은 아직도 세이셸 사람이 되기에는 멀었다며 깔깔댔다.

　두 사람과 헤어진 카오는 해안도로로 걸어갔다. 빅토리아는 스몰벤을 중심으로 동서남북 어디나 길이 통했다. 천천히 걸으면 한 시간 걸려 보발롱 비치로 갈 수 있었다. 코발트 빛 바다가 그의 시야에 들어왔다. 종이처럼 평평한 바다 위로 나무 보트와 요트, 어선들이 한가로이 돌아다녔다. 막 바다에서 돌아온 어선에서 어부 한 사람이 커다란 참다랑어를 내리려고 애쓰고 있었다. 조단이었다. 니샤의 사촌 오빠인 그는 순박해 보이는 얼굴에 탄탄한 허리를 자랑하는 근육질의 베테랑 어부였다. 카오는 급히 그에게 뛰어가 물고기를 함께 내려주었다.

　"고마워, 카오. 저녁에 럼주나 한잔하세."

　"좋지. 하하."

　그들이 웃는 동안 프랑스인 요리사가 다가왔다. 시내에서 다랑어 전문 식당을 운영하는 그는 후한 값으로 물고기를 사겠다고 조단에게 말했다. 활짝 웃은 조단은 육백 루피를 받고 물고기를 요리사에게 넘겼다. 카오는 조단과 헤어진 후 집으로 천천히 돌아갔다.

집에 돌아온 카오는 출입구 맞은편의 제단을 향해 걸어갔다. 그의 눈길은 제단 옆의 장식장을 지나 그 옆에 있는 침대 밑으로 향했다. 먼지를 뒤집어쓴 상자들 사이로 낡고 푸른 배낭이 하나 보였다. 그는 무심코 그 배낭을 꺼내 보았다. 바닷물에 오랫동안 빠져있었는지 배낭 겉에는 말라버린 소금이 하얗게 붙어있었다. 카오는 배낭을 만지며 고개를 갸웃했다. 분명 어디에선가 보았던 배낭이었다. 그는 니샤의 말을 떠올렸다.

'카오, 내가 읽은 책 중에 이런 말이 나와. 이미 모든 시간은 지나갔고, 우리의 삶은 단지 이미 흘러가 버려, 돌이킬 수 없는 어떤 과정에 대한 어슴푸레하고 의심할 여지 없이 조작되고 훼손된 기억, 또는 반영이라고.'

그는 그 말의 정확한 의미는 몰랐지만, 과거의 기억은 믿을 수 없다는 것을 이야기하는 것 같았다. 카오는 제단 위 벽에 그려져 있는 가네샤 신과 크리슈나 신을 잠시 쳐다보았다. 이상한 기분에 싸인 채 카오는 해먹으로 걸어갔다. 신발을 벗고 그 위로 올라가서 눈을 감고 지난 기억을 떠올려 보았다. 희미한 안개 속을 헤매듯 그의 머리는 혼란스러웠다. 그러다 어느 순간, 어떤 얼굴이 떠올랐다.

'그래, 젊고 영민한 눈동자를 가진 친구였어. 귀 한쪽이 말려 올라간 모습이었지. 낡고 어두운 구석에서 그와 나는 누워서 정감 어린 대화를 나누었던 것 같아. 그 친구의 머리맡에 푸른색 배낭이 있었어.'

그는 짙은 운무 속에 휩싸인 그 장면을 떠올렸지만 이내 그것은 사라졌다. 아무리 떠올리려고 해도 다시 나타나지 않았다. 카오는 눈을 감았고 자신의 몸이 허공으로 올라가고 있다는 느낌을 받았다.

*

바다가 보이는 코코넛 나무 그늘에서 카오는 능숙한 솜씨로 낚싯줄에 바늘을 매달았다. 그는 자신이 왜 이렇게 바늘을 잘 꿰는지 궁금했다. 카오의 옆에 앉은 미코는 그의 솜씨를 보면 늘 감탄했다.
"카오는 진짜 어부야. 이렇게 바늘을 잘 꿰는 사람을 본 적이 없어."
"아직도 기억이 안 나요, 카오? 분명 어부였던 것 같은데."
미코 보다 서너 살 어린 넬라 역시 신기한 표정으로 카오의 손놀림을 보며 말했다. 두 청년은 니샤의 친척들이었다. 형제인 그들은 티격태격하면서도 늘 붙어 다녔다. 넬라는 장난기 가득한 얼굴을 가진 개구쟁이 타입이었다. 카오는 빙긋 웃기만 할 뿐 아무 말 없이 바늘 작업을 완료했다. 그들은 나무 보트에 낚싯줄과 먹을 것을 챙기고는 서로 힘을 합쳐 나무 보트를 밀고 바다로 나갔다. 오른쪽으로는 망고나무로 만든 보조 날개가 달려있었다.
네 명이 탈 수 있는 나무 보트에 미코와 넬라가 카오의 뒤에 앉아 부지런히 노를 저었다. 차츰 보발롱 비치가 그들의 시야에서 멀어져 갔다. 멀리 나갈수록 물 색깔은 보석 스피넬처럼 다양한 색상을 보여주었다. 진한 코발트 빛이었다가 비췻빛으로 변하는가 싶더니 차츰 프러시안 블루의 빛을 띠었다. 넬라는 까만 눈동자를 굴리며 기대 섞인 표정으로 바다를 내려다보았다. 날렵한 몸매에 영리하게 생긴 얼굴이었다.

넬라와 미코는 카오가 준비한 낚싯줄을 부지런히 바다로 내렸고 십 분이 채 안 되어 줄들이 요동치기 시작했다. 넬라의 형인 미코는 껑충하게 큰 키에 탄탄한 가슴을 가진 청년이었다. 하늘은 더없이 청명했다. 인도양의 태양은 두 청년과 카오의 머리 위에 지르콘 보석처럼 반짝이는 햇살을 창날처럼 뿌려대고 있었다.

그들이 낚싯줄을 걷어 올리자, 형형색색의 물고기들이 줄지어 올라왔다. 홍돔과 주드, 카롱 발루 등등. 그 모습을 지켜보던 카오는 어떤 장면이 희미하게 다가오는 것을 느꼈다. 무척 익숙한 광경이었다. 언제인지 모르지만 그는 분명 이런 상황 속에 있었다는 생각이 들었다. 낚싯줄을 던졌고 그 낚싯줄에 걸려 오는 수많은 물고기를 잡던 기억이 떠올랐다. 그게 어디였고 언제였을까?

"이야, 오늘 밤은 생선 파티로 신나겠는데."

"다 가네샤 신의 가호 덕분이야."

"그건 맞는 말씀."

넬라와 카오는 두 손을 합장하고 눈을 감으며 어딘가를 향해 경배했다. 고개 숙인 그들의 뒷모습을 쳐다보던 카오는 두 사람의 목덜미에 박힌 커다란 점을 힐끗 보았다. 카오는 티격태격하다가도 가네샤 신의 이름만 나오면 진지해지는 두 형제의 모습이 때론 무척 신기했다.

"넬라, 고기를 얼음 상자에 넣어."

카오의 말에 넬라는 보조 날개에 얹혀 있는 나무 상자의 뚜껑을 열고 신속히 열대어들을 집어넣었다. 상자 안에는 몇 조각 얼음이 들어있었다. 얼음을 만난 물고기들은 파닥거림을 멈추고 급속히 식어갔다. 물고기가 얼음 위에 얹힌 장면들도 카오는 낯설지 않았다. 미코와 넬라의 말 대로 자신은 분명 어부였던 것 같다. 그러나 자신이 어디서 어부 생활을 했는지 도무지 기억나지 않았다.

그들이 만족할 정도로 고기를 잡은 후 보발롱 비치로 향하는 순간, 한차례 스콜이 내리기 시작했다. 무더운 적도의 날씨를 시원하게 만드는 물줄기는 세찬 폭포처럼 보트를 때렸다. 세 사람은 스콜을 피하지도 않고 온몸으로 맞으며 즐거운 미소를 지었다.

두 시간 후, 보발롱 비치로 돌아온 카오 일행을 니샤와 알리제가 반갑게 맞이했다. 마을 남자들이 숯불을 피웠고 나무 테이블 위에 각종 야채와 향신료, 술이 차려졌다. 마을 청년 호세가 기타를 연주하며 흥을 돋우었다. 쉬나이의 명연주자 니샤도 흥겹고 빠른 곡조를 연주하며 작은 축제의 분위기를 고조시켰다. 행복하고 순박한 표정의 크레올 사람들이 흥겹게 몸을 흔들며 파티를 즐겼다. 알리제는 몸을 빙빙 돌리며 빠른 춤을 추었다. 미코와 넬라도 몸을 흔들었다. 떠들썩한 웃음이 터져 나왔고 모히토 칵테일과 구운 선생, 크레올 소시지와 맥주를 먹고 마시며 사람들이 웃었다. 카오 역시 흥겹게 몸을 흔들며 파티를 즐겼다. 언뜻, 카오는 자신도 예전에 이런 흥겨운 풍경 속의 한 사람이었다는 생각이 들었다.

5

니샤가 분주히 아침 식사를 준비하는 동안, 카오는 일 층 창고 앞에 놓아둔 망고 주스 통을 가지러 갔다. 밤새 바닷바람을 맞은 나무통 표면에는 투명한 이슬방울이 맺혀 있었다. 집 안에는 어느새 치킨 카레 냄새가 기분 좋게 떠다녔다. 니샤는 아보카도 샐러드와 치킨 카레를 커다란 접시에 담았고 카오는 머그잔에 주스를 따랐다.

"카오, 오늘은 나에게 중요한 날이야."

"무슨?"

"돌아가신 할머니가 나에게 올 거야."

"아, 추모일인가?"

"그래, 오늘 나는 이 모자를 쓰고 쉐나이를 부르면서 할머니의 영혼을 위로하는 제사를 지낼 생각이야."

니샤는 천으로 만든 세모꼴의 하얀 모자를 꺼내 카오에게 보여주었다. 인도말로 코갈이라고 했다. 인도인들이 조상의 영혼을 위로할 때 반드시 쓰는 모자라고 하면서. 그걸 본 카오는 고개를 갸웃했다. 언뜻 그런 형태의 모자를 예전에 본 적이 있는 것 같았다. 그녀는 작은 나무 상자를 들고 오더니 그 속에서 십오 센티미터 정도의 작은 칼도 하나 꺼냈다. 놋쇠로 만든 긴 타원형의 칼이었고 양쪽에 칼날이 보였다. 하얀 술이 손잡이 끝에 여러 갈래로 매달려있었다.

그는 그 작은 칼도 유심히 쳐다보았다. 분명 처음 본 것인데 무척 낯익은 느낌이 들었다. 하얀색의 작은 술이 달린 모양새를 어디선가 본 것 같았다. 그러나 그뿐이었다. 그는 늘 새벽녘의 바다에 피어나는 물안개에 싸인 기분이었다. 어디가 어디인지 방향도 모르고, 허공에 두 발이 둥둥 뜬 것 같았다. 니샤는 그 칼을 식탁 위에 놓고 아침을 먹었다. 카오는 먹는 내내 그 칼에서 눈길을 떼지 못했다. 니샤는 그런 카오의 눈길을 의식했는지 슬며시 그에게 미소를 지으며 말했다

"카오, 이 칼을 예전에 본 것 같아?"

니샤의 입꼬리가 미세하게 떨렸다. 카오는 고개를 끄덕이며 궁금하다는 표정을 지었다.

"잘 모르겠어. 그냥 친근한 느낌이 들 뿐이야."

식사를 마치고 니샤는 코코넛 오일과 흑설탕이 조금 들어간 커피를 가져왔다.

"사람은 누구나 어떤 사물에 친근함을 느낄 때가 있어. 그건 전생의 인연과 깊은 관계가 있는 거야. 카오와 나는 그 인연으로 만난 것이고 어쩌면 우린 이 작은 칼을 함께 소유했을지도 몰라. 나는 이 칼을 품에 지니면 영혼이 정화되는 것을 느껴. 신령한 기운이 흘러나오고 있기 때문이야."

니샤는 작은 칼을 보며 경건한 표정을 지었다. 덩달아 카오도 진지한 표정을 지었다. '신령한 기운이라고? 그래 그런 기운을 나도 분명 느낀 것 같았는데, 그게 무엇인지 말로 설명할 수가 없구나.' 그녀는 작은 칼을 나무 상자 속에 다시 넣었다. 태양 빛이 그들의

식탁 위에 은밀한 사선을 그었다.

오전 내내 니샤는 할머니를 기리는 제사를 지냈다. 그녀가 모든 제사를 마칠 즈음, 알리제와 넬라가 찾아왔다. 두 사람은 연인인 듯 서로의 손을 잡은 채였다. 알리제가 넬라보다 여섯 살이 많았다.

"헤이, 니샤. 준비됐어?"

"오, 그래. 이제 가야지. 넬라, 오늘은 말쑥한데."

"헤헤. 프랄린에 가는데 이 정도는 입어야지."

그들은 일주일 전에 프랄린에 가서 소풍을 즐기기로 미리 약속되어 있었다. 미코는 다른 일이 있다고 했다. 넬라는 파랑 반바지에 황갈색 셔츠, 흰 모자를 쓰고 있었다. 그가 씩 웃을 때마다 하얀 이가 갈색 얼굴 사이에서 빛을 냈다.

"이제 장가가도 되겠는데. 넬라는 어른이 다 됐어."

한바탕 웃은 사람들은 빅토리아항으로 가기 위해 집을 나섰다. 보발롱에서 빅토리아항까지는 직선거리로 약 삼 킬로미터 정도였다. 빨리 걸으면 사십 분 정도 걸리는 거리였다. 네 사람은 각자 배낭을 둘러맨 채 흥겨운 걸음걸이로 빅토리아항으로 걸어갔다. 프랄린 섬은 마에섬에서 북동쪽으로 사십오 킬로미터 정도 떨어진 거리에 있었다. 섬으로 가는 배 안에는 마에섬과 프랄린 섬 주민, 인도인, 중국인, 유럽인들이 뒤섞여 자리에 앉아 있었다.

섬에 도착한 네 사람은 바로 발레드메 자연보호구역으로 걸어갔다. 일억 오천만 년 전에 가라앉은 곤드와나 대륙의 일부가 남아 육지가 되었다는 세이셸에는 각종 희귀식물이 자라고 있었다. 세이셸에서만 자란다는 코코 드 메르 코코넛 나무도 그중의 하나였다. 암꽃 나무와 수꽃 나무의 열매가 신기하게도 인간의 생식기를 그대로 닮아 있었다. 특히 암꽃 나무의 열매는 세상에서 가장 섹시한 열매라는 별칭을 얻을 만큼 여인의 엉덩이를 그대로 닮아 있었다. 또한 수꽃 나무의 열매는 남성의 생식기를 복사한 듯이 보였다.

천천히 거닐며 프랄린의 풍경을 감상한 네 사람은 코코넛 나무 근처에 앉아 늦은 점심을 먹게 되었다. 니샤는 구운 빵나무 열매와 마가린, 치킨 조각을 사람들에게 나누어주었다. 그들은 숟가락으로 빵나무 열매를 파내 마가린을 얹은 후 입안에 집어넣었다. 망고 주스를 마시며 식사하던 중에도 니샤와 알리제는 즐거운 대화를 나눴다.

"고대 생물 백과라는 책에 보면 온갖 신기한 나무들이 있어."
"에, 그런 책이 있어?"

니샤의 말에 알리제가 의문스러운 표정으로 물어보았다. 니샤는 빙긋 웃으며 말했다.

"그럼, 그 책에 보면 살인 덩굴과 폭탄 열매, 날아다니는 물고기, 푸른 뱀이 나오지. 여기 있는 코코 드 메르 코코넛 나무도 사실은 고대 생물이야."

"혜, 처음 들어본 이름들인데. 살인 덩굴과 폭탄 열매는 뭐야?"

넬라가 호기심 어린 눈빛으로 물어보았다.

"살인 덩굴은 줄기가 마치 뱀처럼 기어다니면서 사람을 낚아채서 잡아먹는 나무야. 폭탄 열매는 열매가 익을 때쯤 화약처럼 폭발하는 거야."

"그럼 날아다니는 물고기는 날치와 비슷한 건가?"

"날치보다 더 멀리 더 높이 날아다녔지. 때로는 지상의 동물을 공격하기도 했지. 그래서 살인 창어라고 불리기도 했어."

"정말 신비로운 이야기네. 그럼 푸른 뱀은 뭐야?"

"그건 정말 신기한 동물이야. 인디고 푸른 뱀이라고 불리는 그 뱀은 인도 신화에 나오는 나가의 현신이야. 세상의 악을 물리치는 신성한 존재지."

"혹시 푸른 거북이에 대한 이야기는 없어?"

넬라가 물어보자 니샤는 어색한 표정을 짓다가 머뭇거리며 말했다.

"예전 프랄린 섬과 가까운 큐리어스 섬에는 푸른 거북이와 푸른 뱀이 함께 살았다는 말이 있지."

"아, 그렇군. 푸른 거북이와 푸른 뱀은 친구처럼 늘 붙어 다니는구나. 헤헤. 어, 저놈 좀 봐라."

갑자기 넬라가 맞은편 코코넛 나무 아래를 가리켰다. 알다브라 육지 거북이 그 거대한 몸을 뒤뚱거리며 느리게 걸어가고 있었다. 수명이 최대 삼백 년까지 간다는 지구상 최대의 거북이었다. 진흙과 모래 가루가 몸 전체에 묻어 있는 알다브라 거북은 마른 나뭇잎을 연신 먹어댔다. 놈은 사람들을 전혀 무서워하지 않았다. 오랫동안 이 섬에서 사람들과 공존한 흔적이 보이는 동물이었다.

"호, 저 거북이는 좀 어려 보이는군. 아직 더 자라야겠어."

"그렇네. 사람으로 치자면 넬라 정도의 나이겠어."

"또 나야? 왜 항상 나를 빗대서 말해?"

샐쭉한 표정으로 넬라가 빵나무 열매를 우걱우걱 씹어대자 알리제는 그게 더 귀엽다는 미소를 지었다. 두 사람의 하는 양을 가만히 지켜보던 카오는 자리에서 일어나 육지거북에게 다가갔다. 그의 손에는 빵나무 열매가 한 조각 들려 있었다.

거북은 빵나무 냄새를 맡았는지 카오에게 어정버정 걸어왔다. 그는 열매를 거북에게 내밀었고 놈은 기다렸다는 듯이 덥석 물더니 별로 씹지도 않고 목 뒤로 넘겼다. 카오는 그런 거북의 등을 쓰다듬으며 무슨 말인가를 하기 시작했다. 그 모습을 니샤는 가만히 지켜보고 있었다.

"카오, 거북과 그만 놀고 세게모니아 먹으러 와요."

알리제가 덩어리진 바나나 모양의 과일을 들고 외쳤다. 그제야 고개를 돌린 카오는 알다브라 거북이처럼 느린 걸음으로 그들에게 걸어왔다.

"거북과 무슨 이야기를 했어요? 한참 동안 뭐라고 이야기한 것 같던데."

"이야기는 무슨? 그냥 혼잣말한 거지."

"카오, 저 자이언트 거북이의 조상이 푸른 거북이라는 것을 아세요?"

넬라가 우쭐한 표정으로 세게모니아를 먹으며 말했다. 홍시 맛이 나는 달착지근한 과일이었다.

"응? 푸른 거북이가 저 거북이의 조상이라고?"

"제가 예전에 들었는데, 저 거북이는 바다에서 육지로 올라온 푸른 거북의 후손이래요. 그리고 니샤가 말했듯이 저 거북이의 주변에는 푸른 뱀이 있대요. 푸른 거북이는 큐리어스 섬에 가장 많아요. 그곳에 가면 푸른 뱀을 만날지도 몰라요."

"푸른 거북, 푸른 뱀?"

카오는 고개를 갸웃하며 푸르다는 단어를 반복했다. 언뜻 니샤의 얼굴에 긴장된 표정이 나타났다가 사라졌다.

"힌두교 신화에 보면 아쿠파라라는 거북이가 나오지. 그 거북이 등 위에 네 마리의 코끼리가 있고 그 코끼리들이 우리가 사는 세상을 떠받치고 있는 거야. 자이언트 거북이와 푸른 거북이의 조상은 바로 아쿠파라인 거야."

"내가 경배하는 크리슈나 신은 비슈누신의 여덟 번째 아바타인데, 쿠르마는 비슈누의 두 번째 아바타야. 하반신은 거북이고 상반신은 사람의 형상이지. 아쿠파라와는 그 역할이 다르지만 어쨌든 세상을 구하는 거북이라는 점에서는 같아."

알리제의 말에 니샤는 고개를 끄덕이며 동감을 표시했다. 카오는 여전히 무언가를 떠올리는 듯한 표정이었다. 니샤가 모두에게 조용히 말했다.

"좋은 구경도 했으니 이제 그만 돌아가야지."

"에이, 좀 더 있다 가고 싶은데."

"그래야겠어. 조금 있으면 배를 탈 시간이야."

카오는 묵묵히 세 사람의 이야기를 들으며 담배를 꺼내 피웠다. 그가 내뿜은 연기는 푸른색의 회오리가 되어 바람 따라 허공을 맴돌았다. 푸른 뱀이라는 단어가 내내 그의 머리에서 사라지지 않았다.

6

수경을 낀 카오는 한 치의 망설임도 없이 물속으로 첨벙 들어갔다. 조금 있으면 해가 질 터이다. 물 색깔이 푸른색에서 진홍색으로 차츰 변해갔다. 회색을 띤 산호초가 딱딱하게 굳은 채 바위에 붙어 있는 모습이 그의 눈에 들어왔다. 푸른 이끼를 덮어쓴 바위들이 하얀 모래 위에 고요히 앉아 있었다. 열대어들이 바위 사이로 돌아다녔고 물결이 이리저리 쏠려 다니며 해초들을 어루만졌다.

그는 문어 통발을 설치할 곳을 찾느라 부지런히 물속을 돌아다녔다. 가끔 작살로 청줄돔과 나비고기 따위를 잡기도 했다. 밀물에서 썰물로 바뀌는지 바다의 물결이 빙빙 돌면서 그의 몸을 어루만졌다. 그의 몸은 떠올랐다가 가라앉기를 반복하면서 해류의 흐름에 따라 이리저리 흘러갔다. 암벽에 붙은 산호초 사이의 구멍을 발견한 그는 눈알을 반짝이며 통발을 잽싸게 설치했다. 그의 포획을 눈치챘는지 문어 한 마리가 먹물을 뿌리며 얼른 도망갔다. 아마도 집으로 돌아오던 놈이었던 모양이다. 아무리 도망가 본들 저놈은 다시 제집으로 흐느적거리며 귀환할 것이다. 그곳이 죽음의 구멍이라는 것을 모른 채.

한 시간에 걸쳐 문어 통발 작업을 끝낸 카오는 모래사장으로 첨벙첨벙 걸어갔다. 언제 나왔는지 니샤가 밝게 웃으며 그를 기다리고 있었다. 그녀의 얼굴 위로 석양빛이 오련하게 스며 있었다. 갈색의 피부와 대비된 그 빛은 언뜻 농홍한 색깔마저 띠었다.

카오는 보발롱 인근에서 소문난 문어잡이였다. 그가 사용한 방법은 통발을 사용한 것이었는데 그 이전까지 보발롱 사람들은 낚시나 작살로 문어를 잡고 있었다. 그런데 어떻게 알았는지 카오는 통발을 이용한 문어잡이를 최초로 시도한 것이었다. 그의 통발작업은 이내 인근에 퍼졌고 사람들은 너나없이 따라 했지만 카오의 문어 잡는 실력은 따라가지 못했다. 문어잡이는 카오와 니샤의 생활을 풍족하게 만들어 주었다.

"카오, 이제 그만 집으로 가. 곧 있으면 해가 질 거야."

"태양이 사라져도 별이 나타나니 괜찮아."

싱긋 웃은 카오는 모래사장에 털썩 앉으며 잠시 석양에 물든 바다를 쳐다보았다. 니샤는 옆에 조용히 앉아 카오의 젖은 머리칼을 손으로 매만져 주었다. 세이셸의 밤은 금방 찾아왔다. 조금 전까지 태양 빛이 가득했던 보발롱 비치는 석양에 잠시 물드는가 싶더니 이내 검은 공기의 흐름 속에 젖어 버렸다. 어느덧 밤하늘에는 각종 별이 현란한 보석처럼 떠 있었다.

"저 별은 사랑을 상징하는 보석 장미석을 닮았어."

니샤는 남쪽 하늘에 떠 있는 사자자리의 레굴루스를 가리켰다. 봄철의 밤하늘에서 가장 밝은 별에 속하는 것이었다.

"장미석이라. 내 눈에는 지르콘처럼 보여. 다이아몬드와 필적할 정도로 반짝이는 보석!"

"카오, 나에 대해서 궁금한 것은 없어? 왜 내가 그대와 함께 있는지."

"솔직히, 잘 모르겠어. 어느 날 눈 떠보니 그대가 내 옆에 있는 거야. 그리고 함께 살고 있고. 그 이유를 잘 모르겠어."

"카오, 일단 집으로 가."

니샤는 진지한 표정으로 말했고 카오는 언뜻 긴장했다. 두 사람은 함께 일어나 모래사장을 건너 집에 돌아왔다. 그들은 저녁 식사를 마치고 테이블에 마주 보고 앉았다. 인도풍의 촛대에서 양초가 은은한 향을 풍겼고 연노란색의 촛불이 일렁거렸다. 카오는 타카오카 럼주를, 니샤는 맥주를 마셨다.

"내 첫 남편인 찬드라는 인도 고아 지방의 어부였어. 고아는 인도양의 북쪽 바다인 아라비아해에 접한 해안 도시야. 이곳 세이셸에서 직선거리로 삼천 킬로미터나 떨어진 곳이야. 그곳은 내 고향이기도 해. 우린 어릴 때 같은 마을에서 자란 사이였어."

그녀와 찬드라는 바이샤 계급에 속했는데, 자라면서 자연스레 결혼하게 되었다. 몇 년간 행복한 결혼생활을 보냈고 아이도 낳았는데, 배 타고 나간 찬드라가 폭풍우로 실종되고 그녀의 아이 또한 병으로 죽고 말았다. 절망에 빠진 그녀는 자살을 결심할 정도로 극심한 우울증에 시달렸다. 그런 그녀를 구해준 것은 할머니였다. 일찍 부모가 돌아가신 니샤는 할머니와 함께 살았다. 점성술사로서 유명했던 할머니는 니샤에게 인도 무속과 점술, 쉐나이 연주법을 가르쳐 주면서 그녀를 무녀로 이끌어 주었다.

"카오, 난 항상 두려워. 그대가 날 떠날 때가 언젠가는 오기 때문에."

"그게 무슨?"

"바람이 부드럽게 불어오던 날이었어. 난 밤늦도록 향불을 피우며 제의를 지내고 있었지. 그때 할머니의 유품이었던 나침반이 갑자기 요동치더니 바늘이 어딘가를 가리켰어. 나는 그 바늘을 따라 무작정 밖으로 나갔지."

말을 멈춘 니샤는 한동안 맥주를 마셨다. 카오는 그 모습을 은근히 쳐다보았다. 일렁이는 촛불에 비친 그녀의 얼굴이 무척 아름답게 느껴졌다. 검은 심지가 바지직 소리를 내며 탈 때마다 촛불은 하늘로 기지개를 켰다. 그녀의 목선에 붉고 노란빛이 조각처럼 새겨져 있었다.

"그곳에서 나를 발견한 건가?"

"그래. 그대는 한 무더기의 라이프 재킷과 함께 발견되었어. 그대의 옆에는 푸른색 배낭이 있었지."

"그럼 내가 느낀 것이 과거의 일이었나? 난 푸른색 배낭이 낯설지 않았어."

"카오. 그 물건들은 예전에 그대와 함께 있었던 누군가의 물건이었어."

"그렇군. 그런데 내가 살아 있는지 죽어 있는지 어떻게 알았지?"

"오랫동안 난 그대 주변에 머물렀어. 자수정처럼 맑은 별빛이 하느작거리며 당신의 몸 위로 쏟아졌지. 두 손을 모아 나는 그대의 영혼이 돌아오기를 기도했어. 한참 후, 라이프 재킷 위에서 당신이 서서히 몸을 일으키더군."

카오와 니샤의 운명적인 만남은 그렇게 시작되었다. 니샤는 그가 두 발로 디딜 수 있도록 도와주었고 자연스레 자기 집으로 데려갔다. 카오는 한동안 멍한 상태로 있었으며 자신의 이름과 나이, 어느

나라 출신인가를 잊어먹은 것 같았다. 두 사람은 그날 이후로 그냥 그렇게 살게 되었다. 마치 오래전부터 알던 사이처럼. 카오라는 이름은 니샤가 생각난 대로 붙인 것이었다. 카오스(혼돈)의 약자라고 할까? 그녀가 그를 발견한 것은 혼돈 속에서 벌어진 일이라는 의미도 있었다.

다음날, 니샤의 사촌오빠인 조단이 찾아왔다. 까무잡잡한 피부에 잘 생긴 이목구비를 가진, 잘 빠진 몸매의 인도 청년이었다. 한 달 전 인도에 다녀왔다는 그는 밝은 표정으로 니샤와 오랜 시간 이야기했다. 그때 카오는 고기잡이를 나갔다가 돌아오면서 조단과 반갑게 인사했다.

"카오, 오랜만이야. 그동안 더 건강해졌는걸."

"그래, 고향에는 잘 다녀왔어?"

"오랜만에 친척들과 만나 즐겁게 지냈지. 오늘 한잔할까? 내가 살 테니까."

니샤는 은근한 미소를 지으며 두 사람을 쳐다보았다. 오랜만에 남자들끼리 시간을 가지라며 카오에게 함께 나가라고 말했다. 그 말에 카오는 돛대를 내려놓고 조단과 함께 빅토리아항구로 나갔다.

항구 근처는 늘 사람들로 붐볐다. 타국에서 온 원양어선 선원들과 현지인들이 섞여 왁자지껄한 모습이 역력했다. 조단은 단골 술집인 스티븐의 목로주점으로 카오를 데려갔다. 긴 탁자가 두 개 정도 있는 작은 술집이었으며 뱃사람들을 상대로 생선구이와 식사, 술을 팔았다. 술값도 저렴한 편이라 주로 외국 선원들이 많이 오는 곳이었다.

"헤이, 조단. 오랜만에 보는군. 그래 고향에 다녀왔다고?"

할아버지가 프랑스 사람이었다는 스티븐은 유럽인 풍의 귀공자 타입이었다. 금발 머리에 날씬한 몸매, 푸른 눈과 하얀 피부를 갖고 있었다. 한때 그는 어선을 몇 척 소유한 적도 있었으나 도박으로 다 날리고 말았다.

"스티븐, 여전히 멋지군. 맥주와 럼주를 좀 줘."

"오케이! 카오 맞지? 니샤와 함께 살고 있는."

"어, 그래. 저번에 한 번 왔었는데."

두 사람은 스티븐의 반가운 인사를 받으며 테이블 한쪽에 엉덩이를 걸쳤다. 그들의 맞은편 목로판에는 흑인과 중국인이 팔씨름하고 있었다. 사람들이 그들 주변을 둘러싼 채 저마다 손에 돈을 들고 내기를 걸고 있었다.

"난 저 흑인에게 걸겠어."

"글쎄, 내가 보기엔 중국인이 더 세 보이는데."

자연스레 두 사람은 각자 호주머니에서 백 루피를 꺼내 탁자에 올려놓고 흥미진진한 표정을 지었다. 곧이어 스티븐이 술과 안주를 갖고 오자 두 사람은 잔을 부딪치며 단숨에 들이마셨다.

분위기가 고조되면서 사람들이 흥분하기 시작했다. 어느새 두 사람도 팔씨름 현장 근처에 가서 각자 자기가 건 사람들을 응원하기 시작했다. 두 팔씨름 꾼이 팽팽한 기세를 보이다가도 어느 한쪽으로 넘어갈 때마다 사람들 사이에서는 환호와 탄식이 흘러나왔다. 곧이어 한 떼의 뱃사람들이 술집 안으로 들어왔다. 카오의 귀에 익숙한 언어가 들려왔다. 어딘가 아스라이 그의 기억 속에 남아 있는 단어들이었다.

"젠장, 여기도 난장판이군. 우리도 한판 끼어볼까? 어이, 여기 맥주!"

뱃사람 중에 제법 연장자로 보이는 사람이 컬컬한 목소리로 술을 주문하면서 팔씨름 모습을 재미있다는 표정으로 바라보았다. 카오는 고개를 그쪽으로 돌렸다. 얼굴이 길쭉한 말상의 사내가 카오를 쳐다보며 고개를 갸웃거렸다. 황달기가 역력한 눈알을 가진 사내는 카오를 이리저리 훑어보다가 어딘가 알 것 같다는 표정을 지었다.

팔씨름은 카오의 예상대로 중국인의 승리로 끝이 났다. 흑인에게 돈을 걸었던 사람들이 실망한 표정으로 술집을 나가고 이긴 사람들은 딴 돈으로 흥청망청 술을 먹기 시작했다. 말상의 사내는 돈을 잃었는데 제법 많은 돈인 모양인지 인상을 잔뜩 찌푸렸다.

"카오, 오늘 재수가 좋은 모양인데. 돈을 많이 땄어."

"하하. 그래 말이야. 오늘은 내가 살 테니 실컷 마시라고."

두 사람은 추가로 모히토 칵테일과 안주를 주문하며 즐겁게 마셨다. 그때, 말상의 사내가 슬그머니 카오에게 다가오더니 알은체했다.

"어이, 나 모르겠어? 아무리 봐도 자네 맞는 것 같은데."

"응? 누구인지…"

"나야, 나. 남지 2호 기관장."

카오는 사내의 얼굴을 도통 알아보지 못했다. 고개를 갸웃하던 카오는 혹시 잃어버린 기억을 되살릴 수 있는 사람인가 생각했다.

"왜 그래? 나를 몰라? 자네도 살아 있었군. 가만 보자 지금이 삼월이니까 남지 2호가 침몰한 지 벌써 팔 개월이 흘러갔군. 컬컬."

사내는 예의 없는 자세로 카오 옆에 털썩 앉더니 그에게 술잔을 내밀었다. 어리둥절한 표정으로 카오가 맥주를 부어주자, 그는 거칠게 들이마셨다. 그걸 본 조단이 탁자를 내려치며 소리를 질렀다.

"어디서 보지도 못한 놈이 와서 수작이야? 썩 꺼져!"

카오는 손을 들어 조단을 만류하고는 말상의 사내에게 조심스레 물어보았다. 그런데 그가 기억하지 못하는, 세이셸에서 한 번도 써보지 못한 언어가 자신도 모르게 입에서 술술 흘러나왔다.

"나를 알고 계시오?"

"이거 왜 이래? 정말로 나를 모르는 거야?"

"사실 나는 옛일을 기억하지 못하오."

그 말을 들은 사내는 순간적으로 눈알을 희번덕이며 묘한 표정을 지었다. 세 사람 사이에 침묵이 흐르는 동안, 사내는 목로판 위의 술을 거의 혼자서 마시다시피 했다.

"이봐, 자네 이름은 우섭이야. 손우섭. 자넨 한국인이야. 나와 같이 남지 2호라는 원양어선을 탔잖아? 그때 충격으로 기억을 잃은 모양이군."

카오는 우섭이라는 이름을 되뇌며 의문스러운 표정을 지었다. 어디선가 기억의 저편에 희미하게 남아 있는 이름이라는 생각이 들었다. 말상의 사내는 두 사람이 같은 배를 탔으며 배가 폭발하면서 많은 선원이 죽었다는 말을 꺼냈다. 조단은 여전히 못마땅한 표정이었으나 카오가 진지하게 듣는 것을 보고 자리에서 일어나서 먼저 가버렸다.

"이것 봐, 우섭이. 아직도 기억이 안 나나?"

사내는 카오에게 술을 권했다. 그는 다소 어리벙벙한 가운데 술을 마셨고 얼큰히 취하고 말았다. 한참 후, 새벽녘에 두 사람은 술집을 나왔고 어느새 친근한 사이가 되어있었다. 카오는 말상의 사내가 그리 싫지 않았다. 세이셸에서 같은 말을 쓰는 동류를 만났다는 기쁨도 있었고 자신을 구해줬다는 것이 마음에 들었던 것이다.

두 사람은 카오의 집 근처에 다가갔고 사내는 카오의 몸을 부축한다면서 바짝 붙어있었다. 정신이 다소 혼미한 카오는 멀리 보이는 불빛을 보며 비칠거리며 걸어갔다. 순간, 말상의 사내는 카오를 확 밀치더니 순식간에 멀리 뛰어갔다. 그 사내는 멀어져 가면서 이상한 소리를 했다.

"바보 같은 새끼! 잘 가라. 나는 간다. 네 놈은 영원히 병신으로 살다가 죽을 놈이야."

카오는 사내의 억센 힘에 코코넛 나무 아래로 나동그라졌다. 몸에 힘이 빠진 카오였다. 뛰어가는 사내를 쫓아갈 수도 없었다. 곧이어 그는 자신의 바지 주머니에 넣어둔 돈이 모두 사라졌다는 것을 알 수 있었다.

7

"니샤, 그 사람이 정말 나를 알고 있었던 걸까?"
"신경 쓰지 마. 단순한 좀도둑이었어."

"나를 보고 손우섭이라고 했어. 내가 한국인이며 자신과 함께 남지 2호라는 배를 탔다고 하면서."

"훗! 그게 다 지어낸 말인지 진짜인지 어찌 알아. 그때 조단이 그대를 집에 데리고 가야 했는데. 못된 놈!"

니샤는 코코넛 오일이 들어간 커피를 마시며 심드렁한 표정을 지었다. 카오는 의자에 앉아 창밖의 바다를 보며 담배를 피웠다. 니샤는 그런 카오의 옆모습을 힐끗 쳐다보면서 계속 커피를 마셨다. 그녀의 얼굴 한구석에는 복잡한 기운이 서려 있었다. 그건 마치 카오가 자신의 과거를 기억하는 것이 못내 불안하다는 속내가 묻어있는 듯한 모습이었다.

"니샤, 나 좀 나갔다 오겠어."

카오는 일어나 문으로 걸어갔다. 니샤는 그런 카오를 말없이 지켜보았다. 그가 집을 나와 걸어간 곳은 몽블랑산이었다. 그 산은 언제 올라가도 그의 마음을 시원하게 해주었다. 마에섬에서 가장 높은 산답게 정상에 서면 주변 경치가 한눈에 들어왔다. 삼백 년 전만 해도 아무도 살지 않았던 세이셸의 원시림이 그의 눈 아래 펼쳐져 있었다. 세이셸은 태고의 신비를 그대로 간직한 섬이었다.

그는 바위 위에 앉아 오랫동안 산 밑을 내려다보았다. 원시림 사이로 작은 길이 나 있었고 그 끝은 모래사장으로 향하고 있었다. '도대체 나는 어디에서 왔으며 어디로 가야 하는 걸까? 니샤가 나를 발견한 저 모래사장은 무슨 비밀을 간직하고 있는 걸까? 우섭이라고? 내 이름이 손우섭이라고? 한국이란 나라는 뭐지?'

아래쪽에서 시원한 바람이 몰려오면서 바다 물빛이 다양한 색깔로 변해갔다. 연푸른색이었다가 진한 청색이기도 했고, 하늘색처럼 가늘어지다가도 코발트블루의 색감을 보여주기도 했다. 바다는 반드시 파랗지만은 않았다. 회색에 검고 푸른 물감을 희석해 놓은 듯한 색깔이기도 했고, 놀이 질 때면 황금빛 비단을 깔아놓은 듯한 색깔도 보였다.

어둠살이 몽블랑산을 휘감을 즈음, 카오는 산을 내려와 보발롱으로 돌아왔다. 마침 세이셸 사람들이 바자르 라브린이라고 부르는 야시장이 모래사장에서 열리고 있었다. 매주 수요일에 한 번씩 열리는 야시장은 일종의 풍물 시장이었다. 고구마튀김과 돼지 내장으로 만든 크레올 소시지, 플랜팅 바나나로 만든 바나나튀김 등을 파는 좌판이 펼쳐져 있었다. 니샤와 알리제는 미코와 함께 크레올 소시지를 먹고 있었다. 카오를 발견한 알리제가 손짓으로 그를 불렀다. 조단과 넬라도 웃으면서 음식을 먹고 있었다.

일주일마다 열리는 야시장을 보러 보발롱 비치 주변 마을에서 많은 사람이 몰려왔다. 인도인과 중국인, 유럽인도 섞여 있어 마치 인종전시장을 방불케 했다. 가난하지만 밝게 웃는 사람들의 얼굴을 보며 카오는 혼란스러운 심정을 털어버리며 슬며시 미소 지었다. 술집에서 만난 말상의 사내에 대한 안 좋은 일도 금세 잊어버렸다. 어디선가 기타 소리와 쉐나이 소리가 들려왔다. 보발롱의 밤은 흥겨움의 연속이었다.

"카오, 돛대 이리 줘요."

미코는 보트 위에 선 채 손을 뻗었다. 저 멀리 모래사장 위로 넬라가 헐떡거리며 뛰어오는 모습이 보였다. 카오는 넬라의 모습을 흘깃 보다가 돛대를 미코에게 건네준 후 보트 위로 올라갔다. 넬라가 거의 보트에 다 올 즈음, 미코는 놀리듯이 장대를 배 옆 바닷물에 넣고 힘차게 쭉 밀었다. 그 반동으로 보트는 바다 위로 미끄러지듯 앞으로 나갔다.

넬라는 중간 손가락을 들어 미코에게 욕을 한 후, 물속으로 첨벙 뛰어들어 죽을힘을 다해 헤엄쳤다. 바람이 조금씩 불어왔다. 날씨는 더 할 수 없이 쾌청했다. 물고기를 잡을 수 있는 최적의 조건이었다. 마침내 뱃전에 도착한 넬라는 미코의 욕을 하며 보트 위로 올라왔다.

"미코, 죽고 싶어!"

눈을 부라린 넬라는 미코를 때릴 듯이 주먹을 쳐들었다. 미코는 겁을 집어먹은 듯이 허리를 굽히며 보트 이쪽저쪽으로 달아났다. 두 청년의 모습을 지켜보던 카오는 빙긋 웃으며 바늘에 미끼를 끼우고 있었다.

"그러게 누가 늦으라고 했어? 알리제랑 놀다가 늦어놓고는."

"퍽유! 너나 잘해!"

넬라는 화가 난 목소리로 미코를 잡으려고 했지만 좁은 배 안에서 미코는 요리조리 잘도 피해 다녔다. 그러는 동안 보트는 물살에 실려 모래사장과 점점 더 멀어졌다. 카오는 돛대를 포스트에 꽂아놓고 돛을 크게 펼쳤다.

"그만! 이제 물고기를 잡으러 가자."

카오의 말에 미코는 노를 잡았지만, 넬라는 여전히 씩씩거렸다. 바람을 받은 보트는 물살을 양쪽으로 가르며 힘차게 나아갔다. 미코는 노를 저었고 다소 화가 풀린 넬라도 노를 젓기 시작했다. 어느 정도 배가 바다로 나가자, 카오는 닻을 내리고 낚싯줄을 바다로 던졌다. 수경을 낀 미코는 넬라에게 혀를 날름 내밀고는 바닷속으로 들어갔다. 넬라도 뒤질세라 수경을 끼고 미코 뒤를 따라갔다.

몇 시간이 흘러 배 안에는 카오가 낚아 올린 고기와 두 청년이 건져 올린 해산물이 가득 널렸다. 두 청년은 언제 그랬냐는 듯이 히죽거리며 카오가 잡은 물고기를 냉동 상자에 집어넣었다.

"역시 카오는 고기를 잘 잡아. 벌써 이십 마리라니. 오늘도 신나게 고기 파티하겠는데. 킬킬."

미코가 환한 표정을 짓자, 넬라도 덩달아 말했다.

"우리도 제법 잡았잖아. 좀 부족하긴 해도."

"클. 우리가 잡은 것은 카오에 비하면 아무것도 아니지. 넬라 우리도 질 수 없잖아. 또 들어가자."

"좋지. 너 먼저 들어가."

카오는 왼손을 들어 햇빛 가리개를 하면서 먼바다를 바라보았다. 흰 거품이 넘실대면서 보트 쪽으로 오고 있었다.

"이제 그만하는 게 좋겠어. 파도가 몰려오는 것이 별로 안 좋은데."

"카오, 걱정하지 말아요. 금방 갔다 올 테니까."

미코는 카오가 말릴 새도 없이 바다로 뛰어들었다. 그 뒤를 따라 넬라도 냉큼 들어갔다. 흰 파도를 주의 깊게 살펴보던 카오는 약간 걱정스러운 표정을 지었으나 두 사람이 금방 올라올 거라는 생각에 낚싯줄을 던졌다. 잠시 후, 카오는 그들이 올라오지 않는 것이 이상했다. 평소보다 물속에 오래 있는 것이었다. 혹시 하는 생각에 카오는 옆에 있던 수경을 집었다.

"카오! 크, 큰일 났어요! 미코가 해초에 감겼어요!"

갑자기 물 밖으로 나온 넬라가 비명에 가까운 소리를 질렀다. 그의 말에 카오는 반사적으로 자리에서 일어나서 바닷물로 들어갔다. 넬라가 가리키는 방향으로 급히 잠수한 카오는 해초에 오른발이 감겨 축 늘어진 미코를 발견했다. 입을 벌린 미코는 바닷물을 들이마신 상태였고 두 팔과 왼쪽 다리는 물결 따라 이리저리 일렁거렸다. 카오는 급히 칼로 해초를 자른 후에 미코의 팔을 잡고 필사적으로 물 위로 올라갔다. 뒤따라 잠수한 넬라도 안간힘을 써서 미코의 다리를 잡고 두 다리를 저었다.

물 위로 나온 두 사람은 미코를 급히 배 위로 밀어 올렸다. 넬라도 헉헉거리며 배 위로 올라갔다. 그는 미코의 머리를 흔들었다.

"미코, 정신 차려!"

어찌 된 일인지 미코는 미동도 하지 않았다. 더럭 겁이 난 넬라는 거의 울상 지경이었다.

"넬라, 미코의 배를 손으로 계속 문질러."

카오의 말에 넬라는 배를 양손으로 세게 문지르기 시작했다. 미코의 입을 벌린 카오는 입으로 숨을 불어 넣었다. 그러나 미코의 입술은 창백해져갔고 설상가상으로 멀리서 거대한 파도가 보트로 다가왔다. 카오는 필사적으로 숨을 불어넣었다. 그때 파도가 보트를 강타했고 그 충격으로 보트는 허공으로 높이 떠올랐다가 바다에 그대로 곤두박질쳤다. 세 사람은 모두 바닷속으로 빠져버렸다. 넬라와 카오는 두 손을 저으며 물 위에 떠 있었지만, 미코는 물속으로 가라앉고 말았다.

카오가 급히 잠수했으나 조류에 휩쓸린 탓인지 그의 모습이 보이지 않았다. 물속을 헤집으며 카오는 미코를 필사적으로 찾았다. 겨우 그를 발견한 카오는 미코의 손을 잡고 물 위로 올라왔으나 숨결이 느껴지지 않았다. 절망적인 상황이었다. 배는 뒤집혔고 미코는 죽음의 문턱에서 허우적거렸다. 미코를 붙잡고 보트로 다가간 카오는 넬라와 힘을 합쳐 그를 배 위로 올렸다. 그러나 이미 미코는 숨을 거둔 뒤였다.

넬라와 카오는 절망적인 심정으로 미코의 유체를 싣고 보발롱 해변에 도착했다. 소식을 들은 마을 사람들 모두 망연자실했다. 알리제는 내내 오열했지만, 니샤는 엄정한 표정을 지은 채 침묵을 지켰다. 카오의 눈에 그녀의 침묵은 오히려 더 슬프게 보였다.

그다음 날 오후, 미코의 장례식은 소박하게 치러졌다. 스물네 시간 안에 화장(火葬)해야 하는 힌두교 전통에 따라 바로 장례식이 열린 것이다. 니샤는 힌두교 방식대로 화장할 것을 결정하고 사람들에게 나무를 모으라고 일렀다. 마을 사람들은 마른 코코넛 열매껍질과 나뭇가지를 그러모았다. 어느덧 준비가 끝나가자, 미코의 시신은 수레에 실려 몽블랑산 언저리로 운구되었다. 그곳은 세이셸 사람들의 전통 화장장이었다. 카오는 차마 미코의 장례식에 가지 못했다. 미코가 죽은 후 카오는 구석진 곳의 해먹에 하루 종일 누워 지냈다.

"미코가 죽은 것은 그대의 잘못이 아니야, 카오. 그 아이는 그때 죽을 운명이었던 거야."

"그, 그래. 설사 그것이 운명이라 해도 아이들을 데리고 바다에 간 것은 나야. 니샤, 날 좀 내버려 둬."

장례식이 열리던 날, 카오는 죽은 듯이 해먹에 누워있었고 니샤는 아무런 말도 하지 않았다. 그녀는 힌두교 전통 의상을 입었다. 통이 넓은 하얀 바지에 쫄리를 입고 회색 사리를 걸쳤다. 머리에 코갈을 쓴 그녀는 이마에 붉은 꽃을 달았다.

마을 사람들은 나무 장작을 높게 쌓아놓고 니샤를 기다리고 있었다. 평온하게 누워있는 미코는 정장 차림이었다. 검은 바지에 하얀 와이셔츠를 입었고 얼굴에는 엷게 화장이 되어있었다. 넬라와 알리제는 미코를 내려다보며 창백한 표정을 지었다. 아이의 두 눈은 잠든 듯이 감겨 있었다. 니샤는 미코의 유체에게 다가가 차가운 바닷물을 온몸에 뿌렸다. 그녀가 새벽에 보발롱 해변에서 떠온 투명한 물이었다.

사람들이 일렬로 늘어서서 미코의 육신에게 안녕을 고하는 동안 니샤는 미코의 머리맡에 서서 베다의 한 구절을 낭송했다. 그녀가 읊조리는 베다는 높고 낮은 음절을 반복하면서 애절함을 더해줬다. 베다 암송이 끝난 니샤는 미코의 가는 길을 염원하며 노래를 불렀고 조단은 쉐나이를 불며 장중하게 화음을 맞추었다.

  우연히 길을 가다가 이상한 새가 울음 운다
  무슨 새가 울랴마는 붉은 꽃이 앞에 피네
  바라보고 지척을 보고 설리 통곡하지만

그대의 가는 길에 푸른 강물 나타나거든
뒤돌아보지 말고 황망히 건너가라
그건 이별이 아니라 또 다른 시작임을
넋이여 푸른 넋이여 걱정하지 말고 고이 가라~

   오른손에 붉은 꽃이 그려진 부채를 들고 왼손에는 하얀 천을 쥔 니샤는 몸을 빙빙 돌리며 노래를 불렀다. 조단의 쉐나이가 구슬픈 음조를 연주했다. 니샤의 노래가 끝나는 걸로 모든 제의(祭儀)는 막을 내렸다. 사람들이 침통한 표정을 짓는 가운데 마을 청년들이 미코를 수북이 쌓인 코코넛 열매껍질 위로 올렸다. 조단은 건네받은 햇불을 들고 불을 질렀다. 화르르. 불은 순식간에 맹렬한 기세로 타올랐고 태양은 송곳 같은 빛을 천지에 뿌려대고 있었다.
  "저기 봐. 카오야."
  알리제의 낮은 목소리에 사람들의 시선이 일제히 왼쪽으로 쏠렸다. 비쩍 마른 카오가 멀리서 퀭한 눈으로 우두커니 서 있었다. 그의 각진 얼굴 위로 뜨거운 햇살이 쏟아졌다. 일그러진 얼굴, 남루한 옷차림, 몹시 허기진 모습. 사람들은 그를 보며 안타까운 표정을 지었으나 누구 하나 선뜻 그에게 다가가진 못했다. 마침내 모든 불이 사그라지고 미코의 유골을 니샤가 천천히 수습했다. 넬라가 나무 상자를 들고 왔고 유골은 하나씩 상자에 담겼다. 조단과 넬라가 상자를 들고 보발롱 해변으로 향했다. 사람들이 그 뒤를 따라가는 긴 행렬이 시작되었다. 미동도 하지 않던 카오도 행렬의 끝을 따르기 시작했다.

보발롱 해변 끝자락에 유골함이 도착하자 조단은 나무 상자를 배 위에 실었다. 니샤과 넬라, 알리제가 함께 배에 탔다. 사람들은 뿔뿔이 흩어졌고 카오는 뜨거운 모래사장 위에서 조단의 배가 바다로 나가는 것을 우두커니 지켜보았다. 니샤는 배가 물결을 헤치는 동안 베다를 읊조리며 미코의 유골을 바다로 하나씩 던졌다. 배 양옆으로 물살이 부챗살처럼 퍼져갔고 그녀가 읊조리는 베다는 파라우리한 물살 속으로 녹아들어 갔다. 모아이 석상처럼 서서 그 모습을 지켜보던 카오의 얼굴에 어쩐 일인지 잔잔한 미소가 피어났다. 가장 슬퍼해야 할 순간에 미소를 짓는 그의 얼굴. 그는 미코의 영혼이 하늘로 올라가는 것을 보기라도 한 걸까.

장례식이 끝난 그날 밤, 모래사장의 코코넛 나무 의자에 앉아 밤하늘의 별을 바라보는 카오의 뒤에 니샤가 다가왔다. 하늘에 떠 있는 스피카가 유난히 반짝거렸다.

"카오, 여전히 별을 보고 있군."

"니샤, 내가 죽은 거야, 살아 있는 거야?"

"그게 또 무슨 상관이지. 그대는 이렇게 또 별을 보고 있는데."

"그렇지. 니샤, 조금씩 떠오르는 것이 있어. 미코의 유체가 불꽃 속에서 사라질 때, 내 머리를 강타하는 것이 있었어."

니샤는 움찔했다. 그 어떤 순간이 다가옴을 느낀 것이다.

"흠. 그게 과연 무얼까? 당신을 움직인 것이."

"예전에, 나는 바다 위에 떠 있는 사람들에게 무언가를 던져 그들을 구한 것 같아. 그땐 그 사람들을 살린 것 같은데, 이번에는 살리지 못했어."

"카오, 그대가 무엇을 기억하든 간에 지금 이 순간, 나와 함께 있는 것이 중요해. 그게 진실이야."

"니샤, 그대가 말했지. 별은 없어지는 것이 아니라 잠시 사라지는 거라고."

카오의 말에 니샤는 오랫동안 대답을 하지 않았다. 다만, 그녀는 왼손에 잡고 있는 칼을 조용히 만질 뿐이었다. 나무 의자에 깊숙이 몸을 파묻은 카오는 스피카를 바라보며 미코의 죽음을 애도하다가 눈을 감았다. 그의 머릿속에 다시 몇 가지 장면이 떠올랐다. 그가 어떤 배에 타고 있었으며 사람들이 왁자지껄 고기잡이하는 모습이었다.

그때 자신과 많은 이야기를 나누던 젊은 친구가 있었다. '그래, 그와 나는 푸른 뱀의 전설에 대해 많은 이야기를 나누었던 것 같아. 청사포라는 곳을 그 친구가 갔다 온 적이 있다고 했어. 내가 꿈속에서 보았던 커다란 나무 밑에서 여인들이 제사를 지내는 것도 보았다고 했지.'

카오의 머릿속에 어떤 장면들과 이름이 스치듯 지나갔다. '남지 2호라고 했던가. 그 배는 바다에서 참치를 잡았어. 세이셸에서 멀지 않은 바다였어. 나에게 무척 잘 대해주었던 어떤 사내가 있었어. 맞아, 그 사내는 나와 그전에도 고기잡이배를 탔던 것 같아.

어느 순간이었던가. 배에서 폭발음이 들리면서 큰불이 났고 사람들이 우왕좌왕했지. 그 배가 남지 2호였던가? 아까 본 사내와 멱살을 잡고 싸움하던 모습도 떠올라. 그는 기관장이라고 했지. 선원들이 바다로 뛰어들었어. 나는 배에 남아 구명정을 바다로 띄웠어. 결

국 배가 침몰했고 나는 무언가에 의존해 바다 위를 떠다녔고 정신을 잃었어.'

한참을 생각하던 그는 흠칫 몸을 떨었다. '도대체 내가 떠올리는 이 장면들은 뭐지? 청사포라. 절대 낯설지 않은 이름이야. 그럼 내가 꿈속에서 보았던 곳이 바로 청사포라는 곳일까?' 그는 자신의 이름을 부르며 몸을 흔드는 니샤의 목소리를 듣곤 눈을 떴다. 스피카는 여전히 밝게 빛나고 있었다.

8

니샤는 밤늦게 짜낭사리를 단 위에 올려놓고 향불을 피웠다. 하루에 다섯 번 치르는 슴바양의 마지막 순서였다. 짜낭사리는 코코넛 잎이나 바나나 잎으로 만든 접시에 밥과 꽃을 담은 공물이었다. 그 공물을 신에게 바치는 제사 의식을 힌두교에서는 슴바양이라고 불렀다.

그녀가 피운 향불 덕분에 집 안에는 난향과 비슷한 향이 가득했다. 카오는 눈을 감고 의자에 앉은 채 자신에게 다가오는 향을 음미했다. 카오는 잠깐씩 어떤 기억을 떠올리기도 했다. 어느 한적한 포구의 아침, 커다란 소나무에 맺힌 놀 빛, 푸른 물이끼로 덮인 바닷가와 크고 작은 돌들. 녹슨 철길과 그곳에서 바라보던 드넓은 바다. 흰옷을 입고 부채와 대나무 가지를 들고 춤을 추던 여인의 모습도 어렴풋이 떠올랐다. 서서히 그의 머릿속에 이름 하나가 떠올랐지만 이내 사라졌다. 그건 끊어질 듯하다가 이어졌고 다시 이어지면서 끊어졌다. 토막 난 나무 조각처럼 그의 기억은 듬성듬성 떠돌 뿐이었다.

늦은 제사를 마친 니샤는 인도 전통 차인 마살라 차이를 끓여 카오를 테이블로 불렀다. 두 사람은 서로 마주 보며 차를 조금씩 마셨다. 각종 향신료와 홍차 잎, 우유를 섞어 만든 마살라 차이는 일종의 밀크티였다. 자극적이지 않으면서 부드럽게 목구멍 속으로 넘어가는 것이 일품인 차였다. 마살라 차이를 마시면 온몸에 따뜻한 기운이 번지는 것이 카오는 너무 좋았다.

"니샤, 한국이라는 곳을 알고 있어?"

"한국? 그래, 알고 있어. 델리 대학에 다니던 한국 친구와 함께 생활했거든."

"그랬군."

"나는 델리에서 직장생활을 했는데, 그 친구는 한국의 서울에서 인도어를 배웠다고 했어. 키가 아주 작고 눈이 큰 여학생이었어."

"한국에 대해 많이 들었겠군."

"그 친구는 인도와 한국은 밀접한 관계가 있다고 했어. 서울이란 말은 고대 왕국 경주의 옛 이름인 서라벌에서 온 것이며 또 서라벌은 인도 말인 서르와벌에서 유래한 것이라고 했지."

"서르와벌?"

"지고무상(至高無上) 또는 '최고의 세력'이라는 뜻이야."

"왕이 살던 곳이니 그리 불렸겠군."

"그 서라벌에 예전 처용이란 용신(龍神)이 인도에서 건너왔다고 했어. 이 용의 어원이 인도어의 나가(Naga)라는 신성한 뱀에서 왔다는 거야. 한국에서 신앙으로 받드는 푸른 용은 실상 뱀이라는 거지. 세상의 악을 물리치는 푸른 뱀."

"푸른 뱀?"

"이 모자를 자세히 봐."

니샤는 서랍에서 코갈을 꺼내왔다. 인도인들이 조상의 제사를 지낼 때 반드시 쓰는 모자라고 했다.

"이 모자는 뱀의 머리를 상징하는 거야. 풍요와 다산의 상징인 뱀은 인도나 한국이나 성스러운 존재였어. 뱀의 머리는 남근을 닮았기 때문이야."

카오는 푸른 뱀이라는 단어를 듣고 눈을 감으며 무언가를 기억해 내려고 애썼다. 너무나도 익숙한 말이었다. 그래, 전설이 있었어. 누군가의 간절한 바람이 결국엔 이루어지는 애절한 전설이. 푸른 뱀은 그 전설에 분명 등장했던 거야.

"카오, 내가 자주 부르는 쉐나이라는 악기가 한국에 건너가서 태평소라는 악기가 되었다고 해."

"응, 태평소?"

"쉐나이는 사실 코브라 피리라고도 불리는 풍기라는 악기에서 온 거야. 결국 쉐나이는 뱀의 영혼을 부르는 악기인 셈이지. 그대가 꿈에서 들었다는 가늘면서도 높은음은 바로 쉐나이, 즉 태평소에서 나오는 소리야."

"니샤, 우리가 프랄린 섬에서 만났던 알다브라 육지 거북이 꿈에 자주 나와. 어떤 때는 푸른색을 띤 채 말이야. 그리고 그 거북이의 주변에 어슬렁거리는 푸른 뱀도 보았어."

다소 놀란 표정을 지으며 니샤는 마살라 차이를 마셨다. 푸른 거북과 푸른 뱀을 보았다고? 그건 그의 기억 세포 속에 남아 있는 무의식의 발현이었다. 그는 푸른 뱀과 관련된 지역에서 살았던 것이 분명해. 나는 느낄 수 있어.

"카오, 알다브라 거북은 큐리어스와 버드 아일랜드에 많이 살고 있어. 두 섬의 수호신이지. 무척 신비로운 동물이야."

니샤는 몽환적인 분위기에 빠진 듯 턱을 괴고 창문 넘어 검은 바다를 쳐다보았다. 카오 역시 몸을 돌려 바다를 응시하며 알다브라 거북을 떠올렸다.

프랄린 섬 북쪽 해안에 있는 작은 섬, 큐리어스. 알다브라 육지 거북의 천국이라고 할 정도로 섬 전체에는 거북이가 진흙을 덮어쓴 채 돌아다닌다고 했다. 백 살 넘은 거북들도 부지기수고 성격도 온순해서 사람들이 만져도 가만있다는 육지거북. 그래 큐리어스로 가서 푸른 거북을 만나야겠어. 그러면 푸른 뱀도 만날지 몰라. 어쩌면 누군가를 만날 수도 있지 않을까? 두 사람이 사는 집 위로 남십자성과 스피카를 비롯한 많은 별이 높이 떠올랐다. 유독 별빛이 푸르렀다.

다음 날 아침이었다. 카오는 니샤와 아침 식사를 하면서 조용히 말했다.

"니샤, 푸른 거북을 만나면 푸른 뱀도 찾을 수 있겠지?"

빵나무 열매를 먹던 그녀는 카오의 말에 조용히 포크를 내려놓았다.

"푸른 뱀을 찾아서 무얼 하려고?"

"그 누군가를 만날 수 있을 것 같아. 어쩌면 매일 꿈속에 나타나는 그 여인일지도 몰라."

카오가 진지하게 말하자, 니샤는 조용히 일어나서 장식장으로 갔다. 잠시 후, 그녀는 나무 상자를 갖고 왔고 그 안에서 작은 칼을 꺼내 그에게 건네주었다.

"이걸 갖고 가. 당신을 처음 발견했을 때 함께 있었던 배낭 속에 이 칼이 있었어. 이건 어떤 이의 심장과 혼이 깊게 담겨 있는 칼이야. 그대는 이 칼에서 나오는 어떤 기운을 느끼고 또 그로 인해 나를 떠날지도 몰라. 그래도 이젠 어쩔 수 없는 것 같아. 아무리 내가 막으려 해도 그대가 떠나는 것 또한 운명이야. 카오는 이 칼의 기운에서 벗어날 수 없어."

카오는 오른손으로 칼을 들고 그걸 진중하게 지켜보았다. 잠시 후, 칼날의 어떤 신령한 기운이 그의 손을 타고 폐부 깊숙한 곳으로 전해져 왔다. 한참 동안 미동도 하지 않고 칼날을 내려다보던 카오는 작은 점들이 하나씩 나타나서 어떤 형상을 만드는 것을 알게 되었다. 처음에 희미했던 그 형상은 차츰 또렷한 모습으로 변해갔다. 그가 꿈속에서 그토록 보았던 여인의 얼굴이었다. 그 얼굴은 그의 눈동자 깊숙이 들어오는가 싶더니 어느덧 그의 심장 속으로 파고들었다.

"니샤, 이 칼은 그 여인이 나에게 준 것이었어."

그녀는 마치 모든 것을 알고 있었다는 듯이 고개를 끄덕였다.

"푸른 뱀을 찾으면 분명 그녀도 만날 수 있을 거야."

"그래, 카오. 그대의 마음이 움직이는 대로 하면 돼. 그대는 분명 그 여인을 만날 거야. 그리고 영원히 함께 있게 되겠지."

말을 마친 니샤는 아쉬운 표정을 지으며 가볍게 한숨을 쉬었다. 그녀의 어두운 태도에 카오는 어딘가 미안함을 느꼈다. 그는 칼을 품속에 넣고 조용히 일어섰다. 카오는 뒤돌아서서 햇살이 환하게 들어오는 출입문을 향해 걸어갔다. 곧이어 그는 계단을 밟고 아래로 내려갔다. 카오의 뒷모습을 바라보는 니샤의 눈에서 투명한 눈물이 흘러내렸다. 계단 아래 창고에서 돛대와 노를 챙긴 카오는 보발롱 해변에 정박한 나무 보트를 바다로 끌고 갔다. 그는 돛대를 펼쳤고 때마침 불어온 사월의 바람이 그의 배를 바다로 힘차게 밀고 나갔다.

2장

스피카

1

　열두 번이나 구부러진 길이라고 했다. 해운대 미포에서 청사포로 가기 위해 반드시 걸어야만 하는 길. 오월의 햇살이건만 농염한 빛이 땅 위에 가득했다. 그 따가운 태양 아래 걸어가는 젊은 부부와 계집아이가 있었다. 평평해지다가도 어느새 오르막이고 다시 내리막이 나타나는 황톳길. 풀풀 날리는 흙먼지를 마시며 그들은 구불구불한 길 위를 계속 걸어갔다.
　세 사람이 발밤발밤 걷고 있는 달맞이 길은 '와우산(臥牛山)'의 허리에 해당하는 곳이었다. 소가 누운 모습이라 하여 그런 이름을 갖게 되었는데 소머리는 인근에서 가장 높은 장산을 향해 있고 그 꼬리는 해운대의 끝에 자리 잡은 포구에 닿아 있었다. 그곳이 방금 그들이 출발한 미포(尾浦)였다. 달맞이 길 양쪽에는 울연한 송림이 있었고, 가끔 솔잎이 너울너울 떨어지기도 했다. 소나무 사이로 청서가 돌아다녔고 멧비둘기가 구구 울기도 했다.

두 사람의 딸인 듯한 아이는 일곱 살 정도 되어 보였다. 무척 귀엽고 이목구비가 뚜렷해서 누가 봐도 예쁜 아이였다. 사내는 검게 그을린 얼굴에 야윈 아래 볼과 메마른 입술을 가졌다. 낡고 검은 면바지에 줄무늬 셔츠를 입은 채 계집애를 업기도 하고 손을 잡고 함께 걷기도 했다. 그 뒤를 따라가는 도리암직하게 생긴 여편네는 검은색 치마에 우중충한 회색 저고리 차림새였다. 흰 수건을 동여맨 여자의 머리에는 커다란 보퉁이가 얹혀 있었다. 그들의 얼굴에는 가난하고 힘든 삶의 찌꺼기가 가득했다.

부부는 내리막길을 지나 다시 한참 동안 오르막길을 걸어갔다. 이윽고 언덕 위에 이른 그들은 아래를 내려다보았다. 세 사람의 눈에 저 멀리 프러시안 블루의 바다가 훤히 들어왔다. 보기만 해도 폐와 심장을 물에 씻은 듯한 청량함이 느껴지는 바다였다. 계집아이는 먼바다를 보며 자그마한 눈을 반짝였다. 언덕에서 바닷가로 이어지는 비탈길이 마치 땅 위를 기어가는 뱀처럼 구부정하게 늘어져 있었다. 길 양쪽에는 곱다시 피어 있는 패랭이와 민들레, 해당화가 해풍에 흔들거렸다.

"저곳이 청사포 마을인 것 같아!"

동해안의 마지막 어촌인 청사포는 마치 보석처럼 아름다운 포구였다. 이 포구를 중심으로 왼쪽에 미포가 있고, 오른쪽에는 구덕포가 있었다. 사람들은 이를 일러 해운 삼포라고 불렀다. 사내가 바닷가를 가리키며 벅찬 표정을 짓자, 여편네도 얼굴에 환한 미소를 띠었다. 비탈길의 끝에는 바다가 있었고 그 주변에는 오종종한 초가집들이 보였다. 작은 포구에는 어선들이 정박하여 있었다.

"아버지, 집들이 너무 귀여워."

"마을이 무척 깨끗해 보여요. 배도 많아 보이고."

"그래, 이제부터 우리가 살아야 할 곳이야. 마음에 드는데."

그들의 얼굴에 흡족한 미소가 가득 피었다. 생각보다 규모가 큰 청사포 마을에서 뭐라도 하면 먹고 살 수 있을 것 같았다. 계집아이는 엄마 아빠가 좋아하는 모습을 보며 연신 웃음을 터트렸다.

잠시 후, 그들은 비탈길을 따라 천천히 내려갔다. 길 양쪽에는 키 작은 돌담으로 둘러싸인 초가집들이 드문드문 보였고 중간쯤에는 녹슨 철길이 하나 있었다. 여편네의 언니인 미포댁은 이 철길을 경계로 위에 새터 마을이 있고 아래쪽에 청사포 마을이 있다고 했다. 세 사람은 철길을 지나 계속 내려가서 바다와 붙어있는 청사포로 들어갔다. 청사포에서 왼쪽을 보면 달맞이 고개 넘어 미포가 있었고, 오른쪽을 보면 송정 바닷가와 붙어있는 구덕포가 있었다. 미포댁은 이 세 개의 포구를 해운 삼포라고 부른다고 했고 철길을 따라가면 차례로 만날 수 있다고 일러주었다.

부부는 계집아이의 손을 잡고 황톳길을 걸어가며 천천히 마을을 둘러보았다. 초가집이 길 따라 붙어있었고 오고 가는 마을 사람들도 무척 순박한 모습이었다. 바닷가의 중간 지점에는 평평한 돌밭이 있었고, 그 앞바다에 떠 있는 어선들이 물결 따라 조용히 일렁거렸다. 어선들은 돌밭에 듬성듬성 박힌 나무 말뚝과 긴 줄로 연결되어 있었다. 나중 사내는 그곳이 물목이라는 것을 알게 되었다.

그들은 미포 방향의 황톳길을 걸어가다가 아름드리 소나무를 한 그루 보게 되었다. 안내판에는 그 나무가 망부송이며, 나무 밑에 있는 당집은 골매기 할매를 모시는 제당이라고 적혀 있었다. 또 마을 이름인 청사포(靑蛇浦)에는 푸른 뱀의 전설이 전해져 온다는 글자도 보였다.

세 사람은 망부송 그늘에 앉아 피곤한 다리를 주무르며 바다를 쳐다보았다. 몇 척의 배들이 물목에 들어오는가 싶더니 장어와 문어, 뽈락, 쥐치를 돌밭에 내려놓았다. 바닷가와 가까운 곳에서는 해녀들이 테왁을 안고 헤엄치고 있었다.

조금 있으니, 해녀들이 물 위로 올라와 망부송 앞으로 하나둘 다가왔다. 물 조롱이를 입고 수경을 이마에 붙인 그녀들은 테왁과 망사리를 어깨에 걸치고 있었다. 제주댁은 테왁과 망사리를 지긋이 쳐다보았다. 그중에서 우두머리로 보이는 부얼부얼한 모습의 여자가 여편네를 바라보며 불쑥 말을 걸어왔다.

"어디서 왔는교? 처음 보는 사람들인데."

여편네는 잠시 당황하다가 이내 침착하게 대답했다.

"저희는 여기에 살려고 왔습니다. 미포에 사는 언니의 소개로 두칠 무당님을 만나려고요."

"아, 두칠 무당요? 그 집안일 하려고 온 모양이네."

다른 해녀들의 눈동자가 일제히 세 사람에게 향했다. 여기서 살려고 왔다고? 허이구 뭐 먹을 게 있다고. 야야, 다 사연이 있겠제. 뭐 이런 말들이 여기저기서 들려왔고 부부는 잠시 몸 둘 바를 몰라 했다.

"보아하니 그쪽도 제주도 사람인 것 같은데."

"예. 그걸 어찌."

"여기 주변에 제주도 사람들이 억수로 많은데 내가 와 모르겠는 교? 보아하이 새댁도 물질 좀 해본 것 같네. 망사리를 유심히 쳐다 보는 것이."

"예, 저도 제주도에서 물질을 좀 했습니다."

"우리 고향 사람이 또 들어오는 갑다. 그라믄 제주댁이라고 불러 야겠네."

"제주댁, 거 좋네. 부를 때마다 고향 생각나겠네. 쯧쯧 오죽하면 그 먼 데서 여기까지 왔겠노?

"제주댁, 두칠 무당 만나려면 저쪽 초가집 사이 좁은 골목으로 들어가소. 오색기가 달린 집이요."

자연스레 제주댁이 된 여편네가 고맙다고 말하자, 해녀들은 왁자 지껄 떠들면서 초가집 쪽으로 몰려갔다. 뜨겁던 태양이 어느새 산꼭 대기 근처로 살금살금 기어갔다. 제법 바람이 시원하게 불어와 여편 네의 치맛말기를 흔들어 댔다. 계집아이는 엄마의 치마를 붙잡으며 어서 가자고 칭얼거렸다.

덩치 큰 해녀의 말마따나 청사포 인근에는 살길을 찾아 제주도 에서 건너온 사람들이 많았다. 여편네의 언니인 미포댁도 증오와 학 살의 와중에 남편을 잃고 해운대 끝자락인 미포에 정착한 경우였다. 두 사람도 어릴 적 부모를 모두 잃었다. 그들은 어렵사리 부부의 연 을 맺어 사내는 어부 일을 했고 여편네는 해녀였지만 먹고 사는 것 이 너무 힘들었다. 결국 그들은 먹고 살길을 찾아 미포댁을 찾아가게 된 것이다.

 그러나 제주도나 미포나 어촌의 살림살이가 궁핍하기는 매한가지였다. 미포에서 별다른 일거리를 찾지 못한 부부는 끼니를 거르는 일이 허다했다. 그래서 미포댁은 청사포에 가서 두칠이라는 박수무당을 만나라고 했다. 그는 해운 삼포에서 동해안 별신굿을 주관하는 큰무당이었다. 미리 연통을 해두었으니 그 무당집 일을 돌봐주면서 먹고살라는 것이었다. 미포댁은 제주도에서 무가와 점술을 배운 사람이었다. 그걸로 미포에서 동네 무당 행세를 하며 어렵게 살고 있던 터라 상호 가족을 돌봐줄 여력이 없었다.

 잠시 후, 세 사람은 두칠이 있는 곳으로 가게 되었다. 얼굴이 약간 얽고 허리가 구부슴한 두칠은 뜨뜻미지근한 자세로 세 사람을 바라보았다. 그들을 위아래로 훑어보며 한참 동안 이리저리 궁리하는 모양새였다.

 "그래, 어디에서 왔다고? 이름은 무엇인고?"

 "예, 저희는 제주도에서 왔습니다. 저는 장상호라고 합니다. 여편네는 박순영인데 앞으로 제주댁이라고 불러주십시오. 이 아이는 제 딸인 여주입니다. 무슨 일이든지 하겠습니다. 받아만 주시이소."

 "흠. 무슨 일이든지 한다고? 허 거참. 요즘 같은 시국에 군식구 받아들이는 게 쉬운 일은 아니지."

 다시 한동안 생각하던 두칠은 상호 가족을 골목길 끝에 있는 허름한 초가집으로 데려갔다. 두칠은 각종 무구를 보관하고 있는 큰방 옆의 작은 방을 살림집으로 쓰라고 했다. 초가집 옆에는 청사의숙(靑沙義淑)이라는 현판이 달린 집이 하나 있었는데 서당처럼 보이는 곳이었다.
 두 사람은 두칠이 가고 난 후 초가집 안팎을 청소하며 정리했다. 여주는 마당에서 흙장난을 치며 놀았다. 해거름이 들 즈음, 어떤 열댓 살 먹은 사내아이가 담장 위로 고개를 빼꼼 내밀었다. 새카만 얼굴에 땟국물이 흐르고 봉두난발 같은 머리 모양이었다. 사내놈은 헤벌쭉 웃더니 불쑥 담장을 넘어 초가집 마당으로 들어섰다. 그러고는 싸리 빗자루를 들더니 무작정 마당을 쓸기 시작했다.
 "얘, 너는 누구니?"
 제주댁이 물어보자 사내아이가 밝게 대답했다.
 "예, 저는 손우섭이고 마을 머슴이라서 청소하는 게 당연해요."
 "마을 머슴?"
 "헤헤. 다들 저를 그리 불러요."
 "이거 참 고맙구나."
 "저는 저 서당 헛간에 살고 있어요."
 "쯧쯧. 어릴 때부터 혼자였구나."
 "이제부터 아줌마네와 저는 이웃사촌이에요."
 제주댁은 너스레를 떨며 도와주는 아이가 기특하여 등을 토닥거려 주었다. 툇마루에 잠시 앉아 있던 상호도 사내아이를 보며 벙글거렸다.
 우섭이 마을 머슴 노릇을 하게 된 것은 아주 어릴 때부터였다. 그는 육이오 전쟁이 끝난 겨울 즈음에 청사포에 버려졌다. 동해안 별신굿에 몰려온 거지 떼 중의 어떤 여인이 아이를 망부송 근처에 버리고 그냥 간 것이다.

당시 해운 삼포의 선주들 사이에는 동해안 별신굿을 부활하는 문제가 제기되었다. 비극적인 전쟁이 겨우 끝나고 사람들의 삶이 피폐해지자 영험한 별신굿을 통해 사람들을 위로하고 풍어가 오기를 바라는 마음이 뭉친 것이었다. 일제강점기 동안 별신굿은 강제로 중단되었고, 그 후 해마다 흉어가 들자 풍어제를 안 지내서 그렇다는 분위기도 한몫했다. 청사포 선주들이 중심이 되었고 그중에서도 대선주인 덕수 영감이 적극적으로 나섰다. 해운 삼포의 크고 작은 선주들은 그의 말에 호응하여 십시일반 돈을 내었다. 그렇게 모인 돈으로 삼포의 무녀들을 모두 불러 모아 성대한 별신굿이 열리게 되었다.

덕수 영감은 일제 시절부터 해운대 일대에서 위세를 떨치던 대지주이자 대선주였다. 해방이 되자 그는 철수하는 일본인 선주들에게 신형 통통배를 헐값에 사들였다. 그리고 통통배와 통발을 이용한 신식어법을 청사포에 도입했다.

영감은 나룻배를 타는 어민들에게 통통배를 몰게 하면서 어획량의 삼 할을 소출로 달라고 했다. 그들은 처음에 주저했지만, 통통배에서 잡히는 물고기의 양이 엄청난 것을 알게 되자 차츰 생각이 바뀌었다. 삼 할의 소출을 주어도 자신에게 충분한 물고기가 떨어졌던 것이다. 어민들은 너나 할 것 없이 영감의 통통배를 몰기 시작했다. 여전히 나룻배를 모는 사람도 있었지만, 대다수는 배를 처분하거나 버리고 말았다.

그러나 시간이 지나면서 어민들은 영감의 흉계에 놀아났다는 것을 알게 되었다. 삼 대 칠이라는 소출은 미끼였다. 어민들이 나룻배를 버리고 영감의 통통배에 의존하자 일방적으로 소출을 사 대 육으로 바꾼 것이었다. 뒤늦게 어민들은 속았다는 것을 알았지만 당장 영감의 배를 몰지 않으면 굶어 죽을 판이었다. 마을은 어느새 영감이 군림하는 왕국으로 변해갔고 사람들은 그 위세에 눌려 지내야 했다.

그해 겨울은 몹시 추웠다. 음력 시월에 열리는 별신굿을 보기 위해 인근 미포와 구덕포, 오산마을, 운촌 마을에서 사람들이 망부송 앞에 구름처럼 몰려왔다. 조선 팔도 제일의 양중이자 별신굿을 가업으로 삼는 두칠 영감이 별굿을 진두지휘했다. 아내인 선화는 출중한 무녀로서 무가 사설에 일가견이 있었고 그 자신은 태평소의 명인이자 굿당의 악기 반주를 책임지는 화랑이었다. 그의 딸들도 모두 별굿을 익혔는데 특히 큰 딸인 미향은 이미 여러 차례 별굿을 주관할 정도로 뛰어난 무녀였다. 당시 그녀의 나이 삼십이었다. 후일 미향은 두칠의 뒤를 이어 해운 삼포를 아우르는 큰무당이 되었다.

떠들썩하게 치러진 별굿이 끝난 저녁 무렵, 한 사내아이가 망부송 앞 공터에서 엄마를 부르며 울고 있었다. 예닐곱 살은 되었을까? 옷은 완전 상거지 꼴의 얼굴에는 때 국물이 줄줄 흘렀다. 낮에 한 무리의 걸립패들이 왔는데, 그중에 엄마 뒤를 졸졸 따라다니던 사내아이였다. 거지 엄마는 일부러 아이를 청사포에 버리고 간 듯했다. 먹을 것이 지천인 어촌에서 굶어 죽지는 않을 거로 생각했던 것이다.

그 후, 거지 아이는 청사의숙 창고에 기거하면서 마을 머슴으로 성장했다. 청사의숙은 청사포의 대선주인 덕수 영감의 소유였다. 아이는 청사의숙에서 훈장 노릇을 하며 고기도 잡던 기수 노인에게 손우섭이라는 이름을 받았다. 바닷가를 따라 북쪽으로 가면 중간에 손공장군 비(孫公張軍碑)라고 쓰인 돌비석이 하나 있었다. 예전 청사포가 생긴 이래 처음 바다로 밀려온 시신을 걸신 잡신의 우두머리로 삼아 세운 비석이었다. 기수 노인은 사내아이도 마을에 흘러 들어왔으니 손 씨라는 성을 주었던 것이다.

나룻배를 몰면서 어부 생활을 하기도 했던 기수 노인은 웅숭깊고 강직한 사람이었다. 양반가 자손이라 한문에 대한 식견도 높았다. 신식 학교가 생기면서 서당은 그저 형식적으로 있었지만, 마을 아이들은 일주일에 한 번씩 그에게 천자문과 소학을 배웠다.

또래 아이들이 방 안에 앉아 천자문을 외우는 동안 우섭은 마당가에서 짚신을 삼거나 소여물을 쑤었다. 그런 우섭이 안쓰러워 노인은 아이에게 한글과 세상 돌아가는 것을 가르쳤다. 노인의 도움으로 우섭은 머슴 일을 하면서 어렵사리 초등학교를 마쳤고 겨우 글줄이나 읽을 수 있게 되었다. 또래 아이들이 중학교에 진학하는 동안 우섭은 그때부터 어촌의 궂은일을 도맡아 하는 마을 머슴이 된 것이다.

2

상호 부부는 두칠의 머슴 일을 하며 먹고 살 형편이 생긴 것에 고마워했다. 두 사람은 무척 성실하고 부지런했다. 굿거리가 있는 날이면 제일 먼저 굿당을 쓸고 닦았고 제수용 음식을 정성껏 만들었다. 두칠은 그런 상호 부부가 무척 마음에 들었고 굿당의 자질구레한 일도 부부에게 모두 맡길 정도로 믿게 되었다. 부부가 큰무당 두칠의 머슴 노릇을 한 지도 벌써 삼 년이 지날 때였다. 여주의 나이는 이제 열 살이 되었다.

덕수 영감은 해마다 시월이 되면 청사의숙에서 해운 삼포 유지들과 시회(詩會)나 연회(宴會)를 열곤 했다. 청사의숙 마당 가에는 아름드리 은행나무가 노랗게 물들었고 소담한 단풍나무들에선 형형색색의 잎들이 수채화처럼 달려있어 장관을 이루었다. 유지들의 여흥을 위해 마을 아낙들과 상호 부부, 우섭이 불려 와서 온갖 허드렛일을 도맡아 했다. 그때마다 영감은 부지런히 일하는 상호와 음식을 잘 만드는 제주댁을 눈여겨보았다. 며칠 후, 덕수 영감이 망부송 근처에 있는 용성으로 두칠을 불렀다.

"영감이 또 무슨 소리를 하려고 나를 부른담?"

두칠은 다소 짜증나는 표정을 지으며 용성으로 향했다. 별신굿의 최대 후원자인 영감은 겉으로는 자신을 영험한 무당으로 대한 듯했지만 내심으로는 천한 인간으로 무시하고 있었다. 두칠은 그걸 잘 알고 있었지만, 결코 내색할 수 없었다.

용성은 덕수 영감이 소유한 별장이었다. 붉은색 벽돌로 치장한 겉모습이 마치 성처럼 생겼다고 해서 용성(龍城)으로 불렸다. 용자가 붙은 이유는 대문에 커다란 용 두 마리가 그려져 있기 때문이었다. 원래는 일제강점기에 해운대 경찰서장을 지낸 다까무라의 별장이었다. 일제 패망 후 그가 일본으로 돌아가자, 덕수 영감이 용성을 헐값에 인수했다. 영감의 본가는 오산마을에 따로 있었는데, 그 집도 마을에서 가장 높은 곳에 있는 대저택이었다.

하인들이 웅장한 대문을 열어주자 두칠은 문경석 디딤돌을 밟으며 마당으로 들어섰다. 야외 파티를 할 수 있는 일본식 정원이 나타났다. 푸른 잔디가 깔린 마당 곳곳에는 석탑과 불상, 돌 조각품들이 기기묘묘한 분재 사이에 놓여 있었다. 마당 가운데에는 연못이 있었고 그 위에는 무지개 돌다리가 고고한 자태로 서 있었다. 다리 아래에는 황금빛 잉어들이 한가로이 돌아다녔다. 덕수 영감은 돌다리 위에서 잉어들에게 먹이를 던져주고 있었다.

"부르셨습니까, 영감님."

그를 보고 두칠이 공손하게 인사하자 영감은 고개를 가볍게 끄덕인 후 계속 먹이를 던졌다. 잠시 후, 손바닥을 탁탁 턴 덕수 영감은 집 안으로 들어갔다. 두칠이 그의 뒤를 따라갔다. 용성 일 층은 응접실이었고 이 층은 사무를 보는 널찍한 공간이었다. 영감은 낮에 주로 이 층 사무실에 머물렀다. 이 층 전면은 커다란 유리 창문이었다. 그 창을 통해 덕수 영감은 청사포를 한눈에 내려다볼 수 있었다. 배들이 오고 가는 물목도 훤히 보여서 어민들은 영감의 눈초리를 피할 수 없었다.

창문 밑에는 티크로 만든 책상과 의자가 있었고 그 앞에는 가죽으로 만든 갈색 소파가 손님을 맞이했다. 바닥에는 붉은색 카펫이 깔려 있고 천장에는 화려한 샹들리에가 달려있어 보기에도 무척 고급스러운 느낌을 주었다.

두칠이 들어서자 소파에 앉아 있던 덕수의 아들 강수가 차가운 눈으로 그를 힐끗 쳐다보았다. 그는 속으로 움찔했다. 보기만 해도 냉기가 흐르는 인상이었다. 머리를 올백으로 넘긴 강수는 양쪽 눈초리가 올라갔고 턱선이 날카로웠다. 광대뼈가 살짝 튀어나온 데다 상대방을 경멸하는 듯한 눈빛을 가지고 있었다. 덕수 영감의 장남인 그는 성격이 괴팍하기로 소문난 인종이었다. 호색한으로도 유명해서 동래 권번에서 그를 모르는 사람이 없을 정도였다.

"두칠 무당이네. 오랜만일세."

강수는 두칠을 항상 무당이라고 불렀다. 나이도 갓 사십을 넘긴 놈이 자신을 하대하는 것이 기분 나빴지만 어쩔 수 없었다. 덕수 영감이 죽고 나면 그 자리를 차지할 인물은 강수였다.

"도련님도 오랜만입니다. 인물이 더 좋아지셨네요."

"뭐, 그저 그렇지. 본토 물을 좀 먹어서 그렇나?"

강수는 얼마 전에 일본 수산 센터를 견학하고 돌아왔다. 덕수 영감과 강수는 일본을 항상 '본토'라고 불렀다. 일본을 이야기할 때면 늘 감동한 표정을 짓기도 했다. 그들은 뼛속까지 친일파였다.

"그럼, 아버님. 저는 서울에 갔다 오겠습니다."

"그래. 중앙은행 총수에게 이야기해 놨으니 잘 풀릴 거다."

강수가 일어서서 덕수 영감에게 목례하고 나가고 하녀가 쌍화차를 내왔다. 두 사람은 잠시 차를 마시며 잡담을 나누었다.

"요새 날씨가 참 좋네. 허허. 고기가 많이 잡혔어."

"다 영감님의 은혜 덕분이지요. 헌데 하실 이야기는 무엇인지?"

"음, 거 왜 상호라고, 내가 지켜보니까 일을 아주 잘 하드만. 그 사람을 내가 데려다 써야겠으니 그리 알게."

두칠은 갑자기 멍한 표정이 되었다. '상호 부부를 자기가 쓰겠다니? 이건 무슨 협의도 아니고 일방적인 통보가 아닌가. 그는 속으로 못마땅했다. 여태껏 먹여주고 재워주면서 겨우 손에 일을 익게 만들었는데 하루아침에 뺏기게 된다니.'

"그, 그리 갑자기 말씀하시면…"

"그냥 그리 알게. 자, 이거는 살림에 보태 쓰게."

덕수 영감은 책상 서랍에서 흰 봉투 하나를 꺼내 두칠 앞으로 툭 하고 던졌다. 두칠은 잠시 망설였지만 누구의 명이라고 거절할 것인가? 상대는 해운 삼포의 거대 부호이자 별신굿의 최대 손님인 덕수 영감이었다. 그가 한 번이라도 굿을 거르면 당장 두칠이가 굶을 판이었다. 그는 아쉬웠지만 상호 부부를 덕수 영감에게 줄 수밖에 없었다.

두칠은 덕수 영감의 결정을 부부에게 전해주었다. 두 사람은 당황했지만 아직 자립할 수 있는 여건이 안 된 상태였다. 그들은 영감의 머슴으로 들어갈 수밖에 없었다. 남에게 의탁해야 하는 자신들의 처지가 가긍했지만 삶을 꾸려가기 위해서는 어쩔 수 없는 일이었다. 그때부터 상호 부부는 용성 근처의 초가집으로 이사 가서 영감의 머슴 노릇을 본격적으로 시작하게 되었다.

덕수 영감은 상호에게 창천호라는 배를 몰게 했다. 오 년만 자기 밑에서 머슴살이를 하면 배를 주겠다고 약속했다. 창천호는 주로 장어와 오징어 통발을 하는 어선이었다. 상호 부부는 영감의 말을 철석같이 믿었다. 두 사람은 오산마을과 용성을 오가며 머슴 노릇을 했다. 제주댁은 부엌에서 음식 조리와 설거지를 도맡아 했고, 상호는 온갖 허드렛일을 마다하지 않았다. 그가 뱃일하며 틈틈이 잡은 물고기도 영감이 다 가져갔다. 그는 쥐꼬리만 한 새경으로 겨우 먹고살았다.

 육 년 후, 영감이 별세하자 그 뒤를 이은 강수는 아버지로부터 오산마을의 대저택과 용성, 청사포의 통통배 등 막대한 재산을 물려받았다. 강수 역시 청사포의 제왕으로 행세하면서 어민들 위에 군림했다. 그는 다른 사업도 벌였다. 일본에서 미역 양식업을 들여와 청사포 앞바다에 조성하기로 한 것이다.
 동해의 찬물과 남해의 따뜻한 물이 만나는 청사포는 미역 양식에는 최적의 장소였다. 그는 어민들에게 양식장을 맡기면서 소출을 받았다. 강수는 양식장 소출과 통발 소출을 사 대 육이라고 못 박아 버렸다. 덕수 영감 때 보다 비율이 더 올라갔지만, 어민들은 울며 겨자 먹기로 감수할 수밖에 없었다. 강수는 부하인 만치를 시켜 미역 양식을 하기 싫으면 통통배도 몰지 말라는 협박을 했던 것이다.
 강수는 기분이 상하거나 뒤틀리면 주변 사람들에게 감때사납게 구는 성정을 지니고 있었다. 아랫사람의 실수를 그냥 넘어가는 법이 없었다. 때로는 집요하게 상대방을 궁지로 몰고 가서 처절히 망가지는 것을 은근히 즐기는 면도 있었다. 일종의 광적인 패악이었다. 그런 그의 패악에 상호도 예외 없이 걸려들어 많은 고초를 겪기도 했다.
 그래도 상호는 그런 패악을 묵묵히 견뎌냈다. 덕수 영감이 약속한 오 년이 지났기에 창천호가 자신의 소유가 될 거라고 기대했기 때문이었다. 영감은 창천호를 주겠다는 말도 없이 일 년간 미루기만 하다가 갑자기 병을 얻어 죽고 말았다. 상호는 혹시나 강수가 약속을 지키지 않을까 하며 기대했지만, 강수 역시 아무런 말이 없었다. 그래도 상호는 창천호를 마치 자기 배 인양 소중히 다루었다. 어민들은 그런 상호를 바보라고 손가락질했다. 음험한 강수가 그 약속을 지킬 리 없다고 생각했던 것이다.

3

우섭은 성인이 되면서 상호와 함께 배를 타고 본격적으로 뱃일을 배우기 시작했다. 마을 머슴 노릇도 여전히 병행했는데 햇볕에 그을린 그의 육체는 무척 강왕했다. 이제 그는 스물네 살의 헌걸차고 싹싹한 청년이 되었고, 여주는 열다섯 살의 소녀였다. 중학생치고는 키도 컸고 몸매도 날씬했다. 양 갈래로 머리를 땋은 여주는 사람들의 눈길을 단번에 사로잡을 만큼 예쁘게 성장했다. 아낙네들은 여주가 뭇 사내들을 홀릴 아가씨가 될 거라고 수군거렸다.

상호는 덕수 영감이 자신에게 창천호를 주지도 않고 죽자, 마음이 초조해졌다. 그는 애타는 마음으로 강수의 처분을 기다렸지만, 오히려 강수는 더 심한 패악질로 화답했다. 바닷가에서 상호 부부가 미역을 말리고 있으면 그의 부하인 만치가 나타나 트집을 잡으며 미역 건조대를 발로 차 버리곤 했다. 그럴 때마다 상호 부부는 허리를 굽히며 잘못했다고 빌어야 했다. 상황이 이렇다 보니 창천호를 달라는 말이 차마 나오지 않았다. 그런 말을 꺼내기도 전에 강수는 역정을 먼저 내는 것이었다. 그럴 때마다 사람들은 상호가 속았다며, 천하의 바보짓을 했다며 수군덕거렸다.

그는 천성이 어진 사람이었다. 마을 사람들이 뒷말할 때도 그러려니 하고 넘어갔다. 그래도 덕수 영감과 강수 덕에 사고무친한 청사포에서 이 정도 사는 게 어디냐고 생각할 정도였다. 그런 상호가 가족처럼 생각하는 이가 바로 우섭이었다. 미역 양식장 일과 뱃일을 함께 하며 두 사람은 서로에게 든든한 버팀목이 되었다.

청사포 어민들의 생활은 새벽부터 바쁘게 시작되었다. 미역 수확이 끝나는 사월이 되면 청사포 일대는 온 사방이 미역으로 뒤덮였다. 미역을 널 수 있는 곳이면 돌담이나 빨랫줄, 바닷가 바위 등 어디 하나 가리지 않았다. 심지어 청사포 곳곳의 소나무 가지에도 산발한 여인의 머리털처럼 미역이 휘날렸다.

각목으로 틀을 짜고 그 안에 그물망을 부착한 미역 건조대가 해안가 일대를 일렬로 도열한 모습은 그 자체로 장관이었다. 물에서 갓 건져 올린 진초록의 미역은 태양 빛을 받으면서 차츰 옻칠한 것처럼 윤택이 감돌았다.

미역이 햇살 아래 서서히 영글어 가면 청사포 어민들은 통통배를 타고 통발과 낚시를 하며 물고기를 잡았다. 우섭도 상호, 추영, 한수와 함께 수시로 앞바다로 나가 물고기를 잡는 데 여념이 없었다. 젊고 힘이 좋은 우섭은 청사포 어민들 사이에서 인기가 좋았다. 예의도 무척 바르고 성실했으며 낚시 솜씨도 예사가 아니었다.

어민들은 봄에는 도다리와 보리멸, 성대를 낚았고 날이 차츰 더워지면 장어 낚시를 주로 했다. 특히 장어는 횟감과 구이용으로 잘 팔려나가 수익성이 무척 좋은 고기였다. 장어를 잡기 위해서는 가지줄과 원 줄이 필요했다. 전갱이를 작게 잘라 가지 줄에 매달린 낚싯바늘에 하나씩 끼웠고 그 낚싯줄을 굵은 원줄에 매달았다. 그걸 차곡차곡 원형으로 쌓은 후에 통통배가 지나가면서 원줄을 바다에 투척하는 식이었다.

미포와 청사포, 구덕포 어민들과 해녀들은 철저하게 자신들의 구역을 정해서 물고기를 잡았다. 청사포 앞바다에는 다른 포구의 어민들이나 해녀들이 함부로 들어오지 못했다. 한때는 다릿돌의 해녀 구역을 두고 구덕포와 청사포 사이에서 싸움이 일어나기도 했다. 청사포의 북쪽 언덕, 녹슨 철길이 지나가는 그곳은 높은 절벽 위에 있었다. 그곳에서 바다를 보면 다섯 개의 암초 더미로 이루어진 다릿돌이 보였다. 그곳 주변은 늘 파도가 거세게 치는 곳이라 자연산 돌미역과 전복, 성게, 소라 등 각종 해산물이 풍부한 곳이었다. 그래서 두 포구 사이에서 분쟁이 잦았지만 돌아가면서 그곳에서 조업하기로 하고 일단락되기도 했다.

그러나 그들이 그렇게 열심히 뱃일을 해도 마음 한구석은 늘 허전했다. 생산량의 사 할은 무조건 강수 차지였다. 통통배를 소유했다는 단지 그 이유 하나만으로 강수는 가만히 앉아 엄청난 이익을 쌓아갔다. 미역 건조가 본격적으로 시작되면 그가 벌어들이는 수익은 상상을 초월했다. 청사포 어민들은 마음속으로 항상 불만이 가득했지만, 통통배를 살 여유가 없어 늘 강수의 눈치를 보며 살아야 했다. 설사 통통배를 가졌다 해도 그의 훼방을 받기 일쑤였다. 만치 패거리는 밤에 몰래 어민들의 통통배에 구멍을 내기도 했고 엔진에 모래를 부어 못 쓰게 만들기도 했다.

청사포는 자신의 일인 왕국이라며 어민들의 독립을 두 눈 뜨고 못 보는 강수였다. 사실 이런 연유로 상호가 창천호를 강수에게서 받는다고 처도 제대로 작업하기가 힘들었다. 상호는 그걸 알면서도 자신의 배를 갖고 싶어 했다. 배만 있다면 어디든지 갈 수 있고 여의찮으면 청사포를 뜨면 그만이었다. 그렇게 순진한 생각으로 이제나저제나 상호는 강수의 처분을 기다렸지만, 아무런 기별이 없었기에 속만 타들어 갔던 것이다.

우섭과 상호 가족은 뱃일하던 중에 가끔 동해남부선을 타고 부전역으로 가기도 했다. 역 앞에는 큰 시장이 있었는데, 그들은 그곳에서 소출을 바치고 남은 미역과 말린 생선을 팔았고 그 돈으로 생활에 필요한 물품을 사기도 했다. 하루에 두 번 해운대역에서 부전역으로 가는 열차를 타는 것은 그들에게는 작은 소풍이나 마찬가지였다. 돌아가는 기차를 기다리며 여주와 순영은 시장 근처 가게들을 구경했고, 우섭과 상호는 선술집에서 막걸리를 마시곤 했다.

한가로운 여름날 오후가 되면 상호 가족과 우섭은 다릿돌이 보이는 절벽 위에서 바다를 바라보며 여유로운 시간을 보내기도 했다. 여주는 다릿돌이 마치 기어가는 뱀처럼 보인다고 말했으며 우섭도 그리 보인다고 맞장구치곤 했다. 맑은 날이면 철길 언덕에서 대마도도 선명히 보였다. 상호는 대마도를 유심히 보다가 제주도가 생각난다고 말했다.

"아저씨, 제주도는 어떤 섬이에요?"

우섭이 무심코 상호에게 물었다.

"무척 조용하고 깨끗한 섬이지. 사람들도 착하고."

그 말을 들은 제주댁이 커다란 한숨을 쉬었다. 고향에 대한 절절한 그리움이 그 한숨 속에 섞여 있었다.

"아버지, 어머니. 저도 그 섬에 가고 싶어요."

여주가 호기심 가득한 눈동자로 말했다.

"그래, 언젠가는 너도 가야지. 가서 할아버지, 할머니도 만나야지."

"제주도에 다 계신가요?"

순간, 상호의 얼굴이 진한 흙빛으로 변해갔다. 제주댁은 어느새 촉촉해진 눈가를 매만졌다. 상호는 제주도 4·3 항쟁 때 부모를 모두 잃은 비운의 인물이었다. 토벌 단의 무자비한 공격에 의해 그의 부모가 학살된 후 상호는 바닷가 용머리 동굴로 도망갔다. 마침 그곳 근처에서 살며 해녀 일을 하던 순영의 도움으로 수년간 숨어 지냈다. 난리가 끝난 후 부모가 없던 두 사람은 자연스레 함께 살게 되었다.

난리가 끝난 후에 어렵사리 부부의 연을 맺은 두 사람은 궁핍한 생활을 하게 되었다. 상호는 언제 잡혀갈지 모른다는 불안과 공포에 휩싸여 별다른 일거리를 찾지 못했다. 그들이 제주도에서 먹고살 길은 항상 막막했다. 굶기를 예사로 했던 부부는 여주가 태어나서 하루가 다르게 성장하자 더 이상 제주도에서 살 수 없다고 생각했다. 그래서 그들은 제주댁의 언니가 정착하고 있다는 해운대 근처의 미포 마을로 가게 되었다.

"엄마, 울어?"

여주의 말에 제주댁은 화들짝 놀란 듯이 눈가를 만지며 얼버무렸다.

"아니야, 눈에 티가 들어가서 그래."

"외할머니가 생각나서 그렇단다. 다 지난 일이지만."

"엄마, 제가 미안해요. 괜한 말을 해서."

제주댁과 상호는 딸의 말에 우울한 표정을 지었다. 사위는 어느새 어두워졌고 별들이 점점이 하늘에 나타났다. 우섭은 분위기를 돌리고자 밤하늘을 보며 말했다.

"저 별을 좀 봐. 저게 바로 스피카라는 별이야."

우섭이 손가락으로 남동쪽의 별자리를 가리키며 말했다.

"저걸 처녀자리라고 하는데 데메테르의 딸인 페르세포네야. 그녀가 손에 들고 있는 보리 이삭이 가장 밝게 빛나는 별, 바로 스피카야."

"호호, 우섭이가 제법이네. 어려운 별자리도 다 알고."

"그래 말이야. 배운 게 짧아도 우섭이가 제법이구나."

상호와 제주댁은 우섭이 대견한 듯 그를 보며 흡족한 미소를 지었다. 우섭은 괜히 부끄러운 마음이 들었다. 어렵사리 초등학교를 나온 우섭이지만 별에 대해 그는 누구보다 많이 알고 있는 사람이었다. 어릴 때부터 혼자였던 그는 외로움을 달래기 위해 밤하늘의 별을 늘 쳐다보았다. 그는 별을 너무 사랑하게 되었고 그것을 알고 싶어 혼자 공부하기 시작했다. 해운대 역전에 있는 낡은 책방에서 그는 별에 관한 책들을 모두 사서 밤새워 읽곤 했다. 여주는 고개를 들어 우섭이가 가리키는 스피카를 오랫동안 쳐다보았다.

"저 별이 나타나면 옛날 사람들은 씨를 뿌렸대. 일명 파종의 별이라는 거야."

우섭이 다시 스피카에 관해 설명하자 여주는 아, 그렇구나 하며 고개를 끄덕였다. 상호 부부도 처음 알았다며 감탄스러운 표정을 지었다.

"그래서 미역을 수확하고 말리는구나. 아저씨와 아버지가 바다로 물고기를 잡으러 가고."

"그렇지! 우리 여주도 똑똑해."

우섭은 손뼉을 치며 미소를 지었다. 상호 부부도 그 모습을 흐뭇하게 지켜보았다. 비록 강수의 손아귀에서 벗어나지 못하는 생활이지만 그들은 이렇게 일상의 즐거움을 느끼는 평범한 삶을 살아가고 있었다. 오랜만에 즐거운 기분으로 그들은 각자의 집으로 돌아갔다. 우섭은 여전히 청사의숙 옆의 창고에서 살았으며 여주 가족은 용성 근처 초가집에 기거했다. 비록 자신들의 진짜 집은 아니지만 그들은 피곤한 몸뚱이를 누일 수 있는 거처가 있다는 사실에 그저 감사했다.

4

남편 상호가 뱃일하는 동안, 제주댁도 살림을 돕기 위해 자연스레 물질을 하였다. 제주댁은 물질을 떠나 바다를 무척 사랑했다. 푸른 물감이 뚝뚝 묻어나는 바다에 들어가면 몸 구석구석의 세포가 살아 있음을 느끼는 여인이었다. 그녀는 진저리, 톳, 파래, 곤포 같은 해초와 노랗고 파란 물고기들이 넘실대는 바닷속 풍경을 사랑했다. 물질을 하는 동안 아무 소리도 들리지 않는 그 고요한 분위기, 세상에 오로지 혼자만 있는 듯한 적요의 분위기를 너무 좋아했던 것이다.

제주도에서 상군 할망에게 물질을 배운 제주댁은 중군 해녀의 실력을 갖추고 있었다. 해녀는 그 잠수하는 능력에 따라 상군, 중군, 하군으로 나뉘었다. 상군은 평균 십오 미터에서 이십 미터 정도를 잠수했고 그만큼 많은 해산물을 조련하게 딸 수 있었다. 제주댁 같은 중군은 십 미터 정도를 잠수했다. 하군은 오 미터 정도의 얕은 바다를 잠수했기에 수확물도 신통치 않았다. 이런 계급은 누가 일부러 정한 것도 아니고 태어날 때부터 갖춘 잠수 실력에 의해 좌우되는 것이었다.

해마다 봄이면 청사포 해녀들은 다릿돌로 몰려가서 자연산 미역을 채취하는 데 주력했다. 그 바위들은 마치 징검다리처럼 물 위로 불쑥불쑥 솟아 있었다. 그것들은 마치 기어가는 뱀의 허리처럼 비스듬한 모양새로 물 위에 떠 있었고 예전부터 각 돌마다 전해오던 이름이 있었다. 바닷가에서 수평선 방향으로 맨 앞에 있는 돌이 '안돌'이었고 그다음부터 '거무섬, 넙떡돌, 상자, 석우돌'이었다. 다릿돌 주변은 파도가 늘 거세게 몰아치는 곳이라서 돌미역이 많기로 유명했다. 그래서 해녀들은 경쟁적으로 다릿돌로 몰려가 값비싸고 질 좋은 돌미역을 채취했다.

그러나 해녀들의 미역 채취는 강수가 미역 양식을 시작하면서 차츰 설 자리를 잃어갔다. 강수는 해녀들이 채취하는 자연산 미역을 못마땅하게 생각했다. 청사포 바다는 오로지 자신이 만든 미역 양식장을 위한 것이어야 했다. 그는 만치를 시켜 잠녀들이 미역을 다른 곳에 팔지 못하게 방해했다. 때로는 통통배와 잠수부를 동원해서 자연산 미역을 싹쓸이 가져가 버렸다. 해녀들은 그런 강수의 횡포를 견디다 못해 미역을 포기하고 앙장구나 전복, 뿔소라 같은 해산물 채취에 매달렸다.

가을이 다가올 즈음이었다. 해녀들은 아침부터 불턱에 모여 물질할 채비를 갖추었다. 상군인 수자 해녀를 비롯하여 업이, 희명, 정미, 상금 해녀들이 속곳 위에 물옷을 겹쳐 입었다. 이제 조금 있으면 추운 겨울이 닥쳐올 것이다. 해녀들은 초겨울에도 물옷을 겹쳐 입고 물질을 하곤 했다.

"제주댁, 오늘은 넙떡돌로 가보자. 그 밑에 전복 통이 있단다."
"거기에 전복 통이 있습니까? 저는 몰랐는데…"
제주댁은 상군인 수자 해녀가 자기를 늘 챙겨주자 무척 고마웠다. 전복 채취는 제주댁의 단골 메뉴였다. 제주도에서도 그녀의 전복 채취 실력은 알아줄 만했다.
"다 니가 잘해서 안 그렇나? 서로 돕고 살아야지 머."
조붓한 이마에 주름살이 깊게 패인 수자는 마흔에 접어든 나이였다. 하지만 겉으로 보면 오십 줄을 넘긴 여자처럼 무척 늙은 모습이었다. 수자 해녀는 자신보다 형편이 어려운 해녀들을 도와주는 푼

더분한 마음을 가지고 있었다. 청사포에 처음 오던 날, 망부송 앞에 앉아 쉬고 있을 때, 두칠 무당의 집을 가르쳐 준 사람이 바로 수자 해녀였다.

"망할 놈의 강수가 인자 우리 물질도 방해할까 봐 겁난다."

수자는 한숨을 폭 쉬며 얼굴을 찡그렸다. 기장군 일광이 고향인 수자 해녀는 스무 살에 청사포로 시집와서 근 이십 년째 물질을 하고 있었다. 남편 봉식은 몇 해 전에 사고로 죽고 말았다. 추영과 친구 사이인 그는 강수의 통통배를 거부하고 나룻배를 고집하던 사람이었다. 그래서 만치 일당에게 핍박과 멸시를 모질게 받기도 했다.

"성님, 너무 걱정하지 마세요. 아무리 강수가 악독하다 해도 불쌍한 우리 잠녀들 땟거리를 뺏겠어요?"

업이 해녀가 두툼한 손으로 수자의 등을 토닥이며 말했다. 해녀 중에서 가장 덩치가 커서 곰이라 불리는 여편네였다.

"그래. 설마 그런 짓을 하겠나?"

정미 해녀가 쑥으로 물안경을 닦으며 말했다. 쑥과 침을 발라 물안경을 닦으면 김이 잘 서리지 않았다.

"아따, 인자 그만하고 물질하러 갑시다. 물속이 더 따뜻하니까. 오늘은 전복이나 실컷 잡읍시다."

중군 중에서 우두머리 노릇을 하는 정미 해녀가 테왁을 어깨에 걸치며 수자 해녀의 눈치를 보았다. 상군이 바다로 가자고 해야 해녀들의 물질이 시작되었다.

"그래. 오늘도 전복 많이 잡아야지. 모두 갑시다."

수자 해녀의 말에 다른 해녀들이 테왁과 망사리를 챙기며 주섬주

섬 일어섰다. 다릿돌에 도착한 해녀들은 넙떡돌과 안돌 사이에서 일제히 잠수했다. 각자 전복과 뿔소라를 채취해서 망사리에 하나씩 집어넣었다. 수자 해녀는 제주댁을 데리고 넙떡돌 아래 전복 통으로 잠수했다. 전복 통은 물속 바다 사이에 통처럼 형성된 자연 구멍이었다. 보통 그 안에 전복들이 떼로 몰려 있었다. 전복을 캘 때는 단 한 번의 손짓이 중요했다. 빗창으로 단번에 떼야지 한번 어긋나면 전복이 바위에 딱 달라붙어 절대로 떨어지지 않았다.

"휘이이~"

해녀들은 바다 위로 올라올 때마다 참았던 숨을 한꺼번에 몰아쉬면서 숨비소리를 냈다. 그 소리는 삶의 소리이자 자연과 하나 된 잠녀들의 노랫소리였다. 오전에 물질을 끝낸 해녀들은 점심을 먹고 난 다음에 다시 물속으로 들어갔다. 그녀들은 오후 내내 물 한 모금 마시지 않고 쉴 새 없이 해산물을 잡았다. 어느덧 해가 서쪽으로 물러갔다. 붉고 노란빛이 바다 위에 일렁거렸다.

"다들 불턱으로 오이소~"

수자 해녀의 말에 해녀들이 일제히 바닷가로 몰려갔다. 비로소 그녀들의 하루가 끝난 것이었다. 불잉걸에 손을 쬐며 몸을 녹인 해녀들은 저마다 바닷속에서 겪은 일들을 말하며 수다를 떨었다.

"아유, 내 오늘은 죽을 뻔했다니까."

"와, 무신 일 있나?"

"아, 글쎄 문어를 잡았는데 이놈이 내 목을 칭칭 감더니만 입 안으로 다리를 쑥 집어넣는 기라."

"니 하마터면 큰일 날 뻔했다. 그러다가 죽은 사람도 있었다 아이가?"

"그래. 십 년 전인가, 연화리에서 물질하던 해녀가 숨이 막혀 죽었다 하데."

"그래서 바닷속을 저승길이라 안 카나."

업이 해녀가 자못 비장한 표정으로 말했다.

"저승에서 벌어다 이승에서 쓰는 게 우리 잠녀들의 운명 인기라."

수자 해녀가 속곳을 벗어 불턱 담벼락에 널며 푸념하듯이 읊조렸다. 물질로 피부가 새카맣게 탄 그녀였지만 젖무덤은 제법 탄력이 있었다.

"아이고, 그래도 수자 니는 뭐가 걱정이고. 돈도 제일 많이 벌면서."

"맞다 맞어. 바다에 들어갈 때는 한 빛깔이지만 나올 때는 천차만별이다."

"그래 봤자 자식들 입 구멍으로 다 들어가고 나한테는 남는 것도 없다."

수자 해녀는 다시 푸념하듯이 말했다. 그 말에 다른 해녀들도 별말이 없었다. 제각기 사정은 다르지만, 그녀들이 물질하는 이유는 단 한 가지밖에 없었다. 그건 가족 때문이었다.

"자, 다들 고생했고 여기 이거는 하군들이 나눠 가지소. 내 먼첨 가요. 제주댁, 내 따라온나."

"예, 성님."

수자 해녀는 상군답게 작은 망사리 하나를 곰살궂게 남겨놓고 불턱을 나섰다. 제주댁은 그녀의 뒤를 따라갔다. 하군 해녀들은 반색하며 수자가 주고 간 망사리를 뒤적였다. 소라와 전복, 문어를 조금씩 나눠 가진 그녀들은 환한 미소를 지었다. 멀리 서쪽 하늘에 놀이 지고 있었다.

제주댁이 수자 해녀 집에 잠시 머문 후 자기 집으로 가는 동안, 여주는 바닷가에서 친구 애숙과 함께 고동과 따개비를 잡으며 놀고 있었다. 애숙은 아버지 없이 엄마와 단둘이 살고 있는 되바라진 계집아이였다. 어릴 때부터 동네 오빠들과 어울려 다니며 왈패 짓을 일삼았다. 공부를 지독히도 싫어해서 학교에도 잘 가지 않았다. 애숙 엄마는 동네에서 방정맞기로 유명한 상금 해녀였다. 남편을 병으로 잃고 물질을 하면서 겨우 입에 풀칠하는 처지였다. 제주댁은 여주가 애숙과 구순하게 지내는 것이 걱정이었지만 여주는 애숙과 노는 것이 즐거웠다. 청사포에서 유일하게 말이 통하는 동갑내기였기 때문이었다.

여주는 고동이나 따개비보다 드넓은 바다를 애숙과 함께 보는 것이 더 즐거웠다. 눈앞에 펼쳐진 진초록 바다는 옆으로 퍼지기도 하고 위로 움직이기도 하는 무언의 존재였다. 하얀 갈매기들이 날개를 활짝 펴며 물 위를 날아다닐 때는 자신도 한 마리 새가 된 듯한 자유를 느꼈다. 엄마는 오늘도 바닷속에서 시퍼런 풍경을 부지런히 건졌을 것이다.

"야, 여주야. 이것 봐라."

"어머, 이건 정말 크네."

"나는 얼마 못 잡았는데 너는 진짜 잘 잡는구나."

"헤헤, 그래 잘 잡지. 우리 집에 가서 고동 삶아 먹자."

"그래."

날이 서서히 저물어지면서 바람이 불어왔다. 저 멀리 고기잡이 나갔던 배들이 하나둘 물목으로 돌아오는 모습이 여주의 눈에 들어왔다. 두 소녀는 고동과 따개비를 먹은 후 한창 수다를 떨었다. 애숙의 집에서 나온 여주는 바닷가 길을 따라 걷다가 물목에 배들이 정박하는 것을 보게 되었다. 어민들은 방금 잡은 물고기와 해산물을 나무 상자에 담아 부지런히 내리고 있었다. 그중에는 우섭의 모습도 보였다. 여주는 그를 보자 일순 반가운 마음이 들어 우섭에게 다가갔다. 무거운 나무 상자를 다 내린 우섭은 숨을 몰아쉬며 바닷가 바위에 걸터앉았다. 그는 오랫동안 바다를 쳐다보며 상념에 잠겼다.

때로는 청남색이기도 하고 또 어떨 때는 거무스레한 빛을 보여주는 저 바다. 보름달이 뜨는 밤이면 샛노란 달빛을 품에 안고 일렁거리는 바다의 몸짓. 바람과 구름, 태양과 달로 인해 하루에도 수십 번이나 그 모습을 바꾸는 바다는 왜 저리도 신기한지. 나는 과연 저 바다 어디로 흘러갈까? 죽은 몸이 되어 청사포에 밀려온 손공장군처럼 나 역시 바다에서 죽으면 그 어느 섬으로, 혹은 포구로 밀려가겠지. 그곳도 여기 청사포처럼 푸른 포구일까?

"우섭이 아저씨!"

발랄하게 들려오는 목소리에 그의 상념은 유리잔처럼 깨어졌고 우섭은 움찔하며 뒤를 돌아보았다. 밝은 표정의 여주가 방시레 웃으며 그를 내려다보고 있었다. 그도 반가운 마음에 벙긋 웃었다. 포도주 빛깔의 상큼한 바람이 바다에서 불어와 두 사람 사이로 지나갔다.

여주는 조심스레 우섭의 옆에 앉았다. 그의 옷에서 비린내와 땀 냄새가 물씬 풍겼지만, 소녀는 전혀 내색하지 않고 자연스레 말했다.

"아저씨 몸에서 바다 냄새가 나요. 소금기와 땀내가 버무려진 자연의 냄새."

"응? 하하. 사실은 비린내겠지."

"아녜요. 열심히 일한 사람의 냄새예요. 난 그 냄새가 좋아요. 아버지한테서도 늘 그런 냄새가 나는걸요."

우섭은 어린 나이지만 남을 배려할 줄 아는 여주의 마음 씀씀이가 고마웠다. 그는 다시 바다를 오랫동안 쳐다보았다. 여주는 우섭의 옆얼굴을 가만히 쳐다보았다. 그의 코와 입술 사이로 붉은 태양이 수평선 뒤로 넘어가고 있었다.

"여주야, 난 말이야. 저 바다가 너무 좋아. 드넓은 바다를 보면 심장이 그냥 열리는 것 같아."

"아저씨는 천상 바다의 사나이예요. 저도 남자라면 큰 배를 타고 넓은 바다로 나가고 싶어요."

"그래. 난 언젠가는 큰 배를 탈 거야. 먼바다로 나가서 쏟아지는 태양 아래 구릿빛 피부를 드러내며 열심히 그물을 던질 거야."

"그렇게 하세요. 수많은 물고기를 잡고 세계 각국의 사람들을 만나세요. 나중에 나한테 재미있는 이야기 많이 해줘야 해요."

여주의 말에 우섭이 웃으며 고개를 끄덕였다. 아는 사람 하나 없는 청사포에서 그나마 가족 같은 우섭이가 있어 여주 가족들은 늘 안심이 되었다. 그걸 잘 아는 여주였다. 찬바람이 조금씩 바닷가에서 몰려왔다. 조금씩 빗방울도 떨어지기 시작했다. 우섭은 하늘과 물목을 쳐다보며 약간 걱정스러운 표정을 지었다. 그건 여주도 마찬가지였다. 조만간 가을 태풍이 온다는 예보가 있었던 터라 어딘가 불안했던 것이다.

"여주야, 비가 오려고 하네. 바람도 거세고. 그만 집으로 가자꾸나."

두 사람은 자리에서 일어났다. 우섭이 앞서 걸어가자 여주가 그 뒤를 조용히 따라가 그의 오른손을 잡았다. 순간 그는 가슴이 뛰었지만 이내 편안한 마음으로 여주의 손을 잡고 황톳길을 걸어갔다.

5

며칠 후였다. 기상청은 대형 태풍 빌리가 곧 남부 지방을 덮칠 거라며 안전에 만전을 기하라고 당부했다. 그 말을 증명이라도 하듯 오전 내내 청사포에는 강한 비바람이 몰아쳤다. 오후 들어서는 본격적으로 태풍의 영향권에 들어가게 되었다. 와랑와랑 몰려오는 비바람은 물목에 정박한 작은 배들을 유린하고 있었다. 마을 사람들은 바닷가 근처에 모여 태풍에 대비하느라 분주했다. 나룻배들을 물목의 돌밭으로 끌어올렸고 통통배들은 밧줄로 나무 말뚝에 단단히 묶었다.

새벽 네 시가 될 무렵 강한 비바람이 청사포를 덮치기 시작했다. 그 위력은 상상을 초월했다. 얼마나 강한 태풍이었는지 앞바다에 깊숙이 잠겨있던 바윗덩어리가 바닷가로 올라올 정도였다. 물목 앞 바다에 떠 있던 어선들은 우당탕 달려드는 파도와 비바람에 거의 부서질 지경이었다. 파도는 물목을 넘어 황톳길까지 차 올라왔다. 그 여파로 물목 돌밭에 올려놓았던 나룻배 몇 척이 파도에 쓸려나갔다. 말뚝에 묶어놓은 통통배들도 위태로운 상황이었다. 배끼리 부딪히면서 뱃전이 부서져 나가기도 했다. 한 치 앞도 볼 수 없을 정도로 빗줄기가 세차게 내리면서 청사포는 물의 나라가 되어버렸다. 비탈길 양옆의 초가집 지붕이 우두둑 떨어져 나가기도 했다.

그런 비바람을 뚫고 마을 사내들은 요동치는 어선들을 고정하기 위해 안간힘을 썼다. 마을 아낙들은 지붕 처마 밑에 모여 용을 쓰는 남정네들을 바라보며 발을 동동 굴렀다. 그중에는 제주댁과 여주도 끼어 있었다. 만치는 어민들 사이를 오가며 강수 어르신 배를 구하라고 고함을 질렀다. 상호가 몰던 창천호도 엄청난 파도 앞에 뱃전이 떨어져 나갈 지경이었다. 그는 우섭과 함께 물목으로 뛰어가 창천호를 말뚝에 한 번 더 묶어놓았다. 그렇게 하니 그들은 적이 안심할 수 있었다.

아침이 되자 차츰 바람이 잦아드는가 싶더니 다시 한번 세찬 바람이 불어왔다. 태풍 빌리는 마지막 남은 힘을 짜내듯이 강한 비바람을 다시 청사포에 집어 던졌다. 빗방울은 흡사 우박처럼 거대했고 칼바람은 몸을 날려버릴 정도였다. 어민들은 엄청난 파도가 몰려오는 것을 보고 모두 뒷걸음질 쳤다. 곧이어 거대한 파도가 마치 뱀의 아가리처럼 모든 것을 집어삼킬 듯이 달려들었다.

"우당탕, 우지끈!"

엄청난 파도의 힘으로 배들은 서로 부딪치면서 몸체가 박살 났고 부서진 파편들이 초가집 지붕까지 날아들었다. 파도는 그렇게 모든 것을 할퀸 다음에 와르르거리며 뒤로 물러섰다. 그 서슬에 몇 척의 나룻배가 고스란히 바다로 쓸려나갔다.

"아이고, 저를 어쩌? 배들이 다 쓸려가네. 이걸 도대체 우짜누?"

"인자는 다 글러 부렀다. 배가 없으니 인자 무얼 먹고 사노?"

아낙네들은 바닥에 주저앉으며 눈물을 글썽거렸다. 상호와 우섭은 파도에 휩쓸려 멀어져 가는 배들을 참담한 시선으로 쳐다보았다.

  강수는 두 눈을 부릅뜨고 용성에서 물목을 내려다보고 있었다. 파도는 끝도 없이 물목으로 들이닥치다가 그치기를 반복했다. 엄청난 파도가 몰려왔고 그 힘에 의해 청사호를 묶고 있던 말뚝이 뽑히고 말았다. 밧줄이 풀린 청사호가 파도에 밀려 어느새 먼바다로 가고 있었다. 청사포에서 가장 큰 배이자 미역 운반선인 청사호가 위태로워지자, 강수는 자리를 박차고 일어나 대문 밖으로 나갔다. 그가 제일 아끼는 배이자 어민들의 소출을 받는 데 없어서는 안 될 배였다.

  불행 중 다행인지 청사호는 용마호와 밧줄로 연결되어 있었다. 청사호는 용마호와 조금 떨어진 곳에서 밧줄 하나로 겨우 버티고 있었다. 두 배를 여러 개의 밧줄로 단단히 묶는 것이 시급했다. 행여라도 밧줄이 끊어지면 청사호는 먼바다로 순식간에 쓸려나갈 것이다.

"이놈, 만치야! 청사호 안 건지고 머하노?"

강수는 용성 대문 앞에서 만치에게 고함을 질렀다. 그는 강수의 호통에 혼뜨검이 나서 바다를 쳐다보며 여공불급한 심사에 휩싸였다. 청사호를 건지려면 용마호와 청사호에 누가 올라가서 여러 개의 밧줄로 단단히 묶어야 했다. 그런데 지금 이렇게 심한 파도에 청사호에 접근할 사람은 아무도 없었다.

"젠장할, 도대체 이걸 어쩌노? 나만 경 치게 생겼네. 어이 잡것들아, 보고만 있을 끼가?"

만치가 비에 흠뻑 젖은 어민들을 향해 고함을 질렀다. 모두 고개를 돌리며 외면했다. 그 모습에 더 독이 오른 만치가 앞으로 아무도 배 몰지 말라고 악다구니를 퍼부었다. 한참 동안 고함을 지르던 만치는 맥 빠진 표정으로 뒤돌아서서 강수를 쳐다보았다. 그때 강수는 입술을 비틀며 험악한 눈짓으로 어딘가를 가리켰다. 만치가 그 눈짓을 따라 고개를 돌리니 상호가 보였다. 만치는 알았다는 듯이 강수에게 고개를 끄덕거린 후 상호를 손공장군 비 옆의 좁은 골목길로 데려갔다. 그곳은 여주의 친구인 애숙이 사는 곳 근처였다.

"야, 이놈아야! 니 가만 있을 끼가?"

"그기 무슨 소리요?"

"청사호가 작살나면 니는 인자 창천호를 받는 것은 고사하고 배도 못 탄다."

"그런 말이 어디 있소?"

"뗴끼! 어르신 말이 곧 법이다. 빨리 가서 청사호 건지라. 안 그러면."

"그, 그럼 나더러 저 바닷속으로 들어가라고?"

그때 애숙이 마당 넘어 들려오는 두 사람의 대화를 우연히 엿듣게 되었다. 바닷가에서 멀리 떨어진 집이라 상금 해녀와 애숙은 집 안에 틀어박혀 쏟아지는 비를 보며 혀만 차고 있었다. 애숙은 하도 오래 앉아 있던 탓에 오줌이 마려워 뒷간으로 가던 중이었다.

만치는 상호를 협박하면서 청사호를 건지면 진짜 창천호를 주겠다고 은근슬쩍 얼러댔다. 상호는 눈을 감고 얼굴을 하늘로 향했다. 굵은 빗방울이 그의 얼굴을 난타했다. 그토록 바라던 창천호였다.

"주사 양반, 참말로 그 말 잊지 마소."

"허, 속고만 살았나? 강수 어르신이 그리 약속했다니까."

한참 동안 고뇌하던 상호는 마침내 결심한 듯 골목길을 후닥닥 뛰쳐나갔다. 그의 뒷모습을 바라보며 만치는 그럼 그렇지 하는 표정을 지었다. 히죽히죽 웃으며 천천히 골목길을 빠져나간 만치는 상호가 빠른 걸음으로 물목으로 뛰어가는 것을 쳐다보았다. 두 사람이 골목길을 빠져나갈 즈음, 그들의 대화를 다 들은 애숙은 담벼락 뒤에서 고개를 갸웃했다.

잠시 후, 사람들이 우왕좌왕하며 속수무책으로 태풍만 바라보고 있던 와중에, 갑자기 상호가 골목에서 뛰어나오더니 바다로 뛰어 들어갔다. 상호는 밧줄을 손에 들고 파도에 흔들리는 용마호에 뛰어 올라갔다. 이미 몇 줄의 가닥이 끊어진 상태라 청사호를 잡아맨 밧줄은 거의 끊어지기 일보 직전이었다.

"상호 아저씨! 빨리 나오이소. 너무 위험합니더."

우섭이 갑자기 벌어진 광경에 처절한 목소리로 고함을 지르자, 마을 사람들도 상호에게 나오라고 목청을 높였다. 제주댁과 여주도 울부짖으며 나오라고 고함쳤지만 파도 소리에 묻힐 뿐이었다.

　상호는 용마호와 연결된 밧줄을 손에 쥔 채 겨우 청사호로 올라갔다. 그가 선수 갑판에 서자마자 기존 밧줄이 툭 끊어지면서 배가 요동쳤다. 파도는 용마호와 청사호를 거칠게 난타했다. 상호는 손에 쥔 밧줄을 청사호의 계선주에 묶기 위해 안간힘을 썼지만 무척 위태로웠다.

　상호의 안간힘을 보다 못한 우섭이 망설일 새도 없이 청사호에 올라갔다.

　"우섭아, 고맙다."

　"아저씨, 그 밧줄 이리 주이소."

　두 사람은 안간힘을 써서 청사호의 계선주에 밧줄을 겨우 매달았다. 그러나 곧 용마호와 청사호는 파도를 정면으로 맞으면서 육지 쪽으로 쓸려갔다. 마을 사람들은 그다음에 벌어진 처참한 광경에 모두 넋을 잃었다. 거대한 파도가 청사호와 용마호를 뭍으로 끌어올리면서 황톳길을 덮쳤고, 배들은 무서운 속도로 초가집 담벼락을 향해 돌진했다. 처절한 비명이 들리는가 싶더니 청사호에서 튕겨져 나온 우섭이 담벼락에 부딪혔다.

　곧이어 용마호의 선수가 우섭을 덮치는 바람에 그의 왼 다리가 선수와 담벼락 사이에 끼이고 말았다.

　"아악!"

　처절한 비명과 함께 선지피가 우섭의 다리에서 뚝뚝 떨어졌다. 사람들은 그저 멍한 상태에서 바다를 바라보았는데, 이번에는 파도가 와르르 물러가면서 청사호와 상호를 바다로 거칠게 끌고 가버렸다.

청사호가 용마호와 연결된 밧줄에 의해 순간 멈추자, 상호는 그 반동으로 허공으로 붕 뜨면서 밧줄을 놓치고 말았다. 그는 바다로 곤두박질쳤다. 그 찰나, 흰 거품이 상호의 몸을 덮치는가 싶더니 이내 그의 모습이 사라지고 말았다. 순식간이었다.

"여주 아버지!"

"아버지! 아버지!"

여주와 제주댁은 피 울음을 삼키며 상호를 불렀지만 소용없었다. 바다로 뛰어들려는 제주댁을 아낙들이 겨우 말렸고 여주는 연신 울음만 터트렸다. 사람들이 우섭에게 몰려가 그의 몸을 어렵사리 빼냈다. 우섭의 왼쪽 다리는 심하게 짓이겨져 있었다. 그는 이미 기절한 상태였다.

그다음 날부터 제주댁과 여주는 바닷가에 앉아 잿빛 바다를 쳐다보며 울부짖었다. 바다는 언제 그랬냐는 듯이 침묵을 지켰다. 저 바다는 사랑하는 아버지를, 남편을 매정하게 삼키고 말았다. 지금 두 사람이 할 수 있는 일은 간절히 두 손을 모아 기도하는 것이었다. 그러나 아무리 호소해도 바다는 말이 없었다. 밤이 깊도록 두 모녀가 피눈물을 토하며 울부짖자, 동네 아낙들이 두 사람을 끌다시피 집으로 데려갔다. 제주댁은 몇 번이나 혼절을 거듭했다. 그런 엄마를 바라보는 여주의 눈동자에는 붉은 핏줄기가 선연하게 비쳤다.

그로부터 혼절과 깨어남을 반복하던 제주댁은 머리를 헝클어뜨린 채 망부송 앞에서 바다를 쳐다보았다. 퀭한 눈동자로 하루 종일 바다를 바라보는 제주댁은 거의 넋이 나간 상태였다. 어떨 때는 테왁을 안고 바다로 뛰어들어 동료 해녀들이 급히 제주댁을 데리고 나오기도 했다. 여주는 학교에 갔다 오면 바닷가로 뛰어가서 정신이 나간 엄마를 집으로 데려와야 했다. 마을 아낙들이 현실을 인정해야 한다고 아무리 말을 해도 제주댁은 그저 흐릿한 눈동자를 씀벅거릴 뿐이었다.

그러던 어느 날 새벽이었다. 바닷가에서 불어온 냉한 바람이 청사포를 휩쓸고 다녔다. 저승에서 내려온 악귀처럼 바람은 골목길을 맴돌았고 여주의 집 마당에도 켜켜이 휘몰아쳤다. 후줄근한 방 안에 여주가 고이 잠들어 있었고 제주댁은 아이의 얼굴을 물끄러미 내려다보았다.

"곱디고운 내 딸. 이리도 고운 딸을 두고 당신이 어찌 가셨는지…"

잠시 정신이 돌아온 제주댁이었다. 흐릿했던 눈동자에 한줄기 청량한 빛이 맴돌았지만 이내 흐려졌다. 여주의 오른손과 제주댁의 왼손은 실로 연결되어 있었다. 제주댁이 어디 갈지 몰라 여주가 엄마의 손과 자신의 손을 실로 연결한 것이었다. 그 실을 조심스레 푸는 제주댁. 마침내 실을 다 푼 제주댁은 방문을 열고 툇마루로 나갔다. 뒤돌아서서 여주의 자는 것을 확인한 제주댁은 이내 맨발로 마당을 가로질러 부엌으로 들어갔다.

"휘이잉~"

거친 바람이 몰아쳤다. 잠시 후, 테왁을 안고 망부송에 도착한 제주댁. 거의 정신이 없는 상태였다. 냉기를 머금은 바람이 늑대의 앞발처럼 온몸을 난타했지만, 제주댁은 조심조심 망부송 앞에 가서 먼바다를 쳐다보았다. 칠흑처럼 어두운 밤바다였다. 남편 상호의 꿈과 한이 서린 바다였고 자신이 물질을 하며 비린 것들을 건져 올리던 삶의 터전이었다.

제주댁은 망부송에서 차츰 갯가 쪽으로 나아갔다. 푸른 해초를 머금은 바위에 올라가더니 낡은 치마를 벗었다. 고쟁이 차림이 된 제주댁은 이내 어두운 바닷속으로 들어가고 말았다. 파도가 거칠게 몰아쳤지만, 테왁을 안은 채 그 파도를 헤치며 앞으로 나아갔다. 어느새 바닷가에서 한참이나 떨어진 곳에 다다른 제주댁. 거센 파도가 몰려와서 그만 테왁을 놓치고 말았다. 주인 잃은 테왁이 정처 없이 떠내려가는 사이, 제주댁의 몸도 서서히 가라앉았고 두 손이 허공 속에서 허우적댔다. 검은 바람이 물결 위에 세차게 몰아쳤다.

여주는 악몽을 꾸고 있었다. 어두운 숲속에서 맹렬한 바람이 부는 가운데, 이빨을 드러낸 늑대 무리가 자신을 쫓고 있었다. 그 무리를 피해 맨발로 도망치던 자신의 몸은 어느새 피투성이가 되어있었다. 몇 번이나 넘어지고 일어서기를 반복하던 여주는 흠칫 잠에서 깨어났다. 안방 문이 열려있었고 그 사이로 얼음처럼 냉혹한 바람이 불어왔다.

"천지신명이시여, 어찌 이런 벌을 주십니까! 이 어린 것이 무슨 죄가 있다고…"

다음 날 아침이었다. 제주댁의 실종 소식을 듣고 한달음에 달려온 미포댁은 망부송 앞에서 여주를 끌어안고 피눈물을 흘리며 통곡했다. 울다가 지친 나머지 이미 눈물이 말라버린 여주는 초점을 잃은 눈동자로 먼바다를 바라보았다. 아낙네들이 애처로운 표정을 짓는 가운데 사내들은 고개를 저으며 괴로운 표정을 지었다. 우섭은 물목 돌밭에 주저앉아 제주댁의 이름을 하염없이 불러댔다. 모두의 마음에 비감함이 묻어났고 바람은 흉흉하게 불어닥쳤다. 졸지에 여주는 고아가 되고 말았다.

마을 사람들이 여주 부모를 위해 소박한 장례식을 치러준 지 열흘이 지난날, 미포댁과 여주는 마을 사람들과 작별 인사를 나누었다. 고아가 된 여주를 이모가 데려가기로 한 것이다.

"여주야, 언젠가는 다시 청사포로 돌아오렴."

"그래, 우리 여주가 잘 커야 해."

해녀들은 애잔한 마음을 드러내며 두 사람을 눈물로 배웅했다. 기수 노인과 추영은 미포댁에게 봉투를 내밀었고, 누군가는 옷가지를, 또 누군가는 반찬거리를 내밀었다.

여주는 미포댁의 손을 잡고 미포로 향하는 달맞이 길을 걸으면서 몇 번이나 뒤를 돌아보았다. 우섭이가 안 보였던 것이다. 그녀는 서운함과 피 울음을 속으로 삼키며 그렇게 청사포를 떠나갔다. 우섭은 달맞이 길이 내려다보이는 언덕 위에서 멍한 표정으로 여주가 떠나가는 모습을 보고 있었다. 그는 떠나가는 여주의 울칩한 모습을 거물거리는 눈동자로 지켜만 보았다. 어디선가 구슬픈 새소리가 들렸고 그의 심장은 잔잔히 분해되어 갔다.

6

여주는 미포항의 모래사장에 오래도록 앉아 있었다. 모래사장이라고 해봐야 길이가 채 이십 미터도 되지 않는 곳이었다. 낡고 두리병한 목선들이 떠 있는 미포항의 밤은 꽤나 유적했다. 미포 옆에는 해운대 해수욕장의 모래사장이 길게 곡선을 그리며 뻗어 있었다. 파도가 밀려왔다 물러나기를 반복하면서 작은 항구의 목선들이 출렁거렸다.

잔잔한 파도 소리에 넋을 빼앗긴 듯 미동도 하지 않는 여주. 이모의 돌봄 속에 방년 십팔 세가 된 여주는 가느다란 허리와 섬섬옥수, 짙은 속눈썹이 일품인 꽃다운 처녀가 되어있었다. 그녀는 눈을 감고 하얀 포말이 피어났다 사그라지는 모습을 상상했다. 파도 소리에 아버지와 엄마의 다정한 목소리가 겹쳤다.

"여주야, 바람이 차다. 그만 들어가자."

이모의 목소리에 고개를 돌리는 여주. 두 갈래로 땋아 내린 머리칼이 바람에 조용히 나부꼈다. 모래사장이 내려다보이는 흙길에서 미포댁이 측은한 눈빛을 하고 있었다. 한숨을 살짝 내쉬며 자리에서 일어선 그녀는 이모가 있는 곳으로 발걸음을 옮겼다.

부모님에 대한 아픈 기억을 안고 청사포를 떠났던 여주는 중학을 졸업하고 상업계 야간 학교에 진학했다. 그녀는 우수 어린 눈동자에 말수가 거의 없는 여학생이었다. 자신을 돌봐주던 이모는 날이 갈수록 기력이 쇠약해졌다. 동네 무당 일도 별로 들어오지 않아 두 사람은 무척 궁핍하게 살았다.

다음날, 미포항에 아침부터 푸른 차일이 세워졌다. 박수무당 두칠의 큰딸인 미향의 주관하에 별신굿이 열리게 된 것이다. 미포댁은 이미 일주일 전에 미향의 연통을 받은 터라 굿당에 참여할 준비를 하고 있었다. 해운 삼포의 별굿을 주재하는 미향은 각 마을에서 굿이 열릴 때는 그 동네 무당을 굿당에 참여시켰다. 미향은 그렇게 참여한 무당들에게 굿당에 들어온 지전 일부를 건네주었다. 수입도 변변치 않았던 그녀들에게 일종의 은혜를 내려주는 셈이었다. 동네 무당들로서는 몇 달을 지낼 수 있는 큰돈이었다. 그들은 자연스레 큰무당에게 고개를 숙였다.

어떻게 보면 미향과 각 동네 무당은 일종의 공생관계라 할 수 있었다. 동네 무당들은 간혹 자신에게 들어오는 대굿을 미향에게 연결해 주었다. 큰무당으로서는 각 마을의 동네 무당을 거느릴수록 자신의 권위도 올라가고 경제적으로도 이익을 보는 셈이었다. 또한 해운 삼포에서 치르는 별굿에 동네 무당을 참여시켜 모자라는 무당을 충원하는 효과도 있었다.

미포댁은 오랜만에 별굿의 말석 자리를 차지하게 된 것이 무척 기뻤다. 적잖은 돈도 생기거니와 무당으로서 자신의 위상을 확인받는 것이라서 흡족하기도 했다. 그래서 미포댁은 열과 성을 다해 굿당 준비를 거들었고 여주도 그런 이모를 도와 잔심부름을 하게 되었다.

굿당이 마련되자 화랑이들은 굿당의 왼쪽에, 새끼무당들은 오른쪽에 각각 자리를 잡았다. 미포항의 선주들이 맨 앞에 앉고 마을 사람들이 그 뒤를 차지하자 큰무당이 들어와 무가를 부르면서 별신굿이 시작되었다. 미포댁은 말석에 앉아 굿거리장단에 맞추어 놋쇠 징을 진진하게 울려댔다. 여주는 차일 밖에서 흘끔거리며 굿당을 구경했다.

어이, 어디야. 앞으로 우리 미포항 모든 배들이
풍우를 잘 견디시고 만선을 이루도록 하소서.
에헤라 데헤라~

미향이 선창을 하자 새끼무당들이 후렴구를 따라 불렀다. 동네 아낙들은 두 손을 비비며 풍어와 무사태평을 기원했다. 굿은 하루 종일 진행되었다. 오후 네 시가 되어서야 비로소 모든 굿이 끝나게 되었다. 마을 사람들이 천천히 흩어지고 화랑이들과 새끼무당들은 무구를 정리했다. 큰무당은 굿당 앞에서 동네 유지들과 음복을 하며 담소를 나누었다. 미포댁도 화랑이 틈에 섞여 무구를 닦고 굿당을 정리했다. 여주도 차일 안으로 들어와 미포댁을 도와주었다.

미포댁이 하얀 술이 달린 작은 신칼을 여주에게 건네주며 보자기로 싸라 하자 그녀는 신칼을 잡고 한참 동안 내려다보았다. 그걸 보는 동안 그녀의 눈빛이 묘려하게 빛났다. 여주는 신칼을 왼손으로 잡고 오른손으로 양 칼날을 부드럽게 쓸어 보았다. 어딘가 따뜻하고 신령한 기운이 신칼에서 흘러나와 자신을 어루만지는 것 같았다. 여주는 마치 보물을 다루듯 신칼을 금빛 보자기로 소중하게 싸기 시작했다. 그런 그녀의 모습을 멀리서 유심히 보는 사람이 있었다. 미향은 여주가 신칼을 다루는 모습을 놓치지 않았다. 한참 동안 여주의 동작을 지켜보던 큰무당의 얼굴에 의미심장한 미소가 피어 올랐다.

굿이 모두 끝난 후, 미포댁과 여주는 철길 건너 허름한 동네로 발걸음을 옮겼다. 골목길에는 초록색 이끼로 덮인 잿빛 시멘트 담들이 오종종하게 앉아 있고 연붉은빛이 담벼락의 실금 사이로 거미줄처럼 퍼져 있었다. 두 사람은 유독 낡은 집 안으로 들어갔다. 집이라고 해 봤자 손바닥만 한 마당에 슬레이트를 얹은 방 두 칸이 전부였다. 구멍이 숭숭 뚫려 있는 창호지는 그들의 적빈한 삶을 잘 보여주었다. 그들은 방에 들어가 구석의 낡은 문갑 안에 무구를 집어넣었다. 방문과 마주 보는 벽에는 최영 장군의 초상화가 있었다. 미포댁은 최영 장군을 몸주로 모셨다.

"험, 미포댁 안에 있는가?"

갑자기 들려오는 미향의 목소리에 두 사람이 화들짝 놀라 일어섰다. 이런 일이 있나? 큰무당이 찾아오다니! 급히 방문을 연 미포댁은 깊숙이 머리를 조아렸다. 여주 역시 일어나서 고개를 숙였다. 미향은 미포댁의 뒤에 있는 여주를 슬쩍 쳐다보았다. 형형한 눈빛에 중후한 얼굴을 지닌 큰무당이었다. 몸에서는 연한 향훈이 흘러나왔고 범접하기 어려운 기운이 서려 있었다. 해운 삼포 최고의 무녀가 왜 자신의 집에 찾아왔을까?

"아이고, 큰무당께서 어인 일로?"

"내 긴히 할 말이 있어 들렀네."

"무슨 말씀이오신지…? 아, 참 내 정신 좀. 이리로 드시지요."

미포댁이 방문을 활짝 열자 미향이 방 안으로 들어왔다. 여주는 서둘러서 밖으로 나갔다. 그녀는 마당을 빗자루로 쓸며 안방의 눈치를 살폈다.

예항이 최영 장군의 초상화 밑에 좌정하자 미포댁이 무척 조심스러운 태도로 그 앞에 앉았다. 큰무당은 곰방대를 꺼내 담배를 피우면서 한동안 말없이 어딘가를 보고 있었다. 미포댁은 미향의 시선이 마당의 여주에게 머물러 있음을 알아차렸다. 왜 그럴까. 미포댁은 자못 궁금했다. 해운 삼포 최고의 무당이 자신의 집에 무슨 일로 찾아왔는지 알 수 없었다.

큰무당을 알게 된 지는 벌써 십 년이 넘었지만 거의 말 한마디 나누지 않은 관계였다. 아니 감히 큰무당과 말을 할 수도 없었다. 굿에 관한 것은 항상 새끼무당을 통해서 연락받았던 것이다. 굿이 끝난 후 지나가면서 수고했네라는 말을 들은 적은 있지만 이렇게 가까이에서 본 적도 없었다. 더군다나 미향은 동생 부부를 거두어 준 두칠의 딸이 아니던가? 미포댁은 자못 긴장한 태도로 큰무당의 말을 기다렸다.

"저 아이가 자네 조카라고 했나?"

"예, 죽은 동생 부부의 유일한 혈육입지요."

"두 사람 일은 나도 들은 바 있네. 내 아버님의 은덕도 입었는데…"

"예. 지금도 그 일을 고맙게 생각하고 있습니다."

"그나저나 저 아이가 예사 아이가 아닐세."

"그게 무슨 말씀이신지…?"

"아까 저 아이가 신칼을 만질 때 묘한 기운이 흘러나왔어."

"기운이라 하시면?"

"거두절미하고 저 아이가 만으로 스물이 될 때 나에게 보내게. 큰무당이 될 재목이야."

"큰무당이 될 재목이요?"

"이를 말인가? 저 아이의 가슴에는 깊은 한이 맺혀 있어. 그걸 풀어주지 않으면 큰 사달이 날 게야."

미포댁은 한동안 어안이 벙벙했다. 여주를 돌보면서 한 번도 그런 생각을 해본 적이 없었기 때문이었다. 상업학교를 마치면 평범한 아가씨가 되어 회사에 취직하고 시집가면 자신의 역할은 끝난 것이라고 생각했다. '그런데 그런 여주에게 신칼의 영묘한 기운이 흘러나온다니? 우리 여주가 무당이 될 팔자란 말인가?'

"솔직히 저는 무슨 말씀인지 잘…"

"흠. 그래 자네는 잘 모를 것이네. 허나 나에게는 분명히 느껴져."

"신칼의 기운이 저 아이의 운명을 가를 정도로 크고도 높다는…"

"그렇네. 신칼에서 나온 푸른빛이 저 아이의 몸을 휘황하게 감싸고돌았어. 저 아이의 운명은 정해져 있어."

미향의 말을 들은 미포댁은 고개를 숙이며 깊은 생각에 잠겼다. 이 모든 것이 신령님 뜻이라면 어쩔 수 없는 것인가.

"하여간 내 말 명심하게. 다 운명이라고 생각해야 할 것이네."

큰무당이 일어서자 미포댁도 황급히 일어섰다. 툇마루를 지나 마당으로 내려간 미향은 여주를 다시 그윽한 눈빛으로 바라보았다. 어딘가 뜨거운 눈길을 느낀 여주가 놀란 표정을 짓다가 고개를 숙였다. 미포댁은 두 사람의 모습을 우두커니 지켜보았다. 곧이어 미향이 치맛자락을 휘날리며 대문으로 나갔다. 바람이 돌담 사이로 몰아쳤다.

어느새 삼 년이 흘러갔다. 상업학교를 졸업한 여주는 해운대역 근처의 수산 회사에 경리로 취직했다. 그녀는 집과 회사를 오가며 열심히 직장생활을 했다. 틈틈이 그녀는 이모의 굿 행사를 도와주기도 했다. 그럴 때마다 여주는 이상하게도 편안한 기분을 느꼈다. 굿당이나 무가, 굿거리장단이 그녀에게는 너무 익숙했다.

그렇게 시간이 흐르고 여주가 만으로 스물을 넘긴 어느 날이었다. 음력으로 정월 초하루가 되면 미포댁과 여주는 밤늦은 시각에 모래사장에서 제사를 지내야 했다. 바다에서 불귀의 객이 된 미포 어부들의 한을 풀어주는 제사였다. 해마다 이맘때면 동네 사람들의 요청을 받아들여 미포댁이 하던 것이었다.

미포댁은 모래밭에 양초 두 개를 꽂은 후, 성냥을 그어 불을 켰다. 여주는 그 양초 사이에 새하얀 종이를 깔고 막걸리와 북어, 과일 등속을 놓은 작은 제사상을 차렸다. 미포댁이 진진하게 징을 치자 여주가 일어서서 이모가 가르쳐 준 무가를 부르기 시작했다.

> 다시 못 올 황천길을 누구를 따라서 가잔 말가
> 갈 때 진정의 오마더니 올라 소리가 막연하다
> 앞이 잦아서 몬 오시나 뒤가 잦아서 몬 오시나
> 배가 고파서 몬 오신가 목이 말라서 몬 오신가
> 이 내 넋이 원귀 되어 저 바다에 떠도니

서럽다 마라 아프다 마라
최영 장군께서 그대들 넋을 건져 주리니~

　미포댁은 여주의 무가가 끝나자 추임새를 넣으며 마무리 징을 장엄하게 쳤다. 곧이어 여주는 엄마 아버지의 넋을 담은 소지에 불을 붙여 하늘로 날려 보냈다. 소지는 차가운 바람에 실려 바다로 너울너울 날아갔다. 제사가 끝나자 여주는 원망의 눈초리로 바다를 쳐다보았다. 어두운 밤바다는 더한층 파도를 일으켰고 물결의 흰 춤사위가 사방으로 날리는 것이 어슴푸레 보였다. 간간이 바다 쪽에서 파도를 머금은 바람이 불어왔다. 모래사장 위에 핀 해당화에는 투명한 물방울이 조금씩 맺힐 것이다.
　여주는 눈을 감았다. 아버지가 바다 위에서 물고기를 잡던 모습이, 엄마가 바닷속에서 해산물을 건져 올리던 모습이 천천히 떠올랐다. 그때 두 분이 잡은 것은 삶이었고 생활이었다. 그때는 너무 고마운 바다였다. 그러나 지금은 아니었다. 태풍 빌리가 오기 전에는 생명의 바다였지만 지금의 그녀에게는 죽음의 바다였다. 그녀의 눈가에 투명한 파도 방울이 촉촉이 맺혔다. 미포댁은 그런 여주의 모습을 바라보다가 처연한 목소리로 말했다.
　"여주야, 슬픔을 거두렴. 인연이란 것은 뭉치고 흩어지는 것이란다. 네 부모와 너의 인연은 거기까지였어."
　"예, 이모. 저도 이제 어른이에요. 그 정도는 알아요. 그래도 너무 가슴이 아파요."
　기어코 여주는 울음을 터트렸다. 미포댁은 아무 말 없이 그 모습을 지켜보았다. 한동안 파도가 밀려왔다 밀려가는 소리만이 들려왔다.

"여주야, 이제부터 내 말을 잘 들으렴."

미포댁의 목소리는 평소와는 다르게 무척 엄숙했다. 다정다감한 이모가 아니라 최영 장군을 모시는 무녀의 소리였다. 여주는 어느새 눈물을 거두었다.

"이제 네가 내 곁을 떠날 때가 되었구나."

그 소리에 여주가 흠칫 놀란 표정으로 말했다.

"그게 무슨 말씀이세요. 제가 떠나다니요?"

"큰무당의 말이 옳았어. 너는 천상 무녀가 될 운명이야."

"그, 그게 무슨…?"

"나도 몰랐다. 네가 무녀의 기운을 타고난 아이인 줄은. 억울하게 죽은 네 부모의 넋을 위해서라도 너는 무녀가 되어야겠어."

여주는 눈을 크게 뜨며 말을 잇지 못했다. 평범한 인생을 살리라고 생각했던 그녀였다. 그런데 무녀의 기운이 자신에게 흐른다니 선뜻 납득하기 어려웠다.

"너도 바로 받아들이기 힘들 거야. 그러나 그게 너의 운명이야."

"운명이라고요?"

"그래, 다 신령님 뜻이야."

"하지만 저는 아직 마음의 준비가 되지 않았어요."

"너의 마음은 필요 없다. 오로지 신령님의 뜻이 있을 뿐이야."

여주는 한동안 말을 잇지 못했다. 그건 미포댁도 마찬가지였다. 두 사람이 오래도록 바다를 보는 동안, 핏빛을 머금은 달빛이 물결 따라 일렁거렸다. 한참 후에 여주는 미포댁에게 고개를 돌렸다. 그녀의 눈동자에는 푸른빛과 붉은빛이 묘한 조화를 이루고 있었다.

"이모님. 그게 정말 저의 운명이고 신령님의 뜻인가요?"

"그래, 여주야. 너는 이제 청사포에 가서 큰무당의 신딸이 되어야 한다."

"큰무당의 신딸이라 하시면…"

"삼 년 전, 이미 큰무당은 너를 신딸로 생각했단다. 그 또한 운명이야."

여주는 눈을 감고 고개를 숙였다. 이모의 말에 처음에는 당황했지만, 차츰 자신의 운명이 무녀라는 사실에 공감했다. 굿당에 들어서면 유독 마음이 편안했다. 삼 년 전, 신칼을 만질 때 그 묘려한 기운에 온몸이 떨리던 것을 결코 잊지 못했다. 무녀가 되어 억울하게 돌아가신 부모님의 넋을 위무할 수 있다면 그것보다 더 좋은 일은 없을 것이다. 청아한 파도 소리가 그녀의 몸을 휘감듯이 들려왔다. 양초가 바지직 타면서 신묘한 향이 자신을 감싸는 것을 느꼈.

"그게 사실이라면 저의 운명을 따라가겠어요."

고개를 든 여주의 눈동자에 파란 불꽃이 일렁거렸다. 다가올 운명을 거부하지 않고 올곧게 받아들이겠다는 의지의 표현이었다. 미포댁은 여주를 조용히 안아주었다. 여주야, 부디 잘 지내렴. 여인의 속살이 안개처럼 아련하면 홀로 지샐 긴긴밤이 늘어나는 법인데. 너에게 그런 운명이 찾아올까 봐 이모는 그게 두렵구나.

두 여인의 가슴과 가슴에 푸근하면서도 애틋한 정이 흘렀다. 잠시 후, 미포댁은 금빛 보자기를 여주에게 건네주었다.

"이제부터 이건 너의 신물이야. 내가 처음 제주도에서 무당 수업을 받을 때 스승님이 나에게 주신 거야."

여주는 조심스러운 태도로 끈을 풀었다. 한 쌍의 작은 신칼이 엄정하게 빛을 내고 있었다.

"너는 신칼의 기운을 받은 아이야. 이 신물(神物)이 너를 지켜줄 것이다."

여주는 신칼을 꺼내 양손으로 조심스레 움켜쥐었다. 뜨거운 기운과 엄청난 전율이 심장 가득히 울려오는 것을 느꼈다.

"예, 이모님. 소중하게 간직하겠습니다. 저의 생명처럼."

두 사람은 오래도록 서로를 포옹했다. 서쪽으로 넘어가는 블러드 문이 마지막 빛을 발하고 있었다. 여주는 밤하늘에 유독 밝게 빛나는 별 하나를 쳐다보았다. 우섭이 사랑한 별, 스피카였다.

3장

별신굿

1

"아이구야, 저놈 콧구멍 벌렁거리는 것 좀 봐."
"딴에는 장가간다고 살이 제법 부풀었는걸."
마을 아낙들이 우섭의 아랫도리를 장난스럽게 훑어보며 코웃음 쳤다.
"하여간 여주가 너무 아까운데."
아낙들이 비아냥거리듯이 웃어대면서 청사포 망부송 앞의 혼례청은 자못 시끌벅적했다. 검게 탄 사각형 얼굴에 투박한 손마디, 떡 벌어진 어깨에 땅딸막한 인상을 주는 우섭은 추레한 남색 양복을 걸쳤다. 서른 살 노총각에 왼쪽 다리를 조금 저는 그의 모습은 새신랑과는 너무 안 어울렸다. 그의 옆에는 스물한 살의 신부, 여주가 서 있었다. 옥색 한복이 무척 잘 어울리는 여주는 수줍은 미소를 지었다.

　사실 어느 모로 보나 여주와 우섭이 정상적으로 혼인을 올릴 처지는 아니었다. 백옥 같은 피부에 잘록한 허리, 흑요석처럼 윤택이 나는 머리칼을 지닌 그녀였다. 무릇 혼인식 날 모든 새색시가 곱고 예쁘지만, 여주의 그 함초롬한 아름다움에 어찌 비길 수 있을까. 그런 미인이 우섭처럼 보잘것없는 놈에게 시집가는 것이 너무 아깝다고 동네 아낙들은 쑤군거렸다.

　기수 노인과 한수, 추영을 비롯한 마을 사람들과 여주의 이모인 미포댁, 큰무당 미향, 화랑이들이 혼례청을 빙 둘러쌌다. 그들 중에는 굿당의 심부름을 도맡아 하면서 새끼무당 노릇을 하는 주희도 끼어 있었다. 대선주로서 청사포의 제왕 노릇을 하는 강수에게 빌붙어 사는 만치도 팔짱을 낀 채 같잖다는 표정을 짓고 있었다.

　전통 혼인식도 아니고 신식 결혼식도 아닌 어정쩡한 분위기의 혼인식이었다. 망부송 앞의 너른 공터에는 삼월의 햇살이 비단이불처럼 널려 있었다. 초례상에는 고운 화병(花甁)과 흰 쌀, 오색 과일에 닭 한 쌍이 놓여 있었다. 여주는 물그림자 같은 미소를 지으며 우섭의 왼팔에 팔짱을 꼈다. 그녀의 가녀린 속눈썹이 파르르 떨렸다.

　"자자, 이제 사진 찍습니다. 하나둘 셋!"

　사진사의 외침을 끝으로 혼인식은 마무리되었다. 마을 사람들은 잘 살거레이~ 덕담을 남기며 떠나갔다. 강수는 용성(龍城) 이 층에서 여주를 내려다보며 음흉한 미소를 짓고 있었다. 그는 평소 커다란 통유리를 통해 청사포를 보면서 어민들의 일거수일투족을 감시했다. 용성은 강수가 아버지인 덕수 영감에게 물려받은 별장이었다.

망부송 앞의 작은 행사는 그렇게 끝이 나고, 갈매기들이 포구의 빈 하늘을 떼 지어 날아다녔다. 바다는 진한 코발트블루였고, 하늘에는 분홍색 구름이 흐르고 있었다. 밤이 되자 우섭과 여주는 방 안에 차려진 깔밋한 술상 앞에 마주 앉았다. 우섭은 말없이 술잔을 기울였고, 여주는 긴장되면서도 어색한 표정을 지었다. 두 사람은 혼인했으되 여느 신혼부부와는 다른 분위기였다.

"우섭이 아저씨, 저 때문에 괜히 미안해요."

"아녀, 여주가 내 색시가 된 것만 해도 어디여?"

우섭이 굵고 탁한 목소리를 내며 술을 들이켰다. 여주가 못내 미안한 표정으로 다가와 그의 빈 잔에 술을 따라주었다. 그 모습을 보며 우섭이 희미하게 웃었다. 두 사람은 한동안 그렇게 앉아 있었다. 혼자서 묵묵히 술을 먹던 우섭은 고개를 들어 여주의 얼굴을 빤히 쳐다보았다. 곱디고운 그녀의 모습에 우섭의 숨이 차츰 가빠지기 시작했다. 여주도 그런 그의 숨결을 느꼈는지 술상에서 주춤주춤 뒤로 물러나 앉았다.

"여주야, 이리 가까이 오련. 우린 부부야."

우섭이 여주에게 은근히 말하자, 그녀는 고개를 가볍게 도리질하며 다시 미안한 표정을 지었다. 그런 그녀를 가만히 쳐다보던 우섭이 갑자기 다가가 옥색 저고리에 손을 댔다. 여주는 우섭의 돌발적인 행동에 당황하며 옷고름을 움켜쥐었다.

"아저씨, 이러시면 안 돼요."

"왜 안 돼? 넌 내 색시라구. 내 마누라야."

"아, 아저씨. 그, 그러나 우리는…"

여주는 우섭의 손을 뿌리치며 고개를 저었다. 그 서슬에 우섭은 모든 행동을 그만 멈추고 말았다. 그녀의 부드러운 젖가슴을 만지고 치마를 벗겨 속곳을 풀고 싶은 욕망은 물안개처럼 흩어지고 말았다. 그녀의 몸에서 풍기는 새신부의 향은 한창 욕정이 샘솟는 그를 흥분시켰지만, 자신은 결코 여주를 탐해서는 안 되었다. 그저 그녀를 보호하고 곁에서 지켜주는 것으로 만족해야 했다. 여주에게서 물러난 우섭은 괴로운 심사를 달래려 다시 술잔을 입으로 가져갔다. 그때, 신혼방 앞에 검은 그림자가 어른거리더니 큰무당의 헛기침 소리가 들려왔다.

"커험, 여주야. 인제 그만 나오너라."

그 소리에 화들짝 놀란 여주가 자리에서 일어났다. 여기까지였다. 혼인을 했으되 아직 정식 부부의 연을 맺을 수 없는 두 사람이었다. 여주는 다시 미안한 표정을 지으며 방문을 열었다. 차가운 바람이 휑하니 불어왔다. 찡그린 표정의 큰무당은 혀를 쯧쯧 차면서 멍한 표정으로 앉아 있는 우섭을 노려보았다. 넉넉한 풍채에 눈빛이 형형한 큰무당이었다. 근엄한 얼굴에는 범접할 수 없는 기운이 서려 있었다. 이윽고, 미향은 여주의 손을 잡고 매몰차게 밖으로 데려갔다. 그의 눈에 대문 밖을 나서는 여주의 뒷모습이 쓸쓸해 보였다. 여주는 뒤돌아보며 슬픈 표정을 지었고 우섭은 그런 여주를 말없이 쳐다보다가 고개를 떨구었다.

2

　삼거리 주막은 새터 마을과 청사포 마을의 경계 지점에 있는 철길 근처에 있었다. 바닷가에서 오르막길을 걸어가다 보면 철길과 삼거리가 나타났고, 철길을 지나 오른쪽을 보면 새터 마을로 가는 자드락길이 있었다. 오르막을 따라 계속 올라가면 작은 언덕이 나타났고 그 위에 서면 미포에서 시작되는 달맞이 길과 구덕포로 가는 달맞이 길이 모두 보였다. 새터 마을 사람들과 청사포 사람들은 삼거리 가운데에 있는 소나무 숲에서 함께 어우러져 담소를 나누곤 했다.
　주막에서 청사포 방향으로 다시 내려가면 초록색 이끼가 핀 돌담과 초가집이 양쪽에 간잔지런하게 놓여 있었다. 그중 세 번째 초가집이 큰무당의 청사포 집이었다. 미향은 청사포와 기장군 연화리를 보름씩 오고 가며 살았다. 큰무당의 집안은 원래 연화리에 터를 잡은 무당 집안이었다. 그의 아버지 두칠 영감부터 시작된 무업(巫業)은 자식 대에 이르러 해운 삼포를 아우르는 세습무로 성장했다. 지금도 미향의 형제들은 연화리에 모여 살고 있었다. 예부터 미포와 청사포, 구덕포를 일러 해운 삼포라고 했는데 그중에 가장 규모가 큰 포구가 바로 청사포였다. 미향은 청사포를 주 무대로 하여 해운 삼포의 크고 작은 별신굿을 치렀던 것이다.
　일 년 전이었다. 여주가 미향의 신딸이 되어 청사포에 돌아왔다는 소식이 퍼지자 아낙들이 큰무당집으로 몰려왔다. 수자 해녀와 운촌댁이 툇마루에 앉아 여주와 이야기를 나누었다. 미포댁의 안부를 묻기도 했고 무녀 수업을 받는 것에 대해 잘했다고 칭찬하기도 했다. 마당에 서 있던 아낙네들은 몰라보리만큼 변한 여주를 보며 다들 감탄을 금치 못했다. 어릴 때부터 예쁘기로 소문난 여주였지만 처녀로 성장한 그녀는 상상 이상으로 아름답고 요조했다.

"하이고야, 어쩌면 저리도 예쁘노?"

"글쎄 말이다. 선녀가 따로 없네."

"쯧쯧, 엄마가 살아 있었다면 얼마나 좋아했을꼬?"

와자지껄 떠드는 아낙네 뒤로 담장 밖에서 힐끗거리던 남정네들도 여주를 쳐다보았다. 그중에는 우섭도 끼어 있었다. 그는 당장이라도 방 안으로 들어가 어릴 때 헤어졌던 여주와 이야기를 나누고 싶었다. 허나 고고한 자태의 여주를 마을 머슴의 처지에서 선뜻 만날 수는 없었다. 일순 여주와 우섭의 눈이 마주쳤고 여주의 눈에 반가운 기색이 맴돌았지만 그뿐이었다. 우섭은 쓸쓸한 마음으로 돌아서야 했고 그걸 바라보는 그녀의 마음 한구석에도 슬픈 바람이 지나갔다.

그 후부터 미향의 집에 살게 된 여주는 본격적으로 무녀 수업을 받게 되었다.

"자, 잘 듣고 따라 해보거레이. 오늘 처음 배울 것은 문굿을 여는 노래다. 문굿은 망자가 굿당에 올 수 있도록 문을 연다고 해서 하는 굿이다. 별신굿 스물 네거리 중에서 다섯 번째에 해당하는 거리인기라."

큰무당은 일곱 부처가 그려진 부채, 칠성선을 들고 무가를 불렀다. 장독대에 굵은 빗방울이 떨어지는 듯한 탁한 저음이 방 안에 감돌았다.

> 에이야 임술생 김 씨 아버지 극락 문을 열고
> 시왕 문 열고 정토 문 열고 염불 문을 열고
> 시방세계 문을 열어서 오느라 하루 말미 쉬노라

쑥색 치마에 하늘색 저고리를 입은 큰무당이 무가를 끝내자, 여주가 일어서서 그대로 따라 했다. 그녀가 입은 진초록 저고리에는 금색 꽃이 이은 무늬를 이루며 수놓아져 있었다. 여주의 목소리는 청자 술병에서 맑은 술이 졸졸 흘러나오는 듯한 음색이었다. 그 청아한 소리가 좁은 방안을 돌고 돌아 벽에 걸린 용왕의 얼굴에 묘하게 맺혔다. 미향은 동해 용왕을 몸주로 모시고 있었다.

눈을 지그시 감은 큰무당의 얼굴에 흡족한 미소가 피어올랐다. 딱 한 번 들려주었는데 여주는 한 군데도 틀리지 않고 그대로 따라 불렀다. 귀에 쟁명하게 감겨오는 여주의 목소리는 실로 감탄을 자아냈다. 무가는 신을 부르는 장엄한 노래이자 망자의 혼을 달래는 제의의 노래였다. 또한 굿당에 모인 사람들의 비원을 담은 노래이기도 했다. 무가를 부르는 무녀의 목소리는 숭고하면서도 애절해야 했다. 바로 여주의 목소리가 그런 특색을 지니고 있었다. 게다가 경국지색이라고 불러도 손색이 없을 만큼 뛰어난 미모에 총명한 머리를 가진 여주였다. 큰무당은 자신의 선택이 옳았음을 확신했다. 여주는 장차 강원도 고성에서 부산의 청사포까지, 동해안 모든 지역을 아우르는 큰무당이 될 재목이었다.

"자알~ 했다. 이번에는 어제 배운 뱃노래를 불러 보거라."

"예, 어머니."

"뱃노래에는 창망하기 그지없는 바다, 그 깊이도 측량할 수 없는 바다의 기운이 세세하게 담겨 있어야 한다. 명심하거라."

"새겨듣겠습니다."

여주는 나지막이 목소리를 가다듬었다. 그녀의 몸에서 금낭화 향훈이 흘러나왔다. 섬섬옥수 고운 손으로 세 부처가 그려진 부채를 쥐고 뱃노래를 불렀다. 긴 속눈썹이 파르르 떨리는 것이, 보는 사람의 넋을 빼놓을 만했다.

닻 잡아라 닻 잡아라. 풍악 바람이 건듯 불어,
워래수야 계수남개닻줄 매여 던져 놓고.
오른 칸으로 숙이시고~.

큰무당은 여주가 부르는 무가에 다시 깊게 빠져들었다. 불꽃 속에서 탁탁 소리를 내는 숯의 기운을 닮았다고 생각했다. 모든 부정한 것, 덧없는 것, 악기 서린 것들을 막아내는 제물(祭物)이 바로 숯이 아니던가. 여주가 바로 숯이었다. 무가를 마친 여주는 조용히 삼성선을 접으며 자리에 앉았다.

"여주야, 너를 미포에서 처음 보았을 때부터 내 후계자로 생각했느니라. 항상 몸가짐을 단정히 하고 용왕님의 계시를 기다려야 한다."

"예, 어머님."

"그래 이제 나가서 저녁을 준비하거라."
"예."

미향은 음전하게 물러나는 그녀의 뒷모습을 은근하게 바라보며 미소를 지었다. 그래, 여주가 미포댁을 도와 신칼을 옮길 때, 그토록 휘황한 빛이 사방에 퍼지는 것을 나는 놓치지 않았어. 저 아이는 신묘한 기운을 타고난 아이야.

그렇게 여러 달이 흐르면서 여주의 무녀 수업이 무르익어 갈 즈음, 큰무당은 차츰 고민에 빠졌다. 여주가 다시 청사포로 왔을 때 뭇 사내들의 음탕한 눈길을 미향은 잊지 않았다. 만일 엉뚱한 놈이라도 걸려들면 그건 보통 사단이 아니었다. 큰무당은 여주를 별신굿의 정통 후계자로 만들고 싶었다. 여주가 무녀 수업을 제대로 마치고 정식 무녀로 등장하기까지는 뭇 사내의 관심으로부터 막아 낼 필요가 있었다. 그래서 생각해 낸 것이 여주에게 가짜 서방을 붙이는 것이었다. 남편 있는 무녀라고 소문이 나야 거칠고 무식한 뱃놈들이 접근하지 않을 거라고 생각했다.

"이걸 어떻게 한다?"

미향은 곰방대를 뻑뻑 피며 고민에 빠졌다. 그러다 어느 순간, 손뼉을 쳤다.

"옳지. 그놈이 있었구나."

큰무당은 여주와 어릴 때부터 잘 알고 있으면서도 순진한 우섭을 떠올린 것이다. 그녀의 부모가 어떻게 죽었는지, 우섭과 여주 가족이 어떤 관계였는지 익히 알고 있는 큰무당이었다. 분명 놈은 여주를 목숨처럼 귀히 여기며 보호해 줄 것이다. 또 한 가지 중요한 것은 여주가 정식 무녀가 되기 전에는 순결한 몸이어야 했다. 우섭은 순한 놈이라서 여주를 건드리지 않을 거라고 생각했다.

그렇게 여주가 무녀 수업을 받으며 일 년이 지날 즈음, 큰무당은 미포댁을 불러 그녀를 가운데에 두고 자기 생각을 말해주었다. 처음에 두 사람은 무척 당황했지만, 큰무당의 단호한 의지에 감히 거역할 수 없었다. 여주가 청사포로 와서 큰무당의 신딸이 된 이상 그녀의 삶은 오로지 미향의 손에 달려있었다.

여주는 한편으로 내심 반가워했다. 어릴 때부터 자신을 돌봐준 우섭이 형식적으로나마 자신의 남편이 된다는 것이 싫지 않았다. 그건 미포댁도 마찬가지였다. 한 가족처럼 지낸 우섭이라면 여주를 잘 보호해 줄 거라고 믿어 의심치 않았다. 반면에 우섭은 무척 당황했다. 나이도 구 년이나 나는 처지에다 너무나 아름다운 여주와 혼인한다는 게 남분한 짓 같았다.

큰무당은 우섭에게 자신이 허락하지 않는 한, 여주를 여자로 봐서는 안 된다고 단호하게 말했다. 만일 그걸 어기면 신령님이 벌을 내릴 것이라고 겁을 주었다. 우섭은 과연 자신이 그렇게 할 수 있을까 고민했다. 혼인하되 부부 아닌 부부로 살아야 한다는 사실이 그를 괴롭게 했다. 보고만 있기에는 너무나 예쁜 여주이었기 때문이었다. 그러나 그는 그렇게 해서라도 여주가 잘되기를 바랐다. 그는 큰무당의 결정을 받아들이기로 결심했다. 두 사람이 혼인식을 올리고 형식적이나마 부부의 연을 맺은 것은 바로 이런 연유 때문이었다.

3

 우섭과 여주가 혼인식을 올린 지 반년이 지난 어느 가을날이었다. 우섭은 여느 때와 마찬가지로 통통배를 몰고 미역 양식장으로 향했다. 작은 배는 물보라를 일으키며 바다를 헤쳐나갔다. 연붉은 햇무리가 물살 위에 동그랗게 반사될 즈음, 그의 배 옆으로 추영과 한수의 배가 지나갔다.
 바다 위에는 붉은색만 있는 게 아니었다. 레몬에서 갓 짜낸 즙처럼 투명한 노란색이 수채화 물감처럼 물결 위에 번지고 있었다. 청사포의 아침은 늘 이렇게 밝아 왔다. 시월의 첫날이라 그런지 새벽 바람은 거칠고 차가웠다. 맞바람을 받은 세 척의 배는 파도에 휘청거렸다.
 양식장은 물목에서 직선거리로 오 킬로미터 남짓한 지점에 있었다. 바다로 나갔다 돌아온 어선들은 모두 물목의 말뚝과 튼튼한 밧줄로 연결되어 편안히 쉬곤 했다. 그곳은 모든 배의 어머니와 같은 곳이었다. 물목에서 바라본 바다 위에는 녹색 부표가 이 미터 간격으로 질서 정연하게 떠 있었다. 각 부표마다 미역 종패를 붙이는 밧줄들이 바닷물 속에 있었고 그 일대가 미역 양식장이었다.
 세 사람은 양식장에 도착하자마자 배를 서로 단단히 묶어 미역 종패를 뿌릴 준비를 했다. 청사포 어민들은 강수의 미역 양식장을 구역별로 소작농 형태로 관리하면서 개인적으로도 자그마한 미역 양식장을 갖고 있었다. 강수의 양식장은 수십만 평 규모였고 생산되는 미역의 사 할은 그의 차지였다. 어민들은 억울하고 원통했지만 강수의 양식장이라는 현실 앞에서 무기력했다. 그들은 미역 양식을 하면서 틈틈이 통발로 문어와 붕장어, 용치놀래기와 우럭을 잡기도 했다.

"야야 봐라, 우섭아. 요새 아랫도리가 근질거리서 어떡하노?"

"예? 뭐, 하하."

추영의 놀림에 우섭은 어눌한 말투로 얼버무렸다. 홀쭉한 몸매에 껑충하게 키가 큰 추영은 선창에서 포대 자루를 한 묶음씩 꺼냈다.

"야, 이놈아야. 니가 근질거리지. 와 우섭이를 들먹이노?"

"아, 행님도. 행님이야 말로 근질거리서 못 살겠지예?"

추영은 놀리듯이 입을 삐죽거렸다.

"저, 저 느자구 없는 새끼! 행님한테 말 뽄새 봐라?"

한수가 장대를 들어 후려치는 듯한 자세를 취했다. 추영은 얼른 몸을 피하는 척하면서 굽닐거리며 헤헤 웃었다. 추영과 우섭이 포대를 들고 한수의 배로 옮겨 왔다. 세 사람은 교대로 부표를 건져 올렸고, 부표 밑에 달린 미역 줄을 다듬은 후 포대 안에서 종패를 꺼내 일일이 줄에 붙였다.

그들이 작업을 하는 동안, 어느새 태양이 하늘의 중앙에 자리를 잡았다. 황금빛 조각들이 부드러운 연어 속살처럼 물결 사이로 스며들었다. 바람은 가끔 재채기를 토하는 한수의 얼굴을 세차게 때리듯이 지나갔다.

"이보게들. 벌써 해가 중천에 떴네 그랴. 요기나 좀 함세."

한수의 말에 추영과 우섭이 한수의 배, 아니 정확히는 강수의 배로 건너갔다. 곧이어 한수가 잡누르미와 막걸리를 들고 나왔고 세 사람은 서로 수고했다며 한 잔씩 마셨다.

"건 그렇고, 우섭이 니가 장가간 지 벌써 반년이 다 되어가네."

"예, 그 정도 되긴 했는데…"

추영의 말에 우섭은 머리를 긁적이며 계면쩍은 표정을 지었다. 여주와 혼례를 올린 지가 엊그제 같은데 벌써 반년이 지났다니. 그는 여주를 생각하며 쓸쓸한 표정을 지었다. 추영은 괜한 말을 했다 싶어 헛기침했다. 점심을 먹고 난 그들은 두 시간 정도 더 작업하면서 종패 붙이기를 마쳤다. 청사포 어민들은 뱃일할 때 공동으로 작업을 했고 그 수확물은 평등하게 노느매기하는 것을 원칙으로 했다. 그들은 먼 옛날부터 공동체 생활을 하면서 청사포를 지켜왔던 것이다. 한수가 배를 먼저 몰고 가면서 말했다.

"내일은 장어통발을 던져야 하니까 다들 일찍 나온나."

"그래야지요."

한수가 엔진에 시동을 걸어 힘차게 앞으로 나아갔다. 세 사람의 배는 맞바람을 받으며 각자 물목으로 향했다. 우섭의 배는 통통거리며 푸르청청한 바다를 헤쳐갔다. 해무가 연하게 몰려와 바다 위에 개망초꽃이 지천으로 깔린 것처럼 보였다. 바다는 더없이 잔잔했으며 한낮의 태양은 날카로운 빛을 배 위에 뿌리고 있었다.

우섭은 눈앞에 가뭇가뭇하게 보이는 청사포를 우두망찰 바라보았다. 망부송과 당집이 오련하게 보였고 다문다문 서 있는 초가집의 지붕들이 햇빛을 받고 있었다. 그는 삼거리 주막 아래에 있는 큰무당집을 유심히 살펴보았다. 오늘도 여주는 큰무당에게 무가를 배우고 있을 것이다. 그는 안타까운 표정으로 길게 한숨을 쉬었다. 부부이건만 부부 아닌 것처럼 살아야 하는 현실이 그의 가슴을 멍들게 했다.

이런 상황 속에서도 두 사람은 사람들의 눈을 피해 가끔 만나기도 했다. 그들은 큰무당이 연화리 본가에 가 있는 동안, 북쪽 언덕 위 숲속의 비밀공간에서 몰래 만났다. 미향은 한 달 중 절반은 청사포에, 나머지 절반은 연화리에 머무르는 생활을 하고 있었다.

우섭은 언제나 여주가 오기 한 시간 전부터 푸른 바다와 다릿돌을 바라보며 그녀를 기다렸다. 그런 우섭의 마음을 아는지 여주는 기찻길을 밟으며 그가 기다리는 울연한 숲으로 자박자박 걸어왔다. 그녀가 철길을 걸어오는 것을 내려다본 우섭은 환한 웃음꽃을 피웠다. 마침내 여주가 철길을 건너 숲속으로 올라오면 그는 얼른 뛰어가 그녀의 손을 잡아주었다.

어느덧 어둠이 찾아오면 두 사람은 숲속에서 언덕의 철길로 나가 어둠에 싸인 바다를 내려다보았다. 그들은 절벽 끝에서 먼바다 위에 고적하게 떠 있는 다릿돌을 가만히 지켜보았다. 밤하늘에 오종종하게 떠 있는 별들이 암초들에게 희미한 빛을 내리고 있었다.

"아저씨, 저 바위들은 언제 보아도 뱀처럼 생겼죠? 물 위를 기어가는."

"여주는 어릴 때부터 그렇게 말했어."

"섬이기도 하고 암초이기도 하고. 참 볼 때마다 신비로워요."

여주의 말을 들으며 우섭은 조용히 미소를 지었다. 그녀의 입술에 연붉은 색깔이 머물렀다. 저 암초 더미에서 엄마는 돌미역과 뿔소라, 앙장구를 건져 올렸지. 아침이 되면 아버지는 태양이 떠오르는 바닷속으로 들어가셨어. 우리 가족에게 삶의 희망을 안겨준 생명의 바다였지. 그러나 지금은 아니야. 나에게 부모님의 죽음을 안겨준 저주의 바다야. 난 저 바다가 너무 싫어.

여주는 테왁을 밀치고 바닷속으로 들어갔을 엄마의 모습을 상상했다. 어느새 그녀의 눈가에 눈물이 맺혔다. 여주의 모습을 본 우섭은 무척 당황했다.

"울지 마, 여주. 내가 옆에 있잖아."

그녀는 눈물을 거두며 말했다.

"아저씨는 영원히 내 곁에 있을 거죠?"

"그럼. 나는 절대로 여주 곁을 떠나지 않아."

여주는 그 말을 들으며 살포시 우섭의 어깨에 머리를 기대며 말했다.

"아저씨, 우리 마을에 전해오는 전설 있잖아요?"

"푸른 뱀의 전설인가 먼가 하는…"

우섭은 여주의 아름다운 눈동자를 바라보며 말을 얼버무렸다. 그녀의 눈동자 속에는 깊고도 푸른 호수가 앉아 있었다. 그는 그 호수 속으로 들어가고 싶었다. 여주는 철길에서 일어나 앞으로 천천히 걸어갔다. 우섭도 그녀의 뒤를 조용히 따라갔다. 흑단처럼 짙은 그녀의 머리 곁에서 제비꽃 향이 흘러나왔다. 바닷바람에 섞인 그 향은 천 년의 이슬을 머금은 듯 은은히 그녀 주변을 감싸고돌았다. 여주는 곁에 다가온 우섭의 손을 살며시 잡았다.

"아저씨, 저 바다는 삶의 바다일까요, 죽음의 바다일까요?"

"그, 그게…"

"빌리 태풍이 오기 전까지 저 바다는 나에게 삶의 바다였어요."
"여주야, 그 이야기는 이제…"
"그래요. 이미 지나간 일 말해봤자 아무 소용이 없지요. 지금도 의문이에요. 왜 아버지가 그 죽음의 바다로 자진해서 들어갔는지."
"그래, 그건 나도 좀 이상해."
"뭔가 다른 이유가 있는 게 아닐까요? 내가 알지 못하는."

우섭은 아무런 말도 못 하고 그냥 침묵만 지켰다. 여주는 바다를 보며 죽음의 바다라고 다시 말했다. 그럴 것이다. 저 바다는 여주에게서 사랑하는 사람들을 뺏어 갔으니까. 잠시 후 천천히 몸을 돌린 여주는 우섭에게 웃으며 말했다.

"아저씨, 저 바위들이 잠자고 있는 푸른 뱀이라면 그 언젠가는 깨어나겠죠?"
"그, 글쎄…"

말을 흐린 우섭은 고개를 들어 밤하늘을 쳐다보며 조용히 말했다.

"저걸 봐 여주. 저 별이 무척 밝게 빛나고 있어."

우섭의 말에 여주는 밤하늘을 보며 굳었던 표정을 서서히 풀기 시작했다. 유난히 밝은 그 별은 어둡고 둥그런 밤하늘의 허공을 밝히고 있었다. 오렌지빛의 부드러운 색감이 지상에 잔잔히 내려왔다.

"스피카라고 아저씨가 어릴 때 가르쳐 준 별이군요. 가만 보니 저 별은 다섯 개로 빛나고 있어요."
"다섯 개의 별?"
"저 밤하늘에 하나, 그걸 비추는 바다에 하나. 내 눈동자에 하나,

그리고 아저씨의 눈동자에도 하나."

"나머지 하나는 어디에 있지?"

"아저씨 마음에 또 하나가 숨어 있죠."

그녀의 말에 우섭은 환한 미소를 지었다. 여주는 조용히 그의 어깨에 기대 눈을 감았다.

4

일렁거리는 물결 따라 불그죽죽한 빛이 아래위로 움직였다. 그 빛은 우섭의 배에도 고요히 내려앉았다. 겨울의 끝을 알리고 봄을 알리는 삼월 초순이었다. 청사포의 삼월은 미역 수확의 계절이기도 했다. 우섭은 아침 일찍 추영, 한수 아재와 함께 미역 양식장에 도착했다. 세 사람이 흥성거리며 작업하는 동안, 다른 청사포 어부들도 속속 양식장으로 몰려왔다.

어민들이 거의 다 모여 있을 즈음, 눈이 째진 만치가 수하인 변 씨와 이 씨를 거느리고 수리를 받아 말끔해진 청사호를 양식장으로 몰고 왔다. 원래 만치는 구덕포 마을 머슴의 자식이었다. 강수는 만치에게 마름 역할을 맡겨 수족처럼 부리고 있었다. 만치는 강수가 똥물을 마시라면 마시고, 강수가 죽으라면 죽으라고 시늉도 할 위인이었다. 마을 사람들은 항상 저 쳐 죽일 놈 하며 손가락질했다.

"어이, 추영 아재. 작업 좀 빨리하소."

청사호가 추영의 배 옆을 지나갈 즈음, 만치가 째지는 목소리로 드사납게 고함을 질렀다. 그냥 지나가도 될 법도 한데 놈은 꼭 어부들에게 울골질을 부리며 지나갔다. 놈이 탄 배가 지나간 자리에 은빛 거품이 긴 꼬리를 긋고 있었다.

"씨불놈이 놀고 자빠졌네."

추영이 멀어져 가는 만치를 뇌꼴스럽게 쳐다보며 외치듯이 말했다.

"냅두라. 지놈도 지가 을매나 웃기겠노?"

한수는 만치가 헤집어 놓은 바다로 침을 탁 뱉었다. 놈의 등장으로 그는 위장이 요글요글해지는 느낌이었다. 기분이 상하긴 했지만 어민들은 부지런히 손을 놀리며 미역을 수확했다. 어느새 태양이 자오선의 중앙에 머물렀고 작업이 거의 끝나갔다. 삼월 초순이라지만 한낮에는 칼끝처럼 파고드는 햇볕이 무척 따가웠다. 한수가 손 가리개를 한 채 하늘을 올려다보며 말했다.

"자, 인자 얼추 끝났으니 물목으로 돌아가자."

"저는 좀 더 하고 가겠슴더."

"그래, 우섭아 나중에 보자."

추영과 한수가 먼저 출발한 후, 우섭은 자신의 미역밭으로 이동해서 미역을 건져 올렸다. 청사포 어민들은 강수의 묵인하에 각자 개인적인 미역밭을 조금씩 가지고 있었다. 밭이라고 해 봐야 채 백 평도 되지 않는 조그마한 것이었다. 어민들의 불만을 달래기 위해 강수가 제 딴에는 시혜를 베풀어 준 것이었다.

다음날, 우섭은 새벽바람을 맞으며 물목으로 나갔다. 이미 많은 어민들이 물목에 나와 출항 준비를 하고 있었다. 추영이 손수레에 통발을 가득 싣고 우섭의 배 옆으로 왔다. 그는 뱃전에 서서 추영이 건네주는 통발을 갑판에 차곡차곡 쌓았다.

저 멀리서 만치가 뚱한 표정으로 나타났다. 어젯밤에 삼거리 주막에서 술추렴을 했는지 얼굴이 부어 있었다. 새벽 댓바람을 맞으며 물목에 나온 것이 싫었는지 놈은 오만상을 찌푸리며 사람들에게 어깃장을 부렸다. 그래도 사람들이 모른 척하며 작업에 열중하자 놈은 추영에게 비꾸러진 목소리로 고함을 질렀다.

"거, 씨발. 통발 좀 많이 실어라. 그 정도 가꼬 얼매나 잡겠노?"

만치가 냅다 추영의 배에 올라타더니 두두룩하게 쌓여있는 통발을 발로 걷어찼다. 그 패악질에 추영의 눈이 휙 돌아갔다.

"이 시러베자식이? 지금 누구 통발을 차노?"

"어쭈, 제법! 인자 청사포에서 밥 빌어먹기 싫은 모양이지?"

"이 개 아들놈이!"

추영은 오른손을 번쩍 들어 만치를 후려칠 기세를 보였다. 그러나 그것뿐이었다. 손을 부들부들 떨기만 할 뿐 놈을 때리지 못했다. 기실 만치의 말 한마디면 배를 뺏길지도 몰랐다. 강수의 절대적인 신임을 받는 만치였다. 보다 못한 우섭이 만치에게 그러지 말라고 한마디 하자, 만치는 냅다 우섭의 뺨을 때렸다. 순식간에 뺨을 맞은 우섭은 고개를 바짝 쳐들고 만치를 노려보았다. 그 모습에 어이없는 표정을 지은 만치는 다시 우섭의 멱살을 잡았다. 그때 추영이 만치의 팔을 탁 치면서 끼어들었다.

"어이, 니 지금 아침부터 머 하자는 거고?"

"아이구야, 인자 쌍으로 달려드네? 좋다, 느그들은 내일부터 어르신 배 몰지 마라. 이 배는 느그들 배가 아니란 걸 잊었나?"

그 말에 순간 우섭과 추영의 얼굴이 굳어졌다. 서러움이 왈칵 밀려왔다. 지금 자신들이 애지중지하는 통통배가 결국엔 남의 배라는 것을 새삼 깨달았기 때문이다. 아무리 발버둥 쳐도 그들이 모는 배는 강수의 것이었다. 그 사실 때문에 자신들은 만치의 횡포에서 벗어날 수 없다는 자괴감이 몰려왔다.

"야, 이 쓰레기들아. 느그들은 강수 어르신이 죽으라고 하면 죽어야 하는 기라. 알았나?"

만치의 얼굴에 한껏 비웃는 표정이 가득했지만, 주변의 어느 누구도 대꾸하지 못했다.

"우쨌든 오늘 문어와 장어 많이 잡아 오라고. 그중 실한 것은 영감님한테 진상하고. 다 강수 어르신 덕에 먹고사는 것을 잊지 말고. 자, 수고들 하셔~"

만치가 던적스러운 말을 남기며 물목을 빠져나가자, 그를 뒤에서 쳐다보던 우섭이 씩씩거렸다.

"참말로 저 인종을 가만 놔두면 안 되겠네예."

"야야, 신경 꺼라. 어차피 저놈은 가만있어도 칼침 맞을 놈이다. 목덜미에서 피가 콸콸 뿜어져 나올 끼다. 쓰레기 같은 놈!"

만치가 물러가자 주변의 어민들이 한마디씩 거들었다. 추영은 핏발 선 눈으로 멀어져 가는 놈의 뒷모습을 노려보았다. 그의 손에는 갈고리가 들려 있었다. 여차하면 달려가 만치의 등짝을 후려칠 기세였다. 우섭은 그런 추영을 불안한 눈으로 바라보았지만 추영의 손에 들린 갈고리는 툭, 하며 바닥에 힘없이 떨어졌다. 추영은 분노를 삭이며 큰 숨을 연신 몰아쉬었다.

"씨발, 아침부터 잡치니 일할 기분이 안 나네."

"아저씨, 그냥 잊으이소. 어디 하루 이틀 일입니까?"

"우섭아, 도저히 안 되겠다. 만치 저놈을 아작내야겠다."

"형님은 식구가 있다 아입니꺼?"

우섭의 말에 추영은 표정을 일그러뜨리며 고개를 푹 숙였다. 아무리 분통이 터져도 추영은 만치를 어쩌지 못했다. 하얀 연기가 바다에서 올라온 차가운 공기와 만나 솜털 구름처럼 바다 위를 떠돌았다.

"지는 마 결심한 바가 있습니더."

"결심? 와 청사포를 뜨려고?"

"요새 원양어선이 돈벌이가 된답니더."

"원양어선? 그 먼바다로 나가 고기 잡는 거?"

"예. 맞심더. 태평양, 인도양으로 가서 명태나 참치 잡는 거 말 입니더."

"그, 그래. 나도 들은 적 있다. 그럼 나도 같이 가자."

"형님은 형수님이 아픈데 갈 수 있겠습니꺼?"

추영은 다시 고개를 푹 숙였다.

"아저씨, 저도 완전히 결심한 것은 아닙니더. 너무 속상해하지 마이소."

우섭은 추영이 절망하는 표정을 짓자 다독이듯이 말했다. 추영은 한참 동안 먼 산을 바라보며 한숨을 쉬다가 먼저 배를 몰아 바다로 나갔다. 우섭은 계면쩍은 표정을 지으며 그 뒤를 따라갔다.

'그래, 가는 거야. 저 드넓은 바다로. 나에게 생명과 희망을 주는 바다로.'

그는 추영의 배가 멈춰있는 곳 근처로 가서 통발을 하나씩 바다로 던지면서 자신에게 속삭였다. 원양어선을 탈 결심을 하니 저절로 가슴이 부풀어 올랐다. 원양어선을 타고 이 년만 고생하면 목돈을 번다는 것을 들은 적이 있었다. 우섭은 여주와 함께 살 수 있는 방법은 원양어선 승선이라는 생각이 들었다.

그는 라스팔마스니 세이셸이니 하는 말을 들은 적이 있었다. 그런 곳에 가면 한국에서 볼 수 없는 것들이 많다고 했다. 눈이 시리도록 푸른 바다, 하늘로 쭉쭉 뻗은 코코넛 나무, 온갖 종류의 사람들과 처음 보는 음식들. 사나이들끼리 거친 우정을 나눌 수 있는 원양어선 승선은 그에게 좁은 청사포를 벗어날 수 있는 절호의 기회였다.

5

청사포의 미역 수확이 어느 정도 마무리된 삼월의 중순이었다. 음력으로 이월 보름날이 다가왔다. 이날이 되면 망부송 앞에는 굿당이 차려지고 천왕대와 흑애 등, 하얀색과 빨간색, 파란색, 노란색의 천이 해풍에 길게 휘날렸다. 삼 년에 한 번씩 치러지는 동해안 별신굿이 열리는 것이다. 우섭이 여주와 혼인식을 올린 지도 벌써 일 년이 지나간 날이기도 했다.

아침부터 망부송 앞에 차려진 굿당에는 절정의 무가가 장엄하게 울려 퍼졌다. 별굿 중 가장 정점을 이루는 용왕굿이 이제 그 피날레를 향해 치닫고 있었던 것이다. 오색기가 곳곳에 설치된 차일 안 중앙에 커다란 굿상이 신을 부르고 있었다. 굿상 왼쪽에는 돼지머리가 박힌 삼지창이 세워져 있어 자못 기이한 분위기를 자아냈다. 천정에는 오색 지화와 연등이 매달렸고, 커다란 용연도 위엄 있게 설치되어 있었다. 마을 사람들이 제각기 준비한 용왕상을 들고 굿당 앞으로 모여들었다. 한창 굿이 진행되는 동안 앳된 청년들이 굿당 근처를 기웃거렸다. 겉보기에는 대학생처럼 보였지만 어딘가 남루한 분위기를 풍기는 것이 공장에 다니는 젊은이들처럼 보였다. 그중에는 왼쪽 귀가 말려 올라간 청년이 하나 있었다.

연분홍 저고리와 붉은 치마, 푸른색 고깔로 단장한 큰무당은 방울과 칠성선을 흔들며 춤을 추었다. 고깔은 뱀의 머리를 상징하는 기물(奇物)이었다. 뱀은 남근과 비슷하게 생긴 탓에 예로부터 동해안에서는 풍요와 다산의 상징이었다. 동해안 별신굿은 풍어를 바라는 어민들의 소원을 신에게 갈구하는 의식이기도 했다.

미향의 춤이 절정에 치달으면서 양쪽에 앉아 있는 각각 다섯 명의 양중들이 장구와 징, 제금, 꽹과리, 태평소를 연주했다. 양중들의 반주는 경쾌하면서도 장엄했다. 용왕상 사이를 돌던 큰무당은 오색 지화와 각종 제물이 차려진 굿상 앞으로 다가갔다. 미향은 용왕을 향해 네 번 절을 한 후, 음전하게 무가를 부르기 시작했다.

용왕님네를 모시 와라~.
남산 부주 대한민국 부산아 청사포고요.
귀신도 선후 차례로 모시 와라. 아~여~아.

　무가를 마친 큰무당은 언월도와 붉은 술이 달린 칠성선을 흔들며 용왕상 사이를 돌아다녔다. 아낙네들은 굿상을 향해 연신 비나이다를 외쳤다. 잠시 후, 여주와 주희를 비롯한 네 명의 새끼무당들이 짚으로 만든 인형 두 개를 제사상 양옆에 갖다 놓았다.

　인형의 몸에는 雨와 風이라는 글자가 적힌 종이가 붙어있었다. 미향은 커다란 언월도를 허공에 몇 번 휘두르더니 그 글자들을 차례로 찔러댔다. 큰무당이 글자들을 찌를 때마다 화랑이들이 뚜둥, 뚜둥 장단을 맞추었다. 미향은 비와 바람을 다스리는 조물주라도 되는 양, 엄정한 표정을 지었다.

　풍우를 다스리는 의식을 끝낸 큰무당은 배와 선주들의 이름을 하나씩 불렀다. 해운 삼포의 선주들은 앞으로 나와 굿상에 봉투를 놓고 절을 했다. 그럴 때마다 큰무당은 그 배의 풍어를 기원하는 덕담을 했다. 미향은 제일 마지막 순서로 강수의 이름을 불렀다. 해운 삼포의 대선주를 대접하는 듯한 태도였다. 강수는 근엄한 표정을 지은 채 도포 자락을 휘날리며 굿상 중앙에 섰다.

　모두의 눈이 강수에게 쏠렸다. 얼굴이 둥글넓적하고 배가 나온 강수. 양 볼에 살집이 두툼한 것이 탐욕에 물든 모습이다. 눈초리가 양쪽으로 말려 올라갔고, 입꼬리는 남을 얕잡아 보는 듯 주름이 져 있다. 그의 부라린 두 눈은 연신 좌중을 훑어보았다. 큰무당이 마이크 앞에서 강수의 치적을 읊어댔다.

"자, 우리 청사포의 대선주이신 강수 어르신께서 나오셨습니다. 별굿에 가장 많은 경비를 부담하셨지요. 어르신, 한마디 하이소."

사람들은 그의 등장에 떨떠름하면서도 긴장하는 표정을 지었다. 다른 선주들도 그리 달가워하는 눈치는 아니었다.

"에, 오늘 별굿에 이렇게 많이 자리해 주어서 참으로 고맙소이다. 앞으로는 내 주관하에 성대하게 치르도록 신경 쓰리다."

강수의 말이 끝나자 마을 사람들이 손뼉을 쳤다. 손뼉 소리는 어딘가 형식적이었고 공허했다. 오전과 오후 내내 치렀던 제의는 이제 마무리 단계로 접어들었고 태양은 시나브로 서쪽으로 물러갔다. 무당들의 저고리에는 청사포 바다 색깔이 곱다랗게 휘감겼다.

선주들이 모두 자리로 돌아가자 미향은 용왕굿 무가의 마지막을 불렀다. 여주를 비롯한 새끼무당들이 양옆에 서서 분위기를 돋우었다. 양중들의 반주는 최고조로 달했고 아낙네들은 다시 머리를 조아리며 비나이다 비나이다 읊조렸다. 여주는 굿상 오른쪽에 서서 부채를 흔들며 큰무당의 무가를 따라 불렀다. 큰무당이 용왕이시여! 장엄하게 외치자 양중들이 굿거리장단을 동시에 뚝 하며 멈추었다. 별신굿의 스물네 거리가 모두 끝났다는 신호였다. 미향은 모두 상으로 와서 음복하라고 권했다.

음복이 끝나자 미향은 거리굿을 하겠다고 말했다. 그리고 거리굿의 무가는 자신의 애제자인 여주를 시키겠다고 했다. 마을 사람들이 호기심 가득한 눈으로 여주를 쳐다보았다. 그녀는 다소 부끄러운 듯 얼굴에 홍조를 띠며 굿상 앞으로 나갔다. 그런 그녀를 강수는 탐욕스러운 눈길로 쳐다보았다. 큰무당은 강수의 눈길을 의식하며 쓴웃음을 지었다. 호색한으로 소문난 강수였다. 아낙네들은 강수가 언제 여주를 요절낼 것인가를 놓고 수군거리곤 했다.

강수의 눈길이 어떠하든지 간에 여주의 옥색 한복은 부드럽게 하늘거렸다. 잘록한 허리에서는 요염한 기운이 흘러나왔고 쪽 찐 머리와 붉은 입술에선 윤기가 흘렀다. 젊은 총각들은 한숨을 쉬었고, 중년의 아낙들은 경계와 부러움의 눈길을 보냈다. 머리에 흰 띠를 맨 여주가 조심스러운 태도로 앞으로 나와 살짝 목례했다. 오른손에 합죽선을 들고 왼손에는 흰 천을 잡은 그녀는 첫 무가 탓인지 몹시 긴장했다. 미향은 그런 여주의 등을 어루만지며 긴장을 풀라고 속삭였다. 마침내 여주의 입에서 무가가 흘러나왔다.

이래 모도 왔다가 마른 목 축여 가고 고픈 배 불려 가시고
내년 여름에 모도 해수욕에도 수살이란 말이 없도록 하고
배포로 밝혀주고 날은 맑혀주고
이래도 가소 저래도 가소~
(덩기덩 덩덩 덩기덩 덩덩)

모든 사람의 입에서 감탄사가 흘러나왔다. 조금 전까지 듣던 큰무당의 목소리와는 너무 다른 청음이었다. 그 맑고 고운 소리에 일순 장내는 조용해졌다. 학생처럼 보이는 젊은이들은 여주를 보며 너무 예쁘다고 감탄했다. 우섭은 그들 옆에 서서 여주의 모습을 안타까운 표정으로 뚫어지게 쳐다보았다. 그의 표정은 심란했다. 저렇게 고운 색시가 지척에 있는데, 저렇게 고운 목소리를 가진 여자가 내 것인데, 왜 나는 여주와 늘 함께하지 못하는지. 여주가 무가를 끝내자, 큰무당은 제물(祭物)이 가득 담긴 양푼을 들고나왔다.

"이제 모든 굿이 끝났습니더. 바닷가 길을 따라 행진을 시작할 겁니꺼. 오갈 데 없는 걸신, 잡신들한테도 음식을 나눠줘야겠지요."

말을 마친 큰무당이 양중들에게 눈짓하자 그들은 오색 깃발과 놀이 칼을 앞세우며 차일을 나섰다. 맨 앞에 붉은색 만장이 앞장서고 그 뒤로 악기와 놀이 칼을 휘두르는 양중들 십여 명이 걸어갔다. 흥겨운 사물 굿거리장단이 크게 울려 퍼지자, 그 뒤를 큰무당과 새끼무당들이 따라갔고 선주들과 마을 사람들도 대열을 이루었다. 그 뒤로 수많은 사람이 황톳길을 가득 채운 채 구덕포 방향으로 행진했다. 거리굿 행렬은 그 자체로 장관이었다. 대열이 나타나자 마을 사람들이 점점 더 많이 몰려와서 청사포 거리가 가득 채워졌다. 굿당을 구경하던 일단의 청년들도 신기한 표정으로 거리굿 대열에 따라붙었다. 행렬은 북쪽으로 걸어갔고 새끼무당들은 바닷가에 음식을 던졌다. 갈매기들이 몰려와 서로 먹이를 채가느라 싸우고 난리였다.

우섭은 황톳길 가장자리에서 행진하는 대열을 바라보았다. 미향의 뒤에서 부채와 신대를 들고 걸어가는 여주와 그의 눈이 마주쳤다. 그녀는 우섭을 바라보며 순간 눈시울을 붉혔다. 굿당을 나설 때부터 여주는 우섭의 눈길을 느끼고 있었다. 그러나 큰무당의 눈치를 보느라 애써 외면했던 것이다. 우섭은 자신을 지나치는 여주의 뒷모습을 지켜보다가 행렬의 맨 끝에 따라붙었다. 그의 옆에는 남루한 차림의 처녀총각들이 있었다. 그중에 왼쪽 귀가 말려 올라간 청년이 우섭을 보더니 씩 웃으며 말했다.

"이 마을에 사시는 분이군요. 저희는 영도의 야학 학생들이에요. 대학생 형님을 따라 별신굿을 보러 왔죠. 정말 신기하고 흥겹습니다. 축제 같은 굿이에요."

"예. 구경 잘하이소. 삼 년에 한 번 열리는 굿이라."

청년 주변에 모여 있던 처녀들이 까르르 웃으며 환하게 미소를 지었다. 우섭은 그 싱그러운 모습에 우울했던 마음이 일순 가시는 것을 느꼈다.

손공장군비에 이른 행렬은 잠시 걸음을 멈추었다. 화랑이들이 굿장단을 치는 동안, 미향과 네 명의 새끼무당들이 비석을 향해 절을 올렸다. 여주가 다시 앞으로 나와 거리굿 무가를 불렀다. 여주의 모습은 화인처럼 그의 눈동자에 깊숙이 스며들었다. 손공장군에 대한 거리굿이 끝나자 굿판은 거의 파장이었다. 마을 사람들이 하나둘 집으로 돌아가고 큰무당 일행과 선주들만 남게 되었다. 그들은 망부송으로 발걸음을 돌렸다. 우섭은 무당들 뒤를 멀찍이서 따라가다가 청사포 표지석 뒤에 있는 갯바위에 서서 우두커니 그들을 지켜보았다. 어느새 야학 학생들이 표지석 주변으로 몰려와 무슨 이야기를 나누었다.

미향 일행은 천막 안으로 들어가 무구와 각종 제기를 정리했다. 여주도 부지런히 움직였다. 우섭은 계속 갯바위에 서서 푸른색 차일을 오래도록 지켜보았다. 그의 등 뒤로 차가운 바람이 무심하게 불어왔다. 잠시 후 차일을 나온 큰무당 일행은 비탈길을 오르기 시작했다. 여주의 뒷모습을 보며 한숨을 쉰 우섭은 힘없이 발걸음을 옮겨 철길이 보이는 언덕으로 올라갔다. 절벽 끝에 선 그의 눈에 바다에 떠 있는 다릿돌이 들어왔다. 그는 그녀와 밤에 몰래 만나던 철길 언덕에서 함께 스피카를 보던 날을 떠올리며 씁쓸한 표정을 지었다. 잠시 후, 야학 학생들이 언덕으로 올라오자 그는 그들을 한번 쳐다본 후 언덕을 내려갔다. 학생들이 떠드는 동안, 차츰 사위는 옻 빛으로 물들어 갔고 파도는 희미하게 출렁거렸다.

4장

청사포

1

우섭과 여주가 부부가 된 지 일 년 하고도 두 달이 지난 오월의 어느 날이었다. 청사포에 커다란 사건 하나가 일어나고 말았다. 미역과 통발 소출을 둘러싸고 강수와 어민들 사이에 충돌이 벌어진 것이다. 강수는 만치를 시켜 소출 비율을 무조건 오 대 오로 한다는 날벼락을 어민들에게 통보했다. 이에 어민들은 만치를 둘러싸고 삿대질하며 거칠게 항의했다.

"씨발, 그러니까 강수 어르신이 결정했다 안 카나?"

"처음에는 삼대 칠이었다가 사대 육으로 바뀐 게 엊그제인데 그걸 이제 오대 오로 한다고? 그라믄 우리는 죽으란 말인가?"

좌장인 기수 노인이 눈에 분노의 빛을 띠고 만치를 노려보며 말했다.

"하기 싫으면 다들 배에서 내리면 된다. 어르신 배를 몰 사람은 많으니까."

만치는 기수 노인 앞에 카악 침을 뱉고는 홱 돌아섰다. 사람들은 돌아서는 만치를 향해 욕설을 퍼부으며 절망했지만 그들이 할 수 있는 것은 없었다. 그걸 보다 못한 우섭이 한마디 했다.

"어르신, 우리가 가만있어야 하겠습니까?"

우섭의 말에 사람들은 눈을 껌벅거리며 아무런 대꾸를 하지 않았다. 눈에 핏발을 세우며 흥분하던 추영도 주춤거렸다. 기수 노인도 고개를 끄덕거리며 공감은 표시했지만 당장 그리하자는 말은 하지 못했다. 우섭은 답답했다. 도대체 언제까지 강수의 부당한 처사에 말 한마디 못 하고 죽어지내야만 하는지. 이런 일이 생길 때마다 사람들은 말만 할 뿐 행동으로 옮기지 못했다.

그렇게 며칠이 지나갔다. 우섭을 위시한 어민들은 바다로 나가 통발을 거둬들였지만 수확량은 눈에 띄게 줄어들었다. 그때 만치가 변 씨와 이 씨를 데리고 수레를 끌고 왔다. 강수에게 갖다 줄 소출을 받아 갈 요량이었다. 어민들은 여태껏 그래 왔듯이 수확물을 사 대 육의 비율로 나누어 놓고 만치가 다가오기를 기다렸다. 허나 만치는 다짜고짜 화를 내며 어민들의 수확물을 강제로 더 거둬들였다. 이에 사람들의 분노는 결국 폭발하고 말았다. 추영과 한수가 앞으로 나서며 그들의 팔을 잡았다.

"지금 무슨 짓이고? 와 우리 물건에 손을 대노?"

"진짜 해도 너무하네. 우리도 먹고살아야지."

"이것들이 와 지랄이고? 소출은 오 대 오다. 알았나? 야, 빨리 실어라."

만치는 두 사람의 말을 무시하며 변 씨와 이 씨에게 다시 손짓했다. 그러자 다른 어민들도 우 나서며 그들의 손을 잡고 고함을 질렀다.

"이런 젠장 할! 진짜 이럴 기가? 느그도 사람이가?"

"허허, 이것들이 아침부터 해파리를 처먹었나? 와 떼로 지랄이고?"

만치의 말에 모여든 사람들의 눈이 뒤집어지기 시작했고 그들은 모두 흥분하며 변 씨와 이 씨를 거칠게 물리쳤다. 만치는 어르신 배 몰기 싫으면 지랄하라고 광분했지만 사람들은 아랑곳하지 않았다.

"씨발, 배 안 몰면 그만이지. 우리는 죽어도 이리 못 살겠다!"

추영이 콧김을 내뿜으며 목청을 높이자 다른 어민들도 그에 동조하며 분위기가 험악해졌다. 만치 일당은 그런 모습을 같잖다는 듯이 바라보다가 수레를 끌고 휑하니 가버렸다.

"이왕 이리된 것 강수 영감에게 가서 따져 보입시더."

"지렁이도 밟으면 꿈틀거린다. 우리 모두 갑시다."

사람들의 산발적인 고함에 노인들을 위시한 사람들이 그 말이 옳다며 손뼉을 쳤다. 그들은 모두 강수의 배에 생명줄을 위탁한 사람들이었다. 그에게 대든다는 것은 밥줄이 끊긴다는 것이나 마찬가지였다. 그래도 이렇게 많은 사람이 한꺼번에 항의하면 뭔가 일이 풀릴 것 같았다.

"그래, 모두 강수 영감에게 가 보세나!"

구석진 곳에서 기수 노인의 목소리가 들리자 사람들의 시선이 일제히 그쪽으로 향했다. 항상 마을에 무슨 일이 생기면 좌장으로서 중요한 결정을 내리던 사람이었다. 그가 결연한 표정으로 말하자 어민들은 용기를 얻었다. 사람들은 우르르 물목을 벗어나 새터 마을로 향하는 비탈길을 올라가기 시작했다.

아낙네들은 집 앞에 삼삼오오 몰려나와 남정네들이 지나가는 것을 불안한 표정으로 쳐다보았다. 그들이 오르막의 중간쯤에 이르자 무구를 정돈하던 미향과 여주가 요란한 소리에 놀라 대문 밖으로 나왔다. 순간 우섭과 여주의 눈길이 마주쳤다. 서로 안타까운 시선을 교환하는 두 사람. 미향은 못마땅한 표정을 지으며 여주를 집 안으로 끌어당겼다.

마을 사람들은 새터 마을을 지나 언덕을 오른 다음 오산마을로 연결되는 내리막길로 걸어갔다. 그들이 강수의 본가 앞에 도착했을 때였다. 열린 대문을 통해 강수가 만치를 질타하는 목소리가 들려왔고 그 서슬에 사람들은 대문 앞에서 주춤거렸다. 하인들이 대문 앞으로 달려왔고 사람들을 막아섰다. 잠시 후, 이미 알고나 있었다는 듯이 모든 사람을 안으로 들이라는 강수의 목소리가 흘러나왔다.

기수 노인을 선두로 마당에 들어선 사람들은 강수가 만치의 뺨을 후려치는 광경을 놀란 눈으로 쳐다보았다. 거구의 강수는 고개를 홱 돌려 마을 사람들에게 내 배를 타기 싫으면 모두 내리라고 위압적으로 말했다. 그 말에 기수 노인이 소출을 좀 줄여달라고 사정하자 강수는 눈을 부라리며 싫으면 그만두라고 윽대겼다.

그 서슬에 기세등등하던 마을 사람들이 모두 무르춤하며 서로의 눈치를 살폈다. 그러자 맨 뒤에 있던 우섭이 우리도 사람이니 먹고 살게 해달라고 큰소리로 애원했다. 그를 본 강수는 오만상을 찌푸리더니 하인들더러 멍석을 가져오게 했다. 하인들이 그걸 갖고 오자 강수는 우섭을 멍석말이시켜 매타작하도록 하인들에게 명령했다. 사람들이 미처 말릴 사이도 없었다.

"어, 어르신! 지금이 어떤 시대인데 이렇게 합니까?"

기수 노인이 황망히 앞으로 나서며 애원하자 강수는 단호하게 말했다.

"머, 어떤 시대? 와? 나한테는 아직 조선시대다. 대드는 머슴 새끼는 멍석말이가 약이다. 머하노? 저놈 빨리 두들기고 청사포에서 쫓아내라!"

강수의 채근에 만치와 머슴들은 우섭을 멍석에 말아 몽둥이로 무자비하게 구타하기 시작했다. 우섭의 처절한 비명이 마당에 가득했다. 강수는 마을 머슴으로 자란 우섭을 본보기로 매타작을 해서 사람들에게 겁을 준 것이다.

결국 어민들은 대꾸 한 번 하지 못하고 우섭을 업고 추연한 심정으로 대문을 나서야 했다. 추영과 기수 노인은 그를 여주의 이모가 살고 있는 미포에 데려갔다. 청사포에서 쫓아내라는 강수의 말이 헛소리가 아님을 잘 알기 때문이었다. 피투성이가 된 우섭을 본 미포댁은 그 참렬한 모습에 놀라고 말았다.

무엇보다도 비감한 심정에 사로잡힌 사람은 여주였다. 며칠 후에야 매타작 사건을 알게 된 여주는 몰래 우섭을 보러 갔다. 멍석말이를 당해 왼쪽 눈이 짜부라진 그의 얼굴을 만지며 여주는 입술을 굳게 다물었다. 그녀는 결코 울지 않았다. 소리 내어 분노의 마음도 나타내지 않았다. 그저 우섭의 상처를 어루만지며 양 입술을 잘근거릴 뿐이었다. 자신의 아버지를 구하려다 다친 그의 왼쪽 다리를 만지며 여주는 폐부 깊은 곳에서 나오는 한숨을 쉬었다.

그 후에도 여주는 큰무당의 눈을 피해 몇 번 더 다녀갔다. 혼미한 정신 속에서 우섭은 그녀와 이모가 대화를 나누는 소리를 들었다. 여주는 우섭을 그리 만든 사람에게 신령님의 분노가 내릴 거라며 조용히 눈물을 흘렸다. 그는 꿈결에서 들려오는 그 소리에 까무룩 잠이 들었다가 다시 깨어나기를 반복했다.

2

우섭은 벽에 걸린 최영 장군의 초상을 오래도록 쳐다보았다. 미포댁은 최영 장군을 몸주로 모시고 있었다. 장군의 진영 앞에는 작은 제당이 차려져 있고 그 오른쪽 벽에는 미포댁과 여주 가족이 찍은 사진이 붙어있었다.

한(恨)과 원(怨)을 풀지 못하여 현세를 떠도는 원귀(寃鬼)는 저주와 재앙, 질병의 원인이 되었다. 그래서 사람들은 무당이라는 영매를 통하여 귀신들의 원한을 풀어주거나 무당의 몸주를 통하여 이들을 쫓아내곤 했다. 이런 몸주들로는 특별히 영험하거나 힘이 있는 존재가 들어섰다. 최영 장군처럼 특출하면서도 억울하게 죽은 인물은 앞날을 예언하고 재앙을 막아주는 영험한 귀신으로 숭배되었다. 미포댁은 최영 장군의 혼을 빌러 원귀를 쫓아내는 무당이었던 것이다.

매타작 사건 이후 미포댁에서 신세를 지던 우섭이였다. 미포댁이 차려준 아침을 먹은 우섭은 몸이 아픈 와중에도 미포항의 어선들을 청소하러 집을 나섰다. 그걸로 약간의 노임을 받으며 겨우 입에 풀칠이나 하고 있었던 것이다. 한 달 보름이 지난 유월 말경, 몸이 어느 정도 회복되자 본격적으로 원양어선을 타기로 한 우섭은 청사포에 가서 마지막으로 여주를 만나고 싶었다. 행여라도 만치 패거리들의 눈에 뜨이면 자신뿐만 아니라 그녀까지 곤경에 처하겠지만 그는 그리움에 목이 말라 있었다.

그 며칠 후, 미포댁과 작별 인사를 나눈 우섭은 밤에 몰래 청사포로 들어갔다. 누구에게 들킬세라 그는 무척 조심스럽게 큰무당 집 근처로 다가갔다. 돌담 너머로 두 여인의 실루엣이 창호지에 비치었다. 우섭은 무가를 부르는 여주의 아련한 목소리를 안타까운 마음으로 듣고 있었다. 낮고도 느린 그 무가는 꿈속의 대화처럼 그의 심장에 파고들었다. 어쩐지 그 목소리 안에 애절함이 깃든 것 같았다. 잠시 후, 무가가 그치고 방문이 열리는 소리에 그는 얼른 담장 밑으로 고개를 숙였다.

"오늘 밤은 연화리 친정집에서 잘 터이니 문단속 잘하거라."

"예. 어머님."

여주가 고개를 숙여 절을 하자 미향은 흡족한 미소를 지었다. 누가 뭐라 해도 너는 나의 신딸임을 잊지 말라는 표정이었다. 대문을 나서 오르막길로 향하는 미향을 배웅하고 여주는 마당으로 향했다. 그 뒤를 우섭이 살금살금 뒤쫓았다.

"여, 여주."

화들짝 놀란 그녀가 황급히 몸을 돌렸다.

"어맛! 아저씨. 어, 어떻게?"

"여주가 너무 보고 싶어 왔어."

"빠, 빨리 안으로 들어가요."

여주는 주변을 두리번거리며 우섭과 함께 안방으로 들어갔다. 누가 볼세라 그녀는 얼른 백열등부터 껐다. 방 안에는 이내 짙은 어둠이 몰려왔다. 보름달 덕분인지 두 사람은 서로의 윤곽을 확인할 수 있었다.

"몸은, 몸은 괜찮아요?"

"이젠 많이 나았어."

여주는 손으로 우섭의 상처 부위를 더듬었다. 얼핏 그녀의 눈에 눈물방울이 맺히더니 두 어깨가 들썩였다. 우섭은 그 어깨에 가만히 손을 얹어 위로했다. 한동안 두 사람은 침묵을 지키며 서로의 숨결을 느꼈다.

"여주, 나는 당분간 이곳을 떠날 거야."

"예? 그게 무슨 말이에요?"

"먼바다로 나가는 큰 배를 탈 생각이야. 가기 전에 여주를 만나러 왔어."

"그럼 나를 두고 떠난단 말이에요?"

"아니, 다시 올 거야. 반드시 여주를 데리러 올 거야."

"그래요. 꼭 나를 데리러 오세요. 저는 아저씨의 여자예요."

우섭은 물끄러미 여주를 바라보다가 자리에서 일어섰다.

"이제 됐어. 여주를 봤으니. 내 갈게."

그 말을 들은 여주는 다시 눈물을 흘렸다. 막상 그가 떠난다고 하니 슬픔이 복받쳤다. 애처로운 눈빛으로 그녀는 그를 쳐다보았다. 우섭의 눈동자 역시 애절한 빛을 띠었다. 그의 짜부라진 왼쪽 눈이 차츰 커졌다. 허공에 두 사람의 거친 호흡소리가 서서히 퍼지더니 여주의 눈동자가 강렬하게 변해갔다. 이윽고 여주가 옷고름을 풀며 말했다.

"아저씨, 저를 갖고 싶어 했죠? 가져요, 어서."

"여, 여주. 이러면 안 돼."

"난 아저씨 아내예요. 부부가 이러는 건 당연해요."

여주가 저고리를 벗자 하얀 젖무덤이 백합처럼 드러났다. 우섭은 아찔한 마음에 그만 눈을 감았다. 그러는 동안에 여주는 치마를 벗었다.

"아저씨, 안아줘요. 어서."

여주의 얼굴에는 비장함이 묻어 있었다. 분홍빛 얼굴에는 하얀 파도가 일었고, 윤기 나는 머리칼에는 갈매기들이 눈부시게 날아다녔다. 입술 사이로 달콤한 향기가 흘렀고, 젖꼭지는 연붉은빛을 띠고 있었다.

"여주…"

우섭은 여주를 안고 스르르 무너졌다. 그는 그녀의 속곳을 풀어 음부를 매만졌다. 얕은 소리를 내는 여주. 그녀는 우섭의 육봉을 손과 입으로 정성껏 애무했다. 마침내 두 사람은 하나가 되었고 쾌락에 젖은 신음을 내뱉었다. 그건 단순한 성교가 아니었다. 물아일체의 신성한 의식과도 같았다. 여주는 표피를 벗은 우섭의 육봉이 한 마리 뱀처럼 자신의 내부로 들어와 뜨거운 불을 내뿜자 몸을 부르르 떨었다. 한참 후, 우섭의 왼팔을 베고 누운 여주는 그의 가슴을 만지며 흡족한 미소를 지었다.

"전 이제 아저씨의 씨를 품은 진정한 아내가 되었어요. 행복해요."
"나도 행복해. 이런 순간을 맞이한 것이 꿈만 같아."
"그 언젠가는 함께 살 수 있는 날이 올 거예요. 우리 아기도 낳고."
"그려 여주, 그날이 올 거야."
"아저씨, 저 고깔 보이죠?"

여주는 시렁 위에 놓인 무복과 고깔을 손으로 가리켰다. 우섭은 무슨 말인가 잘 몰라 한참을 올려다보았다. 슬며시 자리에서 일어난 여주는 고깔을 손으로 집어 그에게 가져왔다. 그가 자세히 보니 여주가 별굿을 할 때 머리에 쓰는 것이었다.

"이 모자를 자세히 보세요. 세모꼴인 것이 뱀의 머리와 비슷하죠?"

그녀의 말을 들어보니 그런 것도 같아 우섭은 머리를 끄덕였다.

"뱀은 우리 동해안 별신굿에서 풍요와 다산을 상징하는 기물(奇物)이랍니다. 그 이유는 남근을 닮았기 때문이에요. 우리 마을에 전해지는 푸른 뱀의 전설은 풍요를 바라는 어민들의 소원이 녹아 있는 거예요. 푸른 뱀은 죽음이 아니라 희망을 상징하는 거예요. 아저씨는 저의 영원한 푸른 뱀이 될 거예요."

우섭은 여주의 말이 어려워 다 이해하지 못했지만, 자신을 언제까지나 기다리겠다는 뜻으로 받아들였다. 두 사람은 서로를 쳐다보며 뜨거운 눈빛을 교환했고 다시 서로의 육체를 탐닉했다. 어느새 달이 서쪽으로 기울 만큼 충분한 시간이 흘러갔다. 우섭은 일어나서 떠날 준비했다. 여주의 눈가에 다시 눈물이 그렁그렁했고 그걸 본 우섭의 눈가도 붉어졌다. 눈물을 그친 여주는 한쪽 구석에 있는 문갑에서 조그만 나무상자를 꺼냈다. 뚜껑을 연 그녀는 하얀 술이 달린 작은 신칼 하나를 꺼내 우섭에게 주었다.

"아저씨, 어딜 가더라도 이 신칼을 보면서 저를 기억해 줘요."

우섭은 신칼을 한참 동안 내려다보았다.

"이건 여주의 신물이잖아?"

"나에게도 같은 칼이 있어요. 우린 떨어져 있어도 언제나 같이 있는 거예요."

"고마워, 여주. 항상 여주를 생각할게."

두 사람은 서로의 몸을 뜨겁게 안고서 오래도록 따뜻한 온기를 느꼈다. 멀리 남쪽 하늘에 뜬 스피카가 여염한 두 정인(情人)의 앞날을 보살피듯 밝게 빛나고 있었다.

3

우섭은 자갈치 시장 한쪽에 있는 허름한 건물 안으로 들어갔다. 연근해 어업을 주로 하는 용성 수산의 사무실이었다. 그는 원양어선을 타기 전에 국내 연안을 돌아다니는 어선을 먼저 타서 경험을 쌓기로 했다. 그래서 전봇대에 붙은 선원모집 광고를 보고 찾아간 것이었다. 매우 깐깐하게 생긴 사내가 사무장이라는 명패 뒤에서 우섭을 훑어보았다. 사무장은 몇 가지를 물어보고는 내일 당장 배를 타라고 명령하듯이 말했다. 그러고는 선원수첩을 우섭에게 내밀었다. 그가 탈 배는 멸치와 오징어를 잡는 동명호였다. 백 톤 정도 되는 낡은 목선이었다.

그는 자갈치 항을 나와 남포동으로 향했다. 시간은 어느덧 오후였다. 일제 강점기 시절부터 청춘과 낭만의 거리였던지라 밝은 표정의 젊은 남녀들이 돌아다녔다. 남포동 사거리를 지난 그는 용두산 공원으로 올라가고 싶었다. 천천히 발걸음을 옮기던 그가 막 미화당백화점을 지나칠 때였다. 갑자기 누군가 자신을 부르는 목소리가 들려왔다. 흠칫 고개를 돌려보니 야한 옷차림에 천박한 화장을 한 애숙이 배시시 웃고 있었다.

"어마, 우섭이 아저씨. 여기 웬일이야? 손에 든 건 뭐야?"

애숙은 야살스러운 눈으로 우섭의 손에 든 수첩을 내려다보았다. 선원수첩이라는 글자가 선명히 찍혀 있었다.

"응, 아저씨, 배 타러 가는구나."

"허허. 그래 배 탄다. 돈 많이 벌어서 여주가 데려가려고."

"어머, 여주는 좋겠다. 이리 생각해 주는 사람이 있어서."

"그건 그렇고 너는 어쩐 일이냐?"

"히히. 나야 애인이랑 남포동에 놀러 왔지."

애숙의 옆에는 담배를 꼬나물고 우섭을 빤히 바라보는 사내놈이 있었다. 우섭은 놈을 보고는 떨떠름한 표정을 지었다. 해운 삼포에서 소문난 건달인 동철이었다. 그는 건들거리는 태도로 우섭을 아래

위로 무람없게 훑어보고 있었다. 나이도 어린놈이 무척 건방졌다.

"오빠야, 그만 가자. 우섭이 아저씨, 다음에 보자구요."

우섭은 성질 같아서는 쫓아가서 동철 놈의 머리통을 한 대 갈기고 싶었지만 여주를 생각해서 참기로 했다. 애숙은 어릴 적 여주와 유일한 동갑내기 친구였다. 일찌감치 중학교를 중퇴한 애숙은 공장을 다니기도 하고 가게 점원도 하면서 제멋대로 살았다. 나이가 든 지금은 해운대 역전에서 술집을 다니며 동철과 살림한다는 소문이 있었다.

다음 날 아침, 우섭은 자갈치 남쪽 선착장 입구에서 동명호 갑판장을 만났다. 범강장달이 같은 모습에 머리가 반쯤 벗어진 오십 대 초반의 사내였다. 그는 건들거리며 부리부리한 눈동자로 우섭의 몸을 쳐다보더니 따라오라고 말했다. 우섭은 그를 따라 동명호에 올라갔다.

갑판장은 선실 한구석을 가리키며 여기가 니 자리라고 말한 뒤 바로 작업복으로 갈아입으라고 명령했다. 우섭이 옷을 갈아입는 동안, 텅텅거리며 엔진이 돌아가는 소리가 들려왔다. 그가 갑판으로 나오자 배는 어느새 절영도 앞바다를 지나가고 있었다.

절영도를 지난 동명호는 곧바로 기장읍 연화리로 항진했다. 봄의 멸치잡이는 전적으로 그물에 의존하는 어법이었다. 멸치 떼가 지나가는 곳에 방추형으로 그물을 떨어뜨려 멸치가 그물코에 박히도록 유도하는 어법이었다. 우섭은 동명호에서 동료들과 함께 열심히 멸치를 잡았다. 그물로 멸치를 잡은 후 가장 중요한 작업이 멸치털이였는데, 그 일은 엄청난 중노동이었다. 그는 누구보다 열심히 했고 차츰 동료들에게 인정받는 뱃사람이 되었다. 그렇게 멸치를 잡고 보니 어느새 봄과 여름을 지나 시월이 되었다.

멸치잡이 배는 봄과 가을이 성수기였는데 찬 바람이 불기 시작하는 시월이 되면 오징어잡이 배로 변신하는 게 다반사였다. 멸치를 잡는 그물을 내리고 집어등과 채 낚기 장비만 갖추면 오징어를 잡는데 별 부족할 것이 없었다. 동명호도 본격적으로 오징어를 잡기 위한 채비를 갖추고 일광 항으로 항진했다.

세 시간 걸려 목적지인 일광 앞바다에 도착한 동명호는 곧바로 본격적인 채비에 나섰다. 해가 지자 갑판장은 앵커를 바다에 내리라고 고참 선원인 남준에게 지시했다. 일종의 부 갑판장 역할을 하는 사람으로서 첫인상은 무척 험악했다.

"풍덩!"

요란한 소리를 내며 녹슨 앵커가 붉은 갓처럼 바다로 떨어졌다. 사방은 어느새 짙은 어둠 속에 잠겼고 엔진 소음은 차츰 약해졌다. 앵커에 의해 배가 묘박하자 갑판장과 남준은 집어등을 하나씩 점검했다. 이윽고 남준이 갑판장을 향해 오케이 사인을 하자 갑판장이 브리지에 올라갔다. 곧이어 환한 고촉등이 갑판 위를 대낮처럼 밝게 비추었다.

"야야, 빨리 낚싯줄 던지라!"

브리지 문을 연 갑판장이 악다구니 쓰듯 외치자 선원들이 일제히 낚싯줄을 바다로 던졌다. 오징어들이 불빛을 보고 마구 몰려오고 있었다. 수백 수천 마리의 오징어들은 마치 불을 보고 달려드는 불나방처럼 모여들었다. 제가 죽는 줄도 모르고 달려드는 오징어 떼는 거대한 하나의 생명체처럼 움직였다. 오징어들을 현혹하는 미끼는 아쉽게도 먹을 수 있는 것이 아니었다. 조잡한 플라스틱 모형으로 만든 멸치와 새우였다. 신기하면서도 어이없는 일이었다. 살기 위해 먹이를 향해 돌진하는 오징어들이 결과적으로는 죽기 위해 달려드는 꼴이 되는 것이었다.

오징어가 몰려오는 모습은 마치 하얗게 피어난 연꽃들이 물속에 고고히 떠 있는 것과 같았다. 밤새도록 오징어를 잡은 동명호는 새벽이 되자 항구로 향했다. 우섭은 항구 근처 여관에서 따뜻한 물로 목욕을 한 후 깊은 잠에 빠져들었다. 다시 오후가 되면 동명호는 선원들을 싣고 공해로 나가 오징어를 잡을 것이다.

우섭보다 네 살 많은 남준은 초짜 선원인 그를 동생처럼 잘 돌봐주었다. 첫인상과 달리 남준은 무척 다정다감한 사람이었다. 아내가 병으로 죽자 그는 어린 아들을 부모에게 맡긴 채 배를 타러 나온 처지였다. 남준은 벌써 승선 경력이 십 년도 더 된 사람이었다.

"많이 힘들제?"

"머 다들 고생하니까요. 형님은 아들 생각 많이 나겠네요."

"말해 무얼 하겠노. 억수로 보고 싶지."

"조금 있으면 집에 간다 아입니꺼?"

"그래 앞으로 한 달만 있으면 집에 가지. 근데 그리 오래 쉬지도 못한다. 인자 봄이 오면 또 멸치를 잡으러 가야 하니까."

우섭은 가끔 새벽녘에 선미 갑판에서 남준과 소주잔을 기울이며 서로의 신세를 위로하곤 했다. 어느덧 찬바람이 물러가고 다시 봄이 오고 있었다. 곧 있으면 벚꽃이 화려하게 피는 사월이 될 것이다. 매일 일광 항과 공해상을 왕복하며 오징어를 잡던 동명호는 목표량을 충분히 채우게 되었다. 선원들의 얼굴은 한껏 밝았다. 만선을 이룬 까닭에 기본 월급 외에 성과급이 제법 두둑했기 때문이었다. 우섭의 표정도 더할 나위 없이 빛났다. 아직은 큰돈이 모여지진 않았지만 원양어선을 타고 한 이년만 더 고생하면 통통배를 사서 여주를 만날 수 있을 것 같았다.

우섭이 동명호를 탄 지도 거의 일 년이 지나 벚꽃이 피어나는 사월 초순이었다. 거제도에서의 조업을 마친 동명호는 자갈치 항으로 뱃머리를 돌렸다. 배가 항진하는 동안 우섭은 뱃전 아래를 내려다보았다. 황금빛 물결 사이로 그리운 여주의 얼굴이 일렁거렸다. 지금쯤 여주는 무엇을 하고 있을까? 오늘도 청사포의 철길은 말없이 바다에 떠 있는 다릿돌을 지켜보고 있을 것이다. 녹슨 철길에도 붉은 놀은 비쳐들겠지. 어쩌면 여주는 철길에 앉아 나를 생각할지도 몰라. 우섭은 눈을 감은 채 그녀를 생각하며 작은 신칼을 매만졌다.

"뿌우웅~"

뱃고동 소리에 흠칫 놀라 우섭은 눈을 떴다. 자갈치 항이 서서히 눈에 들어왔다. 항구는 해거름에 덮여 있었다. 동명호는 선착장에 바짝 다가가서 밧줄을 내렸다. 곧이어 나무 사다리를 통해 선원들이 배에서 내리기 시작했다. 남준은 아들을 만나러 간다며 서둘러 선착장을 빠져나갔다. 선원들은 저마다 흡족한 표정들이었다. 우섭도 그들 틈에 끼어 만족한 표정을 지었다.

"어이, 우섭이. 술 한잔하고 가."

"아닙니더, 지는 빨리 가야 합니더."

"아따, 니 색시가 어디 달아나나? 해장국에 술을 한잔해야지."

선원들이 우섭의 팔을 붙잡고 놓아주지 않았다. 그는 할 수 없다는 표정으로 그들을 따라갔다. 선원들은 조개와 술을 파는 가게로 들어갔다. 술이 어느 정도 돌면서 선원들의 혀가 꼬부라질 즈음, 우섭은 슬그머니 빠져나와 청사포로 향했다.

4

담벼락 옆에 심은 왕벚나무가 긴 그림자를 마당에 드리웠다. 돌개바람이 불어와 벚나무 잎이 난분분하게 날렸다. 여주는 툇마루에 앉아 떨어지는 잎을 우두커니 바라보았다. 일엽편주(一葉片舟)라고 했던가. 지금쯤 우섭이 탄 배는 망망대해에서 저 잎처럼 연약하게 떠 있을 것이다.

'조금 있으면 화려했던 벚꽃이 피다가 사들사들 지고 말겠지. 그래 모든 것은 나고 지는 것이지. 내 부모님과 이모처럼.' 미포댁은 몇 달 전, 평소 앓던 속병이 도져 끝내 죽고 말았다. 처연한 마음이 그녀의 가슴에 몰려왔다. 이제 그녀 곁에는 아무도 없었다.

여주는 얼마 전에 청사포를 찾아온 애숙을 떠올렸다. 애숙은 여주를 불쑥 찾아와서는 밑도 끝도 없는 수다를 늘어놓았다. 그러다가 말미에 우섭의 이야기를 꺼냈다. 일 년 전, 남포동에서 우연히 우섭을 보았다는 것이었다. 돈 많이 벌면 여주 너를 데리러 올 거라는 말도 했다고 전해주었다.

'그래, 빨리 나를 데리러 왔으면.' 우섭은 다시 만날 날을 기약하며 밤의 어두운 눈동자 속으로 총총히 걸어갔었다. 벌써 일 년이 흘렀다니. 그녀는 혹시라도 그가 바다에서 무슨 사고라도 당할까 봐 두려웠다. 아버지와 엄마도 저 바다에서 이승의 끈을 놓지 않았던가. 어릴 때부터 늘 자신 곁에 있었던 우섭이었다. 긴 한숨이 절로 나왔다. 그저 무사히 자신에게 되돌아오기를 바랄 뿐이었다.

여주는 툇마루에서 일어나 벚나무 근처로 걸어갔다. 나무에서 가끔 나뭇잎이 떨어지고 있었다. 싸리 빗자루로 나뭇잎을 마당 가녘으로 찬찬히 쓸던 여주는 가지 사이로 보이는 철길을 응시했다. 녹슨 철길이 구덕포를 향해 뻗어 있었다. 철길 오른쪽에는 푸른 대지처럼 펼쳐진 바다가 있었다.

그녀는 몸을 돌려 불안한 눈동자로 대문을 바라보았다. 큰무당은 일광 이천마을에서 진혼굿을 하느라 집을 비운 상태였다. 미향이 없는 이때 강수가 불쑥 찾아와 자신을 농락할까 봐 저어했던 것이다. 강수는 수시로 만치를 앞세우고 큰무당 집에 찾아와 자신의 몸을 아래위로 훑어보곤 했다. 그때마다 그녀는 마치 벌레처럼 몸 위를 기어다니는 강수의 눈동자를 견딜 수 없었다.

여주는 심란한 마음을 달래기 위해 무복들을 꺼내 우물가에서 빨래하기 시작했다. 어둡고 우울한 마음을 달래는 데는 빨래가 제일 좋았다. 양잿물에 무복을 푹 담가놓은 후, 그녀는 빨랫방망이로 텅텅 두들기기 시작했다. 그녀가 방망이를 휘두를 때마다 엉덩이가 흔들거렸다.

쪽 찐 머리에 흰 무명 저고리, 유려한 곡선이 드러나는 허리. 가히 뒷모습만으로도 뭇 사내의 넋을 홀리는 여주의 자태였다. 그 뒷모습을 가만히 지켜보는 음흉한 눈동자가 있었다. 강수와 만치였다. 만치는 강수를 곁눈질하면서 속으로 음탕한 노인네라고 욕하고 있었다.

뒤에서 뭔가 선득한 시선을 느낀 여주는 무심코 뒤를 돌아보다 화들짝 놀라 일어섰다. 강수와 만치는 그런 여주의 모습이 귀엽다는 듯이 웃고 있었다. 순간 얼굴이 빨개진 여주는 옷매무새를 고쳤다.

"어인 일로…?"

"커험, 큰무당 있느냐?"

"어머님께서는 일광으로 출타 가셨습니다."

만치는 눈알을 뒤룩뒤룩 굴리다가 슬그머니 대문으로 사라졌다. 강수는 짐짓 태연한 척 마당을 이리저리 둘러보다가 툇마루에 엉덩이를 걸쳤다.

"뭘 그리 서 있느냐? 물이라도 한잔 다오."

"예? 아, 알겠사옵니다."

여주는 황급히 부엌으로 들어갔다. 그 뒷모습을 쳐다보는 강수의 눈동자가 무척 엉큼했다. 냉수를 들고 그녀가 다가오자 강수는 자신의 옆에 앉으라고 손짓하며 말했다.

"다리도 아플 텐데 여기 앉거라."

"괘, 괜찮습니다. 여, 여기."

"커, 물맛 참 좋네."

물을 들이켠 강수는 짐짓 호탕한 표정을 짓더니 윗옷 호주머니에서 하얀 봉투를 내밀었다.

"옜다. 이거 나중에 큰무당에게 전해주렴."

여주가 봉투를 조심스럽게 받으려 하자 갑자기 강수가 여주의 손을 덥석 잡았다. 놀란 여주가 손을 빼려 하자 강수는 숫제 손을 쓰다듬기까지 했다.

"어르신! 이러면 안 돼요…"

여주의 손을 놓은 강수는 은근한 목소리로 말했다.

"음, 그래. 허허. 손이 참 곱구나. 담에 또 보세."

강수는 음탕한 웃음을 날리며 대문으로 나갔다. 여주는 황당하고 분한 심정으로 멀어져 가는 강수의 뒷모습을 노려보았다. '도대체 저 인간이 무슨 낯짝으로, 무슨 속셈으로 나를 찾아와서 이리도 농락한단 말인가? 신령님을 모시는 내가 무슨 창기(娼妓)라도 된단 말인가?'

그전에도 강수는 큰무당이 출타하면 수시로 집에 찾아와 여주를 농락하곤 했다. 냉수를 핑계로 손을 만지는 것은 기본이고, 어떨 때는 엉뚱하게 어깨를 주물러 달라고 했다. 여주가 억지로 어깨를 주물러 주면 그 손을 만지작거리는 것도 예사였다. 강수가 이런 짓을 할 때마다 여주는 치를 떨며 분노했다. 무슨 연유인지 몰라도 자신의 아버지가 그의 배를 구하려다 바닷속으로 허망하게 사라졌고 그 여파로 엄마마저 돌아가시고 말았다. 남편인 우섭을 멍석말이로 모질게 때려 청사포에서 쫓아낸 인간도 바로 강수였다. 그런 작자가 자신을 희롱하는 것은 인간 이하의 짓이었다.

강수가 또다시 큰무당의 부재(不在)를 틈타서 자신을 희롱하자, 여주는 이런 사실을 큰무당에게 알려야 할지 말아야 할지 고민하기 시작했다. 청사포의 대선주이자 큰무당의 가장 큰 후원자인 강수가 아니던가? 자신과는 악연이지만 큰무당에게는 일종의 은인이라고 할 만한 위인이었다. 그가 경비를 지원해 준 덕분에 대가 끊길 뻔했던 별신굿이 살아날 수 있었다.

큰무당이 일광에서 돌아오자 여주는 몇 번을 망설이던 끝에 이런 사실을 큰무당에게 털어놓았다. 그녀의 이야기를 들은 큰무당의 눈이 화등잔만 하게 변해갔다. 우려했던 일이 현실로 벌어진 것이다. 큰무당은 강수의 호색함을 처음부터 잘 알고 있었다. 여주를 우섭과 혼인시킨 이유 중 하나는 바로 강수를 견제하기 위한 것이었다. 그녀가 방을 나간 후, 큰무당은 이마를 찡그리며 한숨을 쉬었다.

"오살할 인간!"

큰무당은 곰방대를 탕탕 두드리며 분노를 감출 수 없었다. 어찌 감히 별신굿의 후계자인 자신의 애제자를 건드린단 말인가? 여염집의 아낙이나 술집 여자라면 또 몰라도 상대는 무녀인 여주가 아닌가. 아무리 호색한이라 하더라도 무녀만큼은 건드리지 않는데 강수의 음심은 끝도 한도 없었다. 큰무당은 곰방대를 뻑뻑 빨면서 오래도록 얼굴을 찡그렸다. 한참 동안 구구소회에 잠겨 있던 미향은 자리에서 일어나 방 안을 서성거렸다.

"이걸 어쩔 것인가?"

다시 자리에 앉은 큰무당은 결연한 표정으로 고개를 절레절레 흔들었다. 별신굿을 되살리는 것이 집안의 숙원이라 해도 여주를 그 인종의 탐욕에 당하게 할 수는 없었다.

일주일 후, 큰무당은 은밀히 만나자는 만치의 연락을 받았다. 처음에 미향은 일언지하에 그 만남을 거절했다. 사특한 인간이 또 무슨 음모를 꾸밀 것인가 하며 의심했던 것이다. 허나 만치가 집까지 찾아와서 졸라대는 통에 할 수 없이 만나게 되었다. 만치와 큰무당은 수정 식당의 구석진 방에 마주 앉았다. 놈은 째진 눈을 뒤룩뒤룩 굴리며 미향에게 술을 따라주었다. 무표정하게 한 잔 마신 큰무당은 어색한 표정으로 말했다.

"그래, 십 년간의 별굿 경비를 모두 책임지신다고?"

"어디 그뿐입니까? 만신님, 조금 있으면 인간문화재라는 제도가 생긴다는 말 들었습니까? 거 뭐시냐, 소리꾼이나 춤꾼 머 그런 사람들을 문화재로 지정해서 각종 지원과 명예를 안겨준다던데."

큰무당의 눈이 커다랗게 변해가면서 눈동자 속에 욕망이 가득 피어났다.

"만신님 같은 경우도 동해안 별굿으로 인간문화재가 될 수 있다 합디다. 그리되면 아버님 원을 풀어주는 것 아닙니꺼?"

"그야 이를 말이겠나?"

"강수 어르신께서 인간문화재를 심사하는 문화재국에 힘을 써 줄 수도 있습니다. 친구들도 다 서울에서 고위 관리를 하고 있지 않습니까? 어떻습니까? 두 번 다시 오는 기회가 아닙니더. 헤헤."

"그래서 나더러 뭘 어쩌라는 것인가?"

"에이, 다 아시면서. 강수 어르신이 여주를 예뻐하시는데…"

"예끼! 함부로 그런 소릴랑 말게. 어디 감히."

미향이 곰방대를 내려치며 엄혹한 표정을 지었지만, 만치는 실실 웃으며 잘 생각해 보라고 말했다. 그가 가고 난 후, 미향은 치미는 분노를 느꼈지만, 한편으론 그 달콤한 유혹을 생각하며 깊은 고민에 빠졌다. 십 년간의 별굿 경비도 대단하거니와 인간문화재라는 말에 미향의 마음이 흔들렸던 것이다. 만치의 제안을 거절하기에는 자신에게 돌아오는 혜택이 너무 많았다. 인간문화재가 된다는 것은 가업인 동해안 별신굿이 전통문화로 인정받는다는 이야기였다. 그건 오랫동안 무녀 집안이라고 멸시받아 온 집안의 한을 푸는 일이었다.

'안 될 말이야. 어찌 여주를 더러운 욕정의 구멍으로 밀어 넣는단 말인가?'

고개를 절레절레 젓던 큰무당은 여주의 고운 얼굴과 아버지 두칠의 얼굴을 동시에 떠올렸다. '이 상황에서 내가 뭘 해야 할까? 딱 한 번만 자리를 만들어 주면 또 어떨까? 예로부터 무녀라는 것은 성과 속을 넘나드는 신령한 존재가 아닌가? 여주가 강수와 합방한다고 해서 무녀로서 그 아이의 지위가 사라지는 것은 아니야. 지금 이 시점에서 강수를 구슬려 내가 취할 수 있는 이익을 본다면…'

급기야 자리에서 일어난 큰무당은 방안을 서성거리며 된다 안 된다를 되뇌었다. '어찌 보면 이건 여주에게도 좋은 기회일지도 몰라. 장차 내 뒤를 이어 별신굿을 부흥시키려면 강수의 힘과 돈이 필요해. 그래, 이왕 이렇게 된 것, 별신굿의 부흥을 위해 잠시 여주가 희생하는 걸로 생각하자. 어쩌면 이 모든 것도 신령님 뜻이야. 여주의 팔자인 게지. 경국지색의 미모를 달고 태어났으니 이제 그 기운을 이익이 되는 방향으로 사용하는 것도 그리 나쁜 짓은 아니야.' 큰무당은 차츰 마음이 기울어 갔다. 자신에게 있어서는 여자로서의 여주가 아니라 별신굿 후계자로서의 여주가 더 필요했다.

　몇 날 며칠을 고민하던 미향은 결국 강수의 악마적인 유혹에 넘어가고 말았다. 그 모든 것은 별신굿의 미래를 위해서, 또 여주의 앞날을 위해서 신령님이 내린 결단이라며 애써 합리화했다.

　　　　　　　　　　　＊

　사월의 보름달이 청사포를 환하게 비추는 날이었다. 이날은 골매기 할매에게 제사를 지내는 날이기도 했다. 큰무당은 여주를 데리고 망부송으로 향했다. 음력으로는 삼월 십오일이었고 양력으로는 사월 십일이었다. 소나무 밑에는 골매기 할매를 모시는 당집이 있었다. 골매기는 고을매기의 준말로서 마을을 지키는 수호신을 이르는 말이었다. 당집 안에는 '현동조비김씨신위(灦洞祖妃金氏神位)'라는 위패가 모셔져 있었고 그 앞에 제사상이 놓여 있었다.

　삼백 년 전, 고기를 잡으러 바다로 나갔던 남편이 돌아오지 않자 애타게 찾던 김 씨 여인이 있었다. 식음을 전폐하며 남편을 기다리던 여인의 정성에 감읍하여 동해 용왕이 푸른 뱀을 차사로 보냈다. 여인은 푸른 뱀의 등을 타고 용궁으로 가서 그토록 그리워하던 남편을 만났다는 것이다. 그 후 사람들은 그 여인을 열녀라 칭송하며 마을의 수호신으로 삼았다고 했다. 지금의 망부송도 그 여인이 심은 것이라고 전해졌다. 사람들은 그 여인을 기리는 제당을 지어 무녀를 통해 제사와 굿을 지내주었다. 골매기 할매는 청사포 마을을 지키는 수호신이 되었으며 별신굿은 마을의 수호신을 기리는 제의이기도 했다.

 모두가 잠든 야심한 시각이었고 당집은 유적함에 싸여 있었다. 우람한 밑동에서 두 갈래로 뻗어 나온 망부송은 삼백 년의 세월도 무심하게 바다를 보고 있었다. 제당 안으로 들어간 두 사람은 위패 앞에서 잠시 목례했다. 여주는 들고 온 보따리에서 각종 제물(祭物)을 꺼내 제사상을 차렸다.

 두 사람은 위패를 향해 엄숙한 자세로 네 번 절을 했다. 곧이어 여주가 왼쪽 자리에 앉아 징을 꺼냈고 큰무당은 술이 달린 칠성선을 오른손에 잡고 무가를 불렀다. 징소리와 무가는 고적한 당집에서 흘러나와 밤하늘로 잔잔히 퍼져갔다. 치성을 다 드린 후, 두 여인은 제당을 나왔다.

 큰무당이 앞장서서 바닷가를 걷기 시작했다. 황토와 백토가 깔린 바닷가 길에 포슬포슬 먼지가 일어났다. 밤공기는 무척 싸늘했고 파도 소리로 뒤덮인 해안길은 교교했다. 은백색의 달빛이 여주의 얼굴에 하염없이 내렸다. 그녀의 고운 얼굴은 하얀 달빛과도 잘 어울렸다.

 "여주야, 니는 강수 어르신을 우찌 생각하노?"

 앞서 걷던 큰무당이 갑자기 말을 꺼냈다. 그녀는 당황해서 머뭇거리다가 겨우 대답했다.

 "예? 그게 무슨 말씀이신지…"

 "음…"

 큰무당은 잠시 말을 끊었다. 여주는 의아스러운 표정을 지었다.

 "여주야, 무녀의 팔자라는 것이 있다."

"그, 그게 무슨 말씀인지…"

"여자 팔자는 남자에게 달려 있듯이 무녀는 권세를 잘 만나야 한다."

"권세라니요?"

"하여간 조금 있으면 다 알게 될 것이다. 그만 가자."

미향은 알 수 없는 말을 남기며 걸음걸이를 빨리했다. 여주는 의문스러운 얼굴로 큰무당의 뒤를 따라갔다. 어딘가 미향의 발걸음이 무척 위태롭다는 생각이 들었다.

'어쩔 수 없어. 별신굿의 부흥을 위해서는 여주의 희생이 필요해. 그러나, 그러나 말이다. 나의 애제자인 여주가 너무 곱지 않은가? 저 아이를 그렇게까지 해야 하나?'

큰무당은 집으로 가는 동안, 수십 번이나 고뇌의 강을 건너야 했다. 자신의 선택이 잔인하다는 생각이 들기도 했다.

5

"예, 그러니까 만신님도 충분히 자격이 되니까 제가 말한 서류들을 잘 준비하세요. 다 되면 연락하시고."

마을 회관의 전화기를 통해 들려온 공무원의 목소리는 다소 사무적이었다. 수화기를 내려놓은 미향은 회관 문을 나서 집으로 향했다. 안방에 자리한 큰무당은 곰방대를 피워 물며 의미심장한 미소를 지었다. 천재일우의 기회였다. 동해안 별신굿의 기능보유자로 공식 인정만 받게 된다면 그 무엇을 해도 상관없을 것 같았다. 어릴 때부터 무당의 자식이라고 그 얼마나 서러움을 받았던가.

'그래, 이 기회를 놓칠 수 없어. 돌아가신 부모님의 원망(願望)을 내가 이루어야 해. 여주야, 내 처지도 부디 헤아려다오.'

미향은 곰방대를 깊숙이 빨아들여 길게 연기를 내뿜었다. 방안에 사선으로 들어온 햇빛 사이로 우중충한 회색빛 연기가 날리고 있었다. 실상은 푸른 연기지만 자신의 마음이 잿빛이었던 것이다.

그다음 날 미향은 연화리 본가에 가서 인간문화재 예비 심사에 필요한 자료를 모으기 시작했다. 양중으로 오랫동안 자신과 호흡을 맞추었던 사촌 동생에게 무가 악보를 정리하라고 시켰다. 여동생들과 자신은 지화나 용연등, 용선과 같이 굿에 사용되는 무구들의 제작 방법을 기록했다. 또한 자신의 굿청 일을 도와주는 조카들에게는 굿상의 여러 형식과 제사 음식을 정리하라고 일렀다.

보름 후, 청사포로 돌아온 미향은 여주를 안방으로 불렀다. 연하늘색 저고리에 물색 치마를 입은 여주의 모습은 무척 순박한 향을 풍기고 있었다. 도도한 기운도 살짝 묻어 있는 그녀의 자태에 큰무당은 늘 아찔한 기분을 느꼈다. 보면 볼수록 신비로운 기운을 풍기는 아이였다. 몸 전체에서 흘러나오는 기(氣)는 천상 무녀의 기운이었다. 저렇게 어여쁘고 영험한 기운을 가진 애를 어찌 강수 그놈에게.

큰무당은 잠시 눈을 감았다. 아랫입술을 오랫동안 잘근거리던 미향은 천천히 눈을 뜨면서 마음속으로 되뇌었다. 어쩔 수 없지 않은가. 이미 일은 시작되고 있었으니. 나는 일주일 후에 서울로 올라가서 예비 심사를 받아야 한다. 큰무당은 빤히 여주의 얼굴을 쳐다보다가 연필과 종이를 가져오라고 말했다.

"자, 이제부터 내가 구술하는 무가를 잘 받아적거라. 여태껏 네가 나에게서 익힌 무가인지라 그리 어렵지는 않을 것이다."

큰무당은 부정굿 사설을 시작으로 문굿, 조상굿, 초망자굿에 소용되는 무가를 읊었다. 두 사람의 작업은 근 사흘 동안이나 계속되었고 여주가 적은 종이는 책 한 권 분량으로 쌓였다. 큰무당은 여주가 적은 사설을 보며 매우 흡족한 표정을 지었다. 영특한 여주는 자신이 불러준 사설을 단 한 마디도 빼놓지 않고 모두 받아 적었다. '이리도 영특한 아이를 그놈의 탐욕에 바쳐야 한다니.' 미향은 다시 울컥했다. 허나 이미 일은 돌이킬 수 없게 되어갔다.

그런 큰무당을 여주는 내심 불안한 표정으로 보고 있었다. 분명 기쁜 일을 앞에 두고 있건만 어쩐지 어머니는 안타까운 표정을 짓곤 했다. 가끔 커다란 한숨을 쉬며 자신을 빤히 쳐다보는 것이 자신이 모르는 일이 벌어지는 것만 같았다. '그날, 골매기 할매 제당을 나서며 어머니가 하신 말의 의미는 무엇일까? 무녀에게는 권세가 필요하다니? 모르겠어, 도무지 무슨 말인지.'

예비 심사에 제출할 모든 자료를 준비한 큰무당은 서울로 올라갔다. 서울에 간 김에 다른 일도 볼 요량이라 열흘 정도 걸릴 것이라고 여주에게 말했다. 아침저녁으로 굿당에 치성드리고 다가오는 손공장군 기일도 빼놓지 말라고 당부했다. 그렇게 말하는 큰무당의 표정이 내내 편치 못해 여주는 내심 불안했다. 어머님이 안 계신 동안이면 꼭 강수가 자신을 찾아와 농락했던 일이 떠올랐기 때문이었다. 허나 그동안에 벌어진 일을 모두 말했으니 무슨 별일이 있을까 싶었다. 아무리 청사포의 대선주이자 별굿의 후원자로 해도 해운 삼포 제일의 큰무당을 무시할 수는 없을 것이다.

　미향이 서울로 간 이틀 후였다. 그때 여주는 무가 사설을 암송하고 있었다. 한참 동안 사설을 보느라 목이 뻐근해진 그녀는 고개를 들어 무심코 담장 넘어 푸른 하늘을 쳐다보았다. 파르족족한 빛이 양털 구름에 한가롭게 머물렀다. 그때, 밖에서 기침 소리가 들리더니 강수가 대문을 열고 나타났다. 여주는 순간 황망하면서도 어이가 없었다. '분명 어머님에게 이야기했건만 그게 다 소용이 없었던 말인가. 혹시? 아닐 것이다.' 여주는 고개를 흔들며 자신의 의심을 부정했다. '어머님은 당신이 할 수 있는 한 최선을 다했을 것이다. 어머님의 애원과 부탁을 강수는 깡그리 무시한 게 분명했다. 그렇지 않고서야 어찌 똑같은 짓을 반복한단 말인가.' 여주는 강수가 다가오자 바짝 긴장해서 자리에서 일어났다. 술을 먹었는지 그는 약간 비틀거리며 거드름을 피웠다.

　"커험, 큰무당 있는가?"

　"서울로 출타하셨는데요."

　여주는 뒷걸음질 치며 경계의 눈초리로 조신하게 말했다.

　"호, 그래. 거참. 내가 올 때마다 없구나. 나 냉수 좀 도고."

　강수는 또 냉수 타령을 하며 여주의 얼굴을 쳐다보았다. 그게 너무 싫은 여주이었지만 얼른 물 한 잔 먹이고 보내는 게 상책이라고 생각했다. 그녀는 서둘러 부엌으로 향했다. 그런 여주의 뒷모습과 흔들거리는 그녀의 엉덩이를 탐욕 가득한 눈으로 쳐다보는 강수.

물을 갖고 온 여주는 머뭇거리며 그에게 그릇을 내밀었다.

"허허, 여전히 물맛이 좋구나."

입술을 훔치며 강수가 능청을 떨었다. 여주는 약간 떨어진 곳에서 경계의 눈초리로 그가 빨리 가기를 바랐다. 그런 그녀를 놀리듯 강수는 툇마루에 궁둥이를 붙인 채 엉뚱한 소리를 해댔다.

"여주야, 내 어깨 좀 주물러 도고."

"예? 그, 그게 무슨 말씀이신지…"

"허허. 거 아버지라 생각하고 어깨 좀 주무르면 안 되겠냐?"

"그, 그게…"

여주가 머뭇거리자 강수는 숫제 몸을 돌려 두 다리를 툇마루에 올렸다. 얼굴을 찡그린 여주는 그를 빨리 보내야겠다는 생각에 어깨 위로 조심스레 손을 올렸다. 그의 딱딱한 어깨를 만지면서 그녀는 바퀴벌레 껍질을 만지는 것 같은 역겨움에 속에 메스꺼웠다. 순간, 강수가 손을 뻗어 여주의 손을 만졌다. 여주가 황급히 손을 빼려 하자 강수는 몸을 홱 돌리더니 여주를 끌어안았다.

"어맛!"

여주가 반항하자 강수는 더 세게 여주를 끌어안으며 헉헉거렸다.

"여주야, 내가 너를 오랫동안 생각해 왔다!"

"어르신, 왜 이러십니까? 저는 신령님을 모시는 사람입니다!"

"그기 다 무신 소용이고! 내가 너를 좋아한다는데."

급기야 강수는 여주를 툇마루에 자빠뜨린 후, 몸 위에 올라타서 저고리를 벗기려 들었다. 여주는 너무 놀라고 분해서 고함을 질렀다.

"어르신, 이러지 마세요! 저는 지아비가 있습니다!"

"지아비? 하, 우섭이 그놈이 무슨 지아비고!"

여주는 강수의 육중한 몸 아래에서 필사적으로 버르적거렸다. 강수의 손이 저고리를 우악스레 들치고 여주의 젖가슴을 움켜쥐었다. 아랫입술을 깨물며 저항하던 여주는 급기야 강수의 오른팔을 강하게 물어버렸다.

"헉! 아니, 이년이!"

강수가 물린 곳을 문지르며 고통스러워하자 여주는 그 틈을 타서 빠져나왔다. 여주는 품속에서 재빨리 작은 신칼을 꺼내 강수를 겨누었다.

"어르신, 이럴 수는 없습니다. 어찌 백주대낮에…"

"니, 지금 머하노? 그 칼로 나를 찌를려고?"

"저는 신령님을 모시는 무녀이자 지아비가 있는 몸입니다."

여주의 눈동자에 파란빛이 감돌았다. 신칼을 양손으로 잡은 그녀의 손에 결기가 묻어났고 푸른 냉기가 칼날 위로 흘렀다. 예상치 못한 여주의 강한 저항에 강수는 무척 당황하는 눈치였다. 한참 동안 그런 상태로 서 있던 두 사람 사이에 팽팽한 긴장감이 감돌았다. 이윽고 강수가 억지 미소를 지으며 말했다.

"어험, 거참. 그래 내 실수로구나. 내가 잘못했다. 그만 가마."

강수가 대문 밖으로 사라지자 여주는 신칼을 떨어뜨리고 흐느꼈다. 멀리 갈매기 울음소리가 날카롭게 들려왔다.

여주의 반항에 심사가 뒤틀린 강수는 만치를 급히 불렀다. 그의 부름을 받은 만치는 헐레벌떡 용성 이 층으로 올라갔다. 술상 앞에 앉은 강수는 인상을 구기며 담배를 뻑뻑 피워댔다. 뭔가 험악한 분위기를 눈치챈 만치는 안절부절못한 표정이었다. 강수가 잔을 들자 만치는 재빨리 술을 따라주었다.

"커허, 오늘따라 왜 이리 술이 쓰노?"

"죄, 죄송합니더."

"엥이, 빙충맞은 놈. 일하는 꼬락서니 하곤. 참 그년 비싸게 구네."

"어르신, 저한테 다른 방도가 있심다."

"다른 방도? 그래, 머 뾰족한 수라도 있단 말이냐?"

"조금만 말미를 주시믄 제가 다 알아서 하겠심더."

만치는 강수 곁으로 다가가 속달속달 귓속말했다. 차츰 강수의 표정이 풀리면서 오달진 미소가 어렸다.

6

강수가 또다시 큰무당의 출타를 틈타 나타나자, 한동안 여주는 대문을 걸어 잠근 채 두문불출했다. 그러나 큰무당이 당부한 손공장군 제사가 다가오자, 할 수 없이 여주는 늦은 오후에 제사 보자기를 들고 조심스레 손공장군 비에 도착했다. 그녀는 주위를 살피며 비석 앞에 북어와 사과, 배를 진설하고 수부 잔에 술을 채웠다. 경건한 자세로 큰절을 올린 그녀는 낮은 목소리로 무가를 불러 손공장군의 넋을 위로했다. 제사를 마친 그녀가 제물과 제기를 보따리에 싸고 막 자리에서 일어날 때였다. 만치가 음흉한 웃음을 지으며 그녀에게 슬그머니 다가오며 말했다.

"어이, 여주 오랜만일세. 어르신이 그리 예뻐하는데, 니도 참 답답하다."

"무슨 말씀 이시온지…"

"내 좀 따라온나. 어르신이 할 말이 좀 있단다."

"그게 무슨 말입니까? 저는 할 말이 없는데."

여주가 주저하자 만치는 앙알거리며 다시 말했다.

"어르신께서 저번 일도 사과할 겸 너를 긴히 좀 보잔다. 별신굿 이야기도 좀 있고. 만신님 돌아오면 니가 어르신 말을 거절했다고 전해 주까?"

그 말을 들은 여주의 표정이 복잡하게 변해갔다. 큰무당 말이 나오면 한없이 작아지는 여주의 마음을 만치는 꿰뚫어 본 것이다.

"알았습니다. 앞장서시지요."

"진즉에 그럴 일이지."

만치가 앞장서자 여주는 마지못해 뒤따라갔다. 서쪽으로 넘어가는 태양이 마지막 안간힘을 쓰다가 달맞이 고개 너머로 훌쩍 사라졌다. 차츰 거리에 어둠이 깔리기 시작했다.

만치가 여주를 데려간 곳은 수정 식당이었다. 술과 밥을 파는 곳이었고 청사포에서 건져 올린 회를 팔기도 했다. 식당 문 앞에는 주인인 가촌댁이 기다리고 있었다. 그 여자는 큰무당 미향과 잘 아는 사이였고, 여주와도 제법 안면이 있었다. 어딘가 부박하고 계산적인 데가 있어 그녀는 내심 좋아하지 않았다.

"아이고, 우리 새끼무당이 오셨네. 자자, 안으로 들어가이소."

가촌댁은 홍소를 터트리며 여주의 손을 잡아 이끌었다. 옆에 선 만치는 비릿한 웃음을 흘렸고 그녀는 떨떠름한 표정으로 안으로 들어갔다. 두 사람은 가촌댁을 따라 구석진 방으로 안내되었다. 방문을 여니 잘 차려진 술상이 보였고 강수가 근엄한 표정으로 앉아 있었다. 여주가 방에 들어가는 것을 주저하자 가촌댁이 출랑거리며 말했다.

"여주야, 어여 들어가거라. 어르신이 아까부터 기다렸다."

"그래, 머 하노? 빨랑 들어가자."

"자, 가촌댁도 앉으소. 여주야, 오늘은 회나 먹자꾸나."

만치가 설레발을 치며 분위기를 돋우었다. 여주는 경계의 눈초리를 풀지 않았다. 하지만 가촌댁이 같이 있는 터라 무슨 일이 있으랴 싶었다.

"저에게 하실 말씀이 무엇인지…"

"아이고, 여주야. 숨넘어가겠다. 술 한 잔 먹고 천천히 이야기하자."

가촌댁이 다시 설레발을 치자 강수가 부드럽게 말했다.

"허허, 그래. 만치야. 술 한 잔씩 따라주게."

만치가 헤살거리며 가촌댁과 여주, 강수의 잔에 술을 따라주었다. 여주가 술 먹는 것을 머뭇거리자 가촌댁이 같이 먹자고 채근했다. 만치와 강수도 조금만 먹으라며 은근히 압박을 주었다. 결국 여주는 마지못해 술을 조금 먹었고 가촌댁이 다시 술을 따라주었다.

차츰 분위기가 무르익으면서 술판이 거나해졌다. 여주는 강수가 따라주는 술도 엉겁결에 받아 마셨다. 옆에 앉은 가촌댁도 여주의 잔에 쉴 새 없이 술을 부어주면서 마시라고 속살거렸다. 그렇게 몇 잔의 술을 받아먹은 여주는 어느 틈엔가 취하고 말았다.

"아이고, 우리 새끼무당이 술도 잘 먹네."

"아무렴. 큰무당이 되려면 술을 잘 먹어야지. 허허."

강수가 너털웃음을 터트리며 기분 좋다는 표정을 지었다. 만치도 따라 웃으면서 눈동자를 이리저리 굴렸다. 자기 딴에는 계획대로 잘 되어가고 있다는 태도였다. 이윽고 밤이 깊어지자 수정 식당 밖으로 네 사람이 나왔다. 어둠이 내려앉은 황톳길은 괴괴했고, 바다에는 새카만 정적이 흘러 다녔다. 여주는 황톳길 위에서 비틀거렸다. 그 모습을 본 강수와 만치, 가촌댁이 서로를 쳐다보며 음험하게 웃었다.

"여주가 힘들어 보이는데 집까지 바래다줘야 안 되겠나?"

"그럼요, 아무리 무당이라도 여자인데."

"저 혼자 가도 됩니다. 괜찮습니다."

여주는 한사코 손사래를 치며 먼저 가겠다고 말했다. 그러자 가촌댁이 어차피 가는 길인데 같이 가자며 호들갑을 떨었다. 결국 네 사람은 모두 큰무당의 집으로 함께 가게 되었다. 집에 도착한 여주는 사람들에게 이제 괜찮으니 가라고 말했다. 그들은 여주의 말은 들은 척도 하지 않고 툇마루에 한 명씩 걸터앉았다. 여주는 툇마루 기둥에 몸을 기댄 채 우물쭈물하며 서 있었다.

"다들 목이 많이 마르지요. 내 물 좀 떠 올게요."

"제가 떠 오겠습…"

가촌댁은 여주가 일어서려 하자 손사래를 치며 주저앉힌 후 부엌으로 들어가서 물 주전자를 가지고 나왔다.

"자, 다들 한 잔씩 드시이소. 여주야, 니도 한 잔 먹거라."

강수와 만치는 물을 쭉 들이켰다. 여주도 그릇에 입술을 갖다 대며 목을 축였다. 냉수 덕분인지 여주의 머리가 맑아 왔다.

"커허, 참 물맛 좋네. 어이, 가촌댁 물 한 그릇 더 도고."

"예예, 어르신. 여기 있습니다."

가촌댁이 강수에게 다시 물을 따라주자 만치가 호주머니를 뒤지다가 낭패한 표정으로 외쳤다.

"이런! 담배가 다 떨어졌네. 저 담배 좀 사 갖고 오겠심더."

만치가 벌떡 일어나 대문 밖으로 나가더니 어두운 담장에 기대서서 비릿한 웃음을 날렸다. 날씨가 아등그러진 것이 비가 올 듯했다. 얼마 안 가 하늘에서 물방울이 톡톡 떨어졌다. 바닷바람도 제법 불어왔다.

"흥, 비가 오려나. 염감탱이가 축축한 날에 여주랑 재미 많이 보겠네."

만치는 하늘을 이리저리 살펴보다가 비탈길로 올라갔다. 변 씨와 이 씨를 불러 삼거리 주막에서 술이나 마실 요량이었다. 그가 사라진 후, 강수와 가촌댁은 실없는 말을 주고받았다. 여주는 그들과 조금 떨어진 곳에서 어색하게 앉아 있었다. 강수는 흐린 밤하늘을 보며 달이 참 밝다는 말을 실없이 했다.

"아참! 내 정신 좀 봐. 매운탕을 올려놓고 그냥 나왔네. 어르신 먼저 일어설게요. 여주야, 어르신에게 말 상대해 드려라."

가촌댁이 미안한 표정을 지으며 자리에서 일어나 휑하니 대문 밖으로 나갔다. 두 사람이 밖으로 사라지자 갑자기 툇마루에 정적이 몰려왔다. 여주는 을씨년스러운 분위기에 강수와 단둘이 있게 된 상황이 너무나도 싫었다. 어서 빨리 강수가 갔으면 하는 표정이었다. 반면 강수는 만면에 웃음을 띠면서 여주에게 은근한 눈빛으로 말했다.

"여주야, 정신이 좀 드나? 허허."

"예, 어르신 이제 괜찮습니다. 가셔도 되는데요."

"아니다. 니가 많이 취했는데 내가 말벗이라도 해줘야지. 허허."

강수는 묘한 눈빛을 띠며 여주에게 슬금슬금 다가갔다. 여주는 뒤로 차츰 물러났다. 그때 갑자기 강수가 확 달려들더니 여주를 냅다 껴안았다.

"왜 또 이러십니까? 저는 신령님을 모시는 몸 입니…"

여주가 미처 말을 끝내기도 전에 강수는 그녀를 툇마루로 쓰러뜨렸다. 여주는 팔을 저으며 필사적으로 저항했지만 취해서 몸에 힘이 거의 없었다.

"흐흐, 오늘에야 네년을!"

강수는 여주의 저고리와 치마를 벗겨냈다. 어두운 가운데 여주의 젖가슴이 출렁 드러났다. 손으로 가슴을 만지다가 급기야 유두에 입을 대는 강수. 여주는 벗어나려고 안간힘을 썼지만 소용이 없었다.

여주의 가슴을 농락하던 강수는 그녀의 치마를 올리고 속곳을 벗겼다. 이제 육봉을 여주의 음부에 밀어 넣기만 하면 오랫동안 품어왔던 욕정이 해소되는 것이었다. 그는 사정의 쾌감을 상상하며 바지를 벗었다. 그런데 그 찰나, 대문 안으로 후닥닥 들어오는 검은 그림자가 있었다.

 순식간에 강수에게 달려든 그림자는 다짜고짜 그를 확 밀쳤다. 갑작스러운 충격으로 강수는 툇마루에서 마당으로 굴러떨어졌다. 여주도 순간 정신이 번쩍 들었다. 그녀는 그림자의 정체가 누구인지 단박에 알아차렸다. 그토록 그리워하던 우섭이였다. 여주는 추한 모습을 그에게 보여준 것이 너무 수치스러웠다.

 두 시간 전, 자갈치에서 동료들과 헤어져 밤늦게 청사포에 도착한 우섭은 여주를 만나기 위해 큰무당의 집 앞에 도착했었다. 조심스럽게 집 안을 살펴보던 우섭은 아무도 없는 것을 알고는 고개를 갸웃했다. '여주는 어디로 갔을까?' 그는 여주를 기다릴 작정으로 휘우듬한 소나무가 모여 있는 숲속에 들어갔다. 그곳은 마을 사람들의 눈에 안 뜨이는 최적의 장소였다.

 그렇게 숲속에서 여주를 기다리던 우섭은 큰무당 집 근처에서 사람들이 떠드는 소리를 듣게 되었다. 검은 숲속은 짐승의 아가리처럼 은밀한 어둠에 싸여 있었다. 숲 밖에서는 안이 보이지 않았지만, 안에서는 밖이 희미하게 보였다. 우섭은 강수와 만치가 앞장서고 그 뒤를 여주와 가촌댁이 따르고 있는 것을 보게 되었다. 우섭은 그걸 지켜보면서 몹시 불안한 생각이 들었다.

 얼마를 기다렸을까. 우섭은 만치와 가촌댁이 차례로 집 밖으로 나오는 것을 이상하게 생각했다. 조금 전에 여주를 포함해서 분명 네 명이 들어갔었다. 이제 두 명이 나왔으니 큰무당의 집에 남아 있는 사람은 여주와 강수였다. 거기에 생각이 미치자 우섭은 불길한 생각에 급히 소나무 숲에서 나와 미향의 집으로 달려갔다. 대문 근처에 도착한 우섭은 안에서 강수와 여주의 목소리를 듣고 온몸의 피가 거꾸로 솟는 것을 느끼며 들어왔던 것이다.

"니, 니 우섭이 놈 아이가! 이 거지새끼가?"

우섭은 눈을 부라리며 강수에게 다가갔다. 그 서슬에 놀란 강수는 누운 채 슬금슬금 뒤로 물러났다.

"이, 이 자식이? 누구에게 오는 거야! 만치야, 만치야!"

"이 쳐 죽일 놈아! 니가 선주면 다가?"

피가 거꾸로 선 우섭은 주먹으로 그의 얼굴을 때렸다. 강수가 얼굴을 감싸 쥐며 마당가로 달아나자 우섭은 다시 쫓아가서 그의 머리와 얼굴, 몸을 주먹으로 마구 때렸다. 우섭의 눈동자에 핏발이 가득 서렸다. 무차별적으로 구타를 당하던 강수는 급기야 몸을 축 늘어뜨렸다. 그 광경을 본 여주의 표정이 새파랗게 질렸다. 그제야 정신이 번쩍 든 우섭도 당황한 표정이었다.

"아저씨, 빨리 도망가요! 사람들 오기 전에 우리 같이 도망가요!"

"그래, 이왕 이리된 것 도망가자!"

우섭은 여주의 손을 잡고 물목이라고 불리는 청사포의 선착장으로 죽을 듯이 뛰어갔다. 두 사람이 필사적으로 달려가는 동안 날카로운 빗방울들이 송곳처럼 그들의 머리에 내려꽂혔다. 칼바람도 가혹하게 불어와 먼바다에는 거대한 풍랑이 일기 시작했다.

만치는 이런 사태가 벌어지는지도 모른 채 변 씨, 이 씨와 함께 주막에서 술을 마셨다. 두 사람은 만치에게 비굴할 정도로 굽실거렸다. 거나하게 술을 마신 만치는 두 명을 거느리고 밖을 나섰다.

어느새 노대바람이 몰아치고 있었다.

"빗방울이 좀 떨어지드만 기어코 비가 오는구만."

"그러게 말이야, 헤헤."

변 씨가 비위를 맞추듯이 헤실거렸다. 이 씨도 엉너리 치며 얼른 우산을 펼쳐 만치에게 씌워주었다.

"어, 이 씨가 동작이 빠르네. 그나저나 우리 영감은 재미 좀 봤는가?"

만치는 주막 앞에서 미향 집을 내려다보았다. 얼굴에는 한껏 비릿한 웃음이 묻어 있었다.

"한번 슬쩍 가볼까? 헤헤."

만치가 앞장서자 변 씨와 이 씨가 슬그머니 따라갔다. 미향 집 담장에 도착한 그들은 도둑 걸음으로 담장 너머를 은근슬쩍 쳐다보았다. 비는 더 세게 쏟아지고 있었다. 마당 쪽을 살피던 만치는 어딘가 이상한 모습을 발견했다. 어둡고 둔탁한 물체가 마당가에서 버르적거리고 있었다. 저게 뭐지 하는 호기심으로 고개를 내밀던 만치는 화들짝 놀라며 고함을 질렀다.

"아이고, 우리 영감이 와 저리 있노? 야야, 빨리 따라오니라!"

만치가 후닥닥 대문 안으로 들어서자 변 씨와 이 씨도 뒤따랐다. 강수가 얼굴에서 피를 흘린 채 엎드려 있었다. 빗물이 강수의 얼굴에 쏟아지면서 주변에 핏물이 흘렀다.

"아이고, 어르신! 이게 무신 일인교? 야야, 빨리 들쳐 업어라."

만치와 이 씨가 강수를 급히 일으켜 세워 변 씨의 등에 업혔다. 세 사람은 강수를 부축한 채 급히 대문을 나섰다.

"도대체 어떤 놈이 이랬단 말이고? 여주 고년이 했단 말이가?"

그때 갑자기 이 씨가 내리막길을 보며 고함을 질렀다.

"저기 달아나는 연놈 좀 봐라! 가만 저거 우섭이 놈 아이가?"

"머라꼬? 우섭이 그놈이 언제 왔단 말이고?"

만치는 이 씨가 가리킨 손가락을 따라 내리막길을 보았다. 폭우가 쏟아지는 가운데 여주와 우섭이 뛰어가고 있는 모습이 눈에 들어왔다.

"저런 씨발놈의 새끼. 저 연놈들 잡아라! 이 씨 니는 빨리 어르신을 병원으로 모시라."

눈에 악마의 불꽃을 튀기며 그들을 쫓아가는 사내들. 비바람이 마치 악귀의 입에서 쾅쾅 튀어나오는 폭탄처럼 거세게 몰려왔다. 여주와 우섭은 온몸을 타격하는 장대비를 맞으며 물목에 겨우 도착했다. 앞바다에는 강퍅한 용과 고래들이 싸움이라도 하는 양, 도무지 상상하기 어려울 정도로 사나운 물결이 휘몰아쳤다. 우섭은 나룻배 하나를 발견하고는 재빨리 그 위에 여주를 올렸다. 그다음에 그는 나무 기둥에 묶여 있는 계선줄을 급히 풀려고 했다. 바로 그때, 두 사내가 우섭의 등짝을 향해 쌍도끼 같은 주먹과 발길질을 날렸다.

세 사람 사이에 우당탕 난타전이 벌어졌다. 하관이 빠르고 눈초리가 쭉 째진 만치가 우섭의 멱살을 잡았고, 우락부락한 덩치의 변 씨가 그의 허리를 잡았다. 우섭의 위기를 직감한 여주가 비명을 지르며 배에서 뛰어내렸다. 그녀는 품에 있던 작은 신칼을 꺼내 사내들의 팔과 다리를 무자비하게 찔렀다.

"으윽… 이 죽일 년이!"

두 사람이 팔과 다리를 움켜쥐며 주춤거리자 우섭이 급히 밧줄을 풀었다. 그는 다시 여주를 배에 태우고 나룻배에 올라탔다. 막 노를 저으려는 찰나, 독기를 품은 변 씨가 물을 헤치며 달려와 뱃전에 서 있던 여주의 팔을 확 잡아끌었다.

"풍덩!"

여주는 변 씨에게 팔을 잡힌 채 차가운 물 속으로 빠졌다. 그 와중에 우섭이 탄 나룻배가 강한 바람을 받아 바다로 밀려 나갔다. 만치가 물속으로 들어가 배를 잡으려고 하자 우섭이 노로 그의 얼굴을 가격했다. 비명을 지르며 만치가 물속에 나가떨어졌다. 변 씨는 여주의 머리채를 잡고 밖으로 끌고 나갔다. 그동안 우섭이 탄 나룻배는 물목에서 더욱더 멀어졌다. 우섭은 절망적인 표정을 지으며 여주의 이름을 불렀고, 여주는 어서 가라고 고함을 질렀다.

"저, 저 봐라! 사람 죽여 놓고 달아나네. 저놈 잡아라!"

만치가 우섭을 쳐다보며 악다구니를 썼지만 어느덧 나룻배는 먼 바다로 나가고 말았다. 비가 폭포같이 쏟아졌다. 고함을 듣고 물목으로 마을 사람들이 몰려왔다. 만치는 울부짖는 여주의 뺨을 수차례 때렸다. 우섭을 놓친 분풀이를 하려는 듯이 양 볼을 마구잡이로 폭행했다. 그녀의 코와 입에서 선홍색 피가 줄줄 흘러내렸다.

아낙네들이 만치를 말리려고 했지만 놈의 서슬이 하도 무서워 나서지도 못했다. 결국 사내들이 힘을 모아 여주를 만치에게서 떼어냈다. 만치는 고래고래 우섭이 사라진 바다를 향해 고함을 질러댔다. 비바람이 치는 검은 바다는 여주의 울부짖음과 우섭의 배, 만치의 패악질을 모두 삼켜버렸다.

그다음 날 오전이었다. 밤새 퍼붓던 폭우는 새벽녘에 가랑비로 변해가더니 차츰 늘개가 되어 청사포 바다를 적시고 있었다. 물목에 모인 마을 사람들 사이에 우섭이 탄 배가 미포항에서 발견되었다는 소문이 돌았다. 예전부터 청사포에서 빠진 물건은 미포에서 찾으라는 말이 있었다. 조류가 돌고 돌아 미포로 흘러가기 때문이었다.

그 소문은 곧 사실로 밝혀졌다. 마을 사람들이 불안한 마음으로 바다를 바라보고 있었는데, 만치가 반쯤 파손된 나룻배를 청사호에 매달고 청사포로 돌아온 것이다. 배 안에는 우섭의 신발로 보이는 것들이 발견되었다. 만치는 마을 사람들이 보라는 듯이 그 신발을 칼로 죽죽 그어 바다로 던져버렸다. 그걸 두고 마을 사람들은 우섭이가 바다에 빠져 죽은 것이 분명하다고 입을 모았다.

그러나 불행 중 다행이랄까. 우섭은 폭풍우 치는 밤바다에서 살아남았다. 그는 청사포로 돌아가기 위해 몇 번이나 안간힘을 썼지만 조류는 그를 계속 미포 방향으로 몰고 갔다. 사랑하는 여주가 지옥 같은 소굴에 남아 있다는 것을 생각하니 미칠 것 같았다.

우섭은 울부짖으며 나룻배를 되돌리려고 죽을힘을 다했지만 배는 이미 미포 근처까지 가고 있었다. 그가 노를 저으며 안간힘을 쓰는 중에 폭풍우는 마지막 힘을 다해 거대한 파도를 일으켰다. 그 파도에 의해 나룻배는 속절없이 미포 모래사장으로 밀려갔다. 다시 거대한 파도가 나룻배를 난타하면서 그는 밖으로 튕겨 나가 정신을 잃고 말았다. 나룻배는 반파된 채 모래사장에 걸쳐져 있었다.

새벽녘에 정신을 차린 우섭은 멍한 시선으로 눈앞의 바다를 쳐다보았다. 바다는 언제 그랬냐는 듯이 잠잠해져 있었다. 그는 자기 머리를 주먹으로 치며 미친 듯이 여주의 이름을 불렀다. 비칠거리며 일어선 우섭의 머릿속에는 오직 하나의 이름만이 떠올랐다. 남준, 남준을 찾아가야 한다. 그를 만나 원양어선을 타야 한다.

붉은 태양이 서서히 수평선에서 떠오르고 있었다. 그가 아픈 다리를 질질 끌며 모래사장을 벗어날 즈음, 만치가 서서히 미포 바다로 접근하고 있었다. 부서진 나룻배를 발견한 만치는 미친 듯이 주변을 뒤져 우섭을 찾았지만 그는 이미 미포를 떠난 지 오래였다.

우섭이 타고 갔던 나룻배를 본 추영과 한수, 기수 노인은 비감한 표정을 지었다. 기수 노인에게 우섭은 자식이나 마찬가지였다. 코흘리개 우섭이 청사포에 나타났을 때 그를 한동안 집에서 돌보기도 했던 사람이 바로 자신이었다. 어느새 노인의 눈에 굵은 눈물이 뚝뚝 흘러내렸다.

"어르신, 우섭이는 안 죽었습다. 언젠가는 돌아올 겁니더."

"그, 그렇겠제? 우섭이가 돌아오겠제?"

"예, 그리 생각하입시더."

배에서 내린 만치는 째진 눈동자를 희번덕이며 추영과 한수, 기수 노인을 노려보았다. 마치 너희 놈들도 한패가 아니냐는 눈짓이었다. 추영도 질세라 만치를 노려보았다. 한동안 두 사람 사이에 치열한 눈싸움이 전개되었다.

"얼레, 저것 좀 보게. 여주가 오네."

두 사람의 기 싸움은 질례댁의 외침에 자연스레 중단되었다. 물목에 모여 있던 마을 사람들은 모두 망부송 쪽으로 눈길을 돌렸다. 넋 나간 표정의 여주가 비칠거리며 물목으로 오고 있었다. 그녀의 옷에는 간밤의 흔적이 고스란히 묻어 있었다. 얼굴이 부어 있고 입술이 터져 있었다. 저고리에도 연붉은 핏방울과 황토가 물들어있었다.

마을 사람들은 여주의 가는 길을 비켜주었다. 만치는 저 죽일 년 보라는 표정으로 노려보다가 침을 탁 뱉으며 물목을 빠져나갔다. 여주는 부서진 나룻배를 말없이 쳐다보았다. 아낙네들이 측은하다는 듯 혀를 끌끌 찼다. 한참 동안 서 있던 여주는 털썩 바닥에 주저앉더니 끅끅거리며 울음을 토해냈다. 는개가 그녀의 머리와 온몸에 고요히 내려앉았다.

우섭이 실종된 후, 여주는 한동안 멍한 표정으로 청사포를 돌아다녔다. 망부송 앞에서, 배를 묶어두는 물목에서, 녹슨 철길에서 그녀는 초점을 잃은 눈동자로 서 있었다. 아낙네들은 어찌 그리 제 엄마의 운명과 닮았냐며 자닝한 마음으로 그녀를 바라보았다. 여주는 물안개가 자욱한 바닷가에 새벽이면 어김없이 나타났다. 밥을 거의 먹지 않아 피골은 상접했고 옷을 갈아입지 않아 추루한 모습이었다.

결국 여주는 안방에 몸져눕고 말았다. 창백한 표정의 여주가 누워있는 모습에 수자 해녀는 한숨을 지으며 슬퍼했다. 여주는 그녀를 이모처럼 따르고 있었다.

"에휴, 왜 이리 반쪽이 됐누."

사람의 기척을 눈치챈 여주가 눈물을 흘렸다. 눈물방울은 볼을 타고 내려와 그녀의 메마른 입술을 적셨다. 그런 그들의 뒤로 미향이 나타났다. 수자 해녀는 인기척을 느끼고 뒤돌아보다가 큰무당임을 알고 놀라 일어났다. 여주도 몸을 반쯤 일으켰다. 큰무당은 사정을 다 들었다는 듯이 한동안 여주를 내려다보며 아무 말도 하지 않았다. 얼굴에는 안타깝고 황망한 표정이 교차하듯 스며 있었다.

"이게 도대체 무슨 일인가?"

"어, 어머님…"

여주의 곁에서 한동안 서 있던 큰무당은 털썩 주저앉았다.

"죄, 죄송합니다."

"도대체 이게 무슨 꼴이냐? 우섭이 그놈이 왔다 갔다고? 그 칠푼이 놈이?"

수자 해녀와 여주가 아무 말도 못 하자 미향은 곰방대에 담배를 붙여 뻑뻑 빨아댔다. 길게 연기를 낸 미향은 다소 매몰차게 말했다.

"정신 똑바로 차리거라. 강수 어르신이 없으면 우리 별굿은 대가 끊어진다. 그러면 용왕님이 너를 용서치 않을 거다."

"만신님, 여주도 얼마나 힘들겠습니꺼?"

"자네는 상관 말게. 이 아이는 내 신딸이네!"

큰무당은 눈을 부라리며 수자 해녀를 쏘아보았다. 그 매서운 눈빛에 수자 해녀는 찔끔하며 밖으로 나가고 말았다.

"무녀 팔자는 본시 박복한 것이다. 눈 한 번만 감으면 되는 것을."

큰무당은 아무런 대답을 못 하는 여주를 물끄러미 바라보았다. 어느새 여주의 눈가에 눈물이 맺히더니 이불 위로 뚝뚝 떨어졌다. 그렇게 한참 동안 침묵을 지키던 여주가 앉은 채로 무가를 부르기 시작했다. 미향은 어느새 여주의 맑은 목소리에 빠져들어 갔다.

한지같이 엷은 몸매와 파라우리하게 투명한 여주의 목덜미가 이승의 사람이 아닌 듯싶었다. 시퍼렇게 얼어붙은 하늘에서 내려온 돌개바람이 방 안으로 몰아치는 듯, 붉은 빗방울이 양미간에서 후드득 떨어지는 듯, 미향은 여주의 무가에서 한 번도 겪지 못한 영험한 기운을 느끼기 시작했다. 무가를 부르는 여주는 이미 예전의 그녀가 아니었다. 자신이 없는 동안, 여주는 가장 아픈 이별을 겪었고 서리서리 맺혀 있는 한을 경험한 것이다.

여주의 무가가 계속해서 흘러나오는 동안, 미향의 눈가에 서서히 물이 감돌기 시작했다. '내가, 도대체 내가 무슨 짓을 한 것인가? 저리도 고운 아이를, 저리도 영험한 아이를 집안의 숙원이라는 미명하에 그 더러운 탐욕의 희생양이 되도록 부추겼단 말인가? 그래서 내가 얻는 것이 도대체 무엇이기에? 이건 도무지 사람의 할 짓이 아니야. 용왕님의 벌을 받을 사람은 여주가 아닌 바로 나야. 내가 팔열지옥에 빠질 죄를 지은 거야.'

무가를 마친 여주가 어머니를 부르며 흐느꼈다. 고개를 푹 숙인 여주의 몸에서 투명한 향이 흘러나왔다. 미향은 흐릿한 시야 속에서 여주에게 다가갔다. 그리고 조용히 여주의 몸을 안았다.

"내가 미안하구나. 정말 내가 잘못했구나. 내 어찌 그런 생각을 했는지…"

이제 두 사람은 서로를 붙잡고 함께 눈물을 흘리기 시작했다. 여주는 연신 어머니를 부르며 미향의 품에 파고들었다. 바람에 실려 마당가에 벚꽃이 하르르 떨어졌다. 꽃잎 중 하나가 마당을 돌고 돌아 안방으로 들어오더니 여주의 손 위에 살포시 가라앉았다. 그녀는 서서히 고개를 들었다. 눈물이 말라버린 그녀의 눈동자에 푸른빛이 처연하게 감돌았다.

5장

남지 2호

1

　천우신조였다. 우섭은 어렵사리 미포를 벗어나 남준을 만났고 그의 도움으로 다시 동명호를 타게 되었다. 하루라도 빨리 돈을 벌어 여주를 만나고 싶었던 우섭은 동명호의 조업이 끝나자 남준을 따라 다시 남지 2호라는 원양어선을 타게 되었다. 남준은 경력을 인정받아 갑판장이 되었고, 우섭은 그 밑의 믿음직한 선원이 되었다.
　그들이 남지 2호에 승선했을 때는 새해가 시작되는 일월이었다. 겨울의 차가운 바람을 뚫고 삼월에 인도양으로 진입한 남지 2호는 참치를 잡기 위해 안간힘을 썼지만 생각만큼 참치는 잡히지 않았다. 우섭의 속은 타들어 갔다. 그는 참치가 많이 잡히기를 기대했지만 그의 희망과는 달리 남지 2호는 초라한 성적을 내고 있었다.
　연이은 조업 실패로 선원들 사이에서 그 어느 때보다 긴장감이 팽팽하게 흐르는 날이었다. 우섭과 재식, 영호는 달달 돌아가는 양승기를 바라보며 마른침을 삼켰다. 무척 낡은 양승기는 불쾌한 소음을 내며 힘겹게 낚싯줄을 끌어 올렸다. 곧이어 메인라인(원줄)이 딩딩 소리를 내며 올라왔다. 그 밑에 달린 브랜치 라인(주낙)과 낚싯바늘들도 하나씩 모습을 드러냈다. 모든 선원의 심장이 두근거렸다. 그들의 눈동자에는 참치가 잡히기를 바라는 원망(願望)이 짙게 드리웠다.

낚싯줄과 부이, 갈고리를 비롯한 각종 어구가 갑판 위에 에넘느레 흩어져 있었다. 갑판 구석진 곳에는 잡어 몇 마리가 말라비틀어진 채 널려 있는 것이 보였다. 우섭은 짜부라진 왼쪽 눈을 더 찡그린 채 브랜치 라인을 바라보았다.

"젠장, 오늘도 허탕인가."

그는 허탈감을 감출 수 없었다. 사람들의 기대와는 달리 낚싯바늘들은 하나같이 비어 있었다. 영호가 우섭을 힐끗 쳐다보며 쓴웃음을 지었다. 참치 연승 어업선인 남지 2호는 세이셸군도의 빅토리아 항에서 천 킬로미터 떨어진 인도양에서 조업 중이었다. 배는 선령이 오래된 탓에 무척 낡아 보였다. 외관의 페인트는 군데군데 벗겨졌고 선교와 마스트에선 배가 움직일 때마다 삐걱거리는 소리가 났다. 주갑판을 비롯한 선미와 선수 갑판의 나무 판재는 어금버금하게 틈이 벌어져 있었다.

작업복을 입은 우섭은 빈 낚싯줄을 내려다보다가 얼핏 하늘을 쳐다보았다. 삼월의 중순이었지만 적도의 기온은 여름을 방불케 했고 태양은 짜글짜글 끓어올랐다. 피할 곳 없는 망망대해에서 햇살은 뜨거운 송곳처럼 그의 살갗에 파고들었다. 진한 갈색으로 변한 그의 피부는 세이셸군도의 크레올족 남자를 연상시켰다. 기온은 거의 사십 도에 육박했다.

두 달 전인, 일월 초순. 당시 선원들은 만선의 꿈을 안고 부산 자갈치 항에서 남지 2호에 승선했었다. 비록 일본에서 수입한 낡은 원양어선이었지만 그들은 보합금에 대한 기대를 안고 배에 올랐다. 그 돈은 고기가 많이 잡힐수록 그에 비례해서 선원들이 받는 보너스였다. 그들은 쥐꼬리만 한 기본급보다는 보합금으로 산다고 해도 과언이 아니었다. 중간에 하선이라도 하면 한 푼도 못 건지는 돈이었다. 그만큼 그들에게 보합금은 중요했다. 그러려면 무엇보다도 참치가 많이 잡혀야 했다.

긴 항해를 마치고 세이셸 공화국 마에섬에 있는 빅토리아항에 도착한 남지 2호는 유류와 부식품을 보충받았다. 또한 냉동 창고와 엔진을 점검받으면서 열흘을 보냈다. 마침내 모든 준비를 끝내고 인도양으로 기운차게 출항했건만 결과가 신통찮으니, 선원들은 죽을 맛이었다. 몇몇 선원들이 실망한 표정으로 갑판에 하나둘 주저앉을 즈음이었다. 갑자기 브리지의 스피커에서 쇠솥을 긁는 듯한 칩오피서(일등항해사)의 목소리가 카랑카랑 울려 퍼졌다.

"참치 몰려온다. 다들 양승 준비!"

그 말이 신호인 듯 메인라인이 엄청나게 팽팽해졌다. 덩달아 그 밑에 매달린 브랜치 라인도 요동쳤다. 선원들은 용수철처럼 튀어 올라 뱃전으로 몰려갔다. 갑판장 남준은 양승기의 상승 스위치를 힘차게 눌렀다. 우섭과 선원들은 신속하게 갈고리를 챙겨 들었다. 잠시 후, 그렇게 고대하던 참치들이 낚싯바늘을 물고 나타났다. 커다란 물고기들이 물 위로 모습을 드러내자 바다에 하얀 물보라가 일어났다. 흑갈색의 머리통이 움직일 때마다 바닷물이 허공으로 펑펑 튀어 올랐다. 곧이어 검은 몸통이 은린처럼 반짝이는 물결을 가르며 솟구쳤다.

"야야, 빨리 갈고리로 찍어라!"

갑판장이 선원들을 향해 고함을 질렀다. 가슴 장화를 입은 최 씨와 노 씨가 발버둥 치는 참치를 갈고리로 찍어 힘차게 당기기 시작했다. 다른 선원들도 합세했다. 족히 백오십 킬로그램 정도 되는 눈다랑어들이 갑판 위로 올라왔다. 모두 고급 횟감용이며 전량 일본으로 수출되는 어종이었다. 선원들의 입에서 함성이 터져 나오면서 갓 볶은 땅콩처럼 탱글탱글한 기운이 갑판에 가득했다.

"재식, 우섭이 뭐하노? 참치 살 탄다!"

우람한 덩치의 남준이 눈을 부라리며 두 사람을 닦달했다.

"아이구, 예예."

날렵한 몸매에 촉새처럼 빠른 재식이 급히 뾰족 망치를 들고 왔다. 우섭이 그 망치를 받아 들고 눈다랑어의 머리를 둔탁하게 내려쳤다. 피가 사방으로 튀었다. 곧이어 노 씨가 도끼로 꼬리를 탕탕 잘랐다. 우섭은 회칼로 지느러미를 잘라내고 아가미와 내장을 신속하게 빼냈다. 영호가 물 호스로 참치를 깨끗하게 씻자 다른 선원들이 급속 냉동실로 재빨리 운반했다.

열심히 작업하던 재식은 보발롱 비치에서 만났던 파트리샤의 엉덩이를 떠올렸다. 꼿꼿이 서 있던 그녀의 암팡진 젖가슴을 생각하니 절로 아랫도리에 힘이 들어갔다. 노랗게 머리를 물들인 재식은 바다제비라고 불릴 정도로 미끈한 얼굴이었다. '파트리샤, 흐흐 나의 파트리샤.' 재식은 흥에 겨워 그녀의 이름을 중얼거리며 작업에 열중했다. 이런 식으로 참치를 잡으면 만선은 기정사실일 것이다. 주머니가 두둑한 채 파트리샤를 만날 것을 생각하니 절로 콧노래가 나왔다. 허나 재식의 황홀한 상상은 거기까지였다.

"씨발, 이게 끝이여?"

두 시간 정도 지났을까? 최 씨가 컬컬한 목소리로 욕지거리를 내뱉었다. 연달아 올라오리라고 예상했던 참치는 겨우 다섯 마리로 끝나고 잡어 몇 마리가 걸려 왔다. 최소한 한 번 투승에 스무 마리 이상은 건져 올려야 보람이 있었다. 모두의 희망은 샤치 떼에게 몸통이 뜯긴 참치처럼 허망하게 사라졌다. 샤치는 낚시에 걸린 참치를 뜯어먹고 달아나는 돌고래의 일종이었다.

한차례 소동이 끝난 후, 선원들과 갑판장은 점심도 거른 채 참치를 기다렸지만 아무런 소식이 없었다. 그들에게 엄청난 패배감이 쓰나미처럼 몰려왔다. 오랜만에 고기를 잡았다는 성취감은 폭풍 앞의 촛불처럼 순식간에 꺼지고 말았다.

"에이, 좆같은 것. 다섯 마리가 머꼬?"

피로 흥건한 갑판 위에 침을 뱉으며 재식이 욕설을 내뱉었다. 우섭은 회칼을 든 망연자실한 표정으로 바다를 바라보았다. 투박한 손등에 널찍한 등판을 가진 그의 몸이 갑판에 긴 그림자를 만들었다. 재식이 계속 욕을 하자 남준이 그에게 손짓하며 제지했.

"야, 인마. 욕 좀 그만해라. 니 때문에 오던 참치도 다 달아나겠다."

"아, 행님은 성질 안 나는교?"

"너보다 백배 천배는 더 나지만 우짜겠노? 좀 더 기다려 봐야지."

말은 그리했지만 남준의 눈동자에도 힘은 빠져 있었다. 멀리서 두 사람의 하는 양을 쳐다보던 우섭이 쓴웃음을 지으며 그들에게 다가왔다.

"태양은 내일도 뜬다, 재식아. 오늘은 날이 아닌갑다."

우섭의 말을 귓등으로 들으며 재식은 인상을 구긴 채 담배만 질경질경 씹었다. 신참 선원인 영호 역시 허탈한 표정을 지었다. 석양이 어느새 서쪽 수평선에 걸려 있었다. 피보다 더 진한 색감을 자랑하는 놀이 인도양의 바다를 물들이고 있었다. 우섭은 뱃전에 기대서서 벌그무레한 빛을 오래도록 바라보았다. 그의 아내 여주가 기다리는, 푸른색의 포구, 청사포에서 보던 빛이었다.

2

기대했던 참치 조업이 별 성과 없이 끝나고 밤이 되었다. 선원들은 갑판 아래 식당에 모여 소주와 럼주를 마셨다. 식당이라고 해봐야 선실의 한쪽 구석에 나무 테이블 두 개가 붙어있는 것이 전부였다. 조리실은 바로 그 옆에 붙어있었다. 바람 한 점 없는 바다는 딱딱하게 굳은 석청처럼 미동도 하지 않았다. 십일월이 다가오면 참치를 잡기가 어려웠다.

노 씨가 불평하자 전라도 출신의 최 씨도 욕지거리를 해댔다. 좁은 식탁을 빙 둘러싼 사내들이 저마다 불만을 토해냈다.

"떡을 할! 이래 갖고는 집에 갈 차비나 벌겠나?"

재식이 술잔을 탁자에 탁 내려놓으며 취한 목소리로 말했다. 영호는 다소 불안한 표정으로 재식을 바라보았고 우섭은 묵묵히 담배만 피웠다.

"잘들 한다, 소주나 퍼마시고."

남준이 갑판에서 철 계단을 텅텅 밟고 내려오며 한심하다는 듯이 말했다. 그는 상남자 중의 상남자였다. 험상궂은 얼굴에 우락부락한 몸매를 가졌고 힘도 장사였다. 조업할 때는 선원들을 무섭게 몰아붙이는 호랑이였지만 평시에는 선원들과 친근하게 지내는 사람이었다. 그는 사십 대 초반이었다.

"갑판장님, 여기로 앉으이소."

싹싹한 태도로 제일 젊은 영호가 일어서며 자리를 권했다. 연거푸 소주를 털어 넣은 갑판장은 우람한 손으로 우섭의 등짝을 후려쳤다.

"야 인마, 아까 보이 니 참치 아가미를 와 그리 따노?"

"머, 급하다 보이."

"지랄하네. 다 엉뚱한 생각 한다꼬 그 모양 아이가?"

"갑판장. 와 죄 없는 우섭이를 다그쳐 잉? 다 선장 잘못이랑께!"

최 씨가 투정하듯이 남준에게 퉁가리를 주었다. 체격으로 보면 남준의 반쪽밖에 안 되는 사내였다. 오십 대 말의 그는 얼굴이 족제비를 연상시킬 정도로 좁고 가늘어서 선원들은 그를 족비라고 불렸다.

"거 애들 앞에서… 좀 작게 이야기하소."

"아, 자네도 명색이 갑판장인데 무신 대책이 있어야 할 거 아녀?"

우람한 덩치의 노 씨가 탁자를 탕 치며 책망하듯이 다그쳤다. 남준은 팔짱을 끼고 최 씨와 노 씨를 살짝 노려보았다.

"아, 행님들. 갑판장님이 무신 힘이 있습니꺼? 브리지가 다 결정하는데."

우섭이 한마디 하자 노 씨와 최 씨도 더 이상 말을 하지 않았다. 갑판장은 하급 선원들을 관리하는 직책이었다. 기실 참치를 잡는 것은 사관 선원들의 판단이 결정적이었다. 선원들은 황 선장과 일항사에게 불만을 가지고 있었다.

"내일은 많이 잡을 겁니다. 너무 실망하지 말고 한번 기다리보입시더."

우섭이 다독이듯이 말했지만 노 씨와 최 씨는 마뜩잖은 표정으로 자리에서 일어나 휑하니 가버렸다. 분위기가 어색하게 돌아가자 남준도 계면쩍은 표정으로 자리에서 일어났다. 사람들이 모두 선실로 가버리자 우섭은 소주병을 들고 갑판으로 올라갔다.

그의 눈에 칠흑처럼 어두운 밤하늘과 보석처럼 박힌 수많은 별이 들어왔다. 별 네 개가 십자 모양을 이루는 남십자성도 보였다. 남서쪽 하늘에는 청사포에서 여주와 함께 보았던 스피카도 밝게 떠 있었다. 별은 청사포나 인도양이나 똑같이 빛났다. 쏟아진다는 말이 실감 날 정도로 별들은 검은 공간을 가득 채우고 있었다. 그는 바지 주머니에서 작은 신칼을 꺼냈다. 청동으로 만든 타원형의 칼이었다. 손잡이에는 하얀 천이 여러 갈래로 달려 있고 날은 별빛을 받아 푸른빛을 띠었다. 신칼을 건네주며 늘 우리는 함께 있을 거라고 말하던 여주의 얼굴이 떠올랐다. 그의 머리 위에는 브리지에서 새어 나온 희미한 불빛이 머물러 있었다.

　남지 2호는 인도양에 정박한 상태였다. 낮의 분주함은 사라지고 모두 깊은 잠에 빠져 있었다. 브리지에서 희미하게 새어 나오는 불빛이 밤바다에 오렌지빛을 비추었다. 황 선장은 선교 안을 서성거렸다. 그는 가끔 삼면의 유리창을 통해 밤바다를 내려다보았다. 레이더와 음향 측심기, 타각 지시기를 살펴본 황 선장은 바지 주머니에서 작은 종이쪽지를 꺼냈다. 선주이자 사장인 마칠규가 보낸 전보였다. 사 개월 후 운반선 도착, 현재 상태 유지라는 글자가 적혀 있었다.

　'흠, 칠월에 운반선을 보낸다고.'

　오십 대 초반의 황 선장은 종이를 라이터로 태운 후 시가에 불을 붙였다. 타원형의 얼굴에 두 눈이 부리부리한 그는 풍성한 구레나룻을 자랑했다. 전체적으로 잘 발달한 근육이 무척 강건한 인상을 풍겼다.

　조타기로 다가간 황 선장은 정면을 응시하다가 출항 전에 마 사장과 만났던 일을 떠올리며 쓴웃음을 띠었다. 어쩔 수 없어. 입술을 잘근 씹으며 그는 중얼거렸다. 북위 5도, 동경 62도. 컴퍼스로 배의 위치를 확인한 황 선장은 시가를 피우면서 커피를 마셨다. 감미로운 향이 브리지 안을 가득 채웠다. 시가는 쿠바 산답게 초콜릿 냄새가 났다. 커피 향과 무척 잘 어울리는 시가였다.

남지 2호가 자갈치 항을 떠나기 일주일 전이었다. 선주인 마 사장은 황 선장과 일등항해사를 송도 근처 횟집으로 불러냈다. 회와 소주를 거하게 먹은 세 사람은 남포동의 어느 룸살롱으로 자리를 옮겼다. 아가씨를 부르기 전에 마 사장은 두 사람에게 봉투 하나씩을 내밀었다.

"자, 이것 받게. 출항 선물일세."

"아이고야. 뭘 이런 것을."

"자네들 덕분에 내가 먹고사는데 뭘 이 정도야."

"그래도 뭔가 좀 죄송해서…"

황 선장은 못내 미안해하면서도 의아한 표정이었다. 참치 사업이 불황이라 마 사장이 운영하는 대양수산이 적자에 시달리는 것을 익히 아는 터였다. 자신이 몰고 있는 2호도 그리 썩 좋은 조업 성과를 못 내고 있었다. 자신을 질책해도 한참 질책해야 하는데 술을 사주고 돈까지 주는 것이 어딘가 이상했다. 그건 일등항해사인 동철도 마찬가지였다.

"사실은 말이야. 내가 두 사람에게 긴히 할 말이 있네."

"예, 긴히 하실 말씀이라면…"

"갈수록 참치 사업이 어려워지고 있어. 이번 출항을 끝으로 나도 사업을 접어야 할지 모르겠어."

마 사장은 양주를 마시며 사업이 어렵다는 말을 여러 차례 반복했다. 그러면서 슬며시 남지 2호에 상당한 액수의 선박 보험을 들어놓았다는 말을 던졌다. 차츰 그의 속내를 어렴풋이 짐작한 황 선장과 항해사는 복잡한 표정을 지었다.

"그럼, 사장님의 구체적인 계획은 뭡니까?"

"일단 선원들을 완벽하게 속여야 하네."

마 사장은 안경알을 반짝이며 낮은 목소리로 자신의 음모를 이야기했다. 그가 구체적인 계획을 말하자 두 사람은 고개를 끄덕이며 공감을 표시했다. 그가 꾸민 음모는 계획대로 된다면 무척 완벽했다. 선원들의 선상 반란을 유도해서 남지 2호를 고의로 침몰시켜 막대한 보험금을 챙기는 것이었다. 어느새 룸 안에는 '냉동 창고, 운반선, 반란' 같은 언어들이 건조하게 돌아다녔다. 잠시 후, 아가씨들이 들어왔고 질펀한 술자리가 벌어졌다.

세 사람은 음모의 카르텔을 형성하며 자연스럽게 범죄의 길로 들어섰다. 물론 마 사장은 그들에게 대가를 약속했다. 보험금의 일부를 지급하겠다고 말했다. 두 사람의 몇 년 치 연봉에 해당하는 돈이었다. 또한 황 선장에게는 본사 전무이사 자리를 줄 것이며 모든 배에 대한 관리를 맡기겠다고 했다. 일항사에게는 신형 어선의 선장 자리를 약속하면서 몇 년 후에는 본사 이사직을 주겠다고 약속했다.

황 선장이 마 사장과 만난 일을 떠올리며 상념에 잠겨 있을 때 문이 열리면서 일등항해사 동철이 들어왔다. 선원들은 일등항해사라는 말 대신 초사라는 말을 쓰곤 했다. 세모꼴의 얼굴에 하관이 빠른 동철은 어딘가 모르게 무척 교활해 보이는 사내였다.

"선장님, 오늘 수확은 다섯 마리입니다."

그는 예의 그 컬컬한 목소리로 선장에게 보고했다.

"흠, 그래? 보름 걸려 겨우 다섯 마리라."

황 선장은 비웃듯이 말했다.

"오늘 사장님의 연락이 왔어. 현재 페이스를 유지하라는군."

"예. 흐흐."

"일항사, 앞으로 넉 달만 유지하면 된다. 단디 해라."

"걱정 마십쇼. 기관장도 잘 준비하고 있을 겁니다."

"그래, 입단속 잘하고."

"다음 조업에는 조금 손맛을 보게 해줘야죠?"

"흐흐. 그래. 조금 더 북상해서 적당히 잡도록 해주지."

황 선장은 일항사에게 커피를 따라주었다. 동철은 뜨거운 커피를 넙죽 마셨다. 두 사람은 서로를 쳐다보며 쓴웃음을 짓곤 했다. 우리는 이제 돌아올 수 없는 저승의 강을 건넌 것이다, 뭐 이런 묵계가 숨어 있는 웃음이었다.

"선장님, 피곤하실 텐데 좀 주무시죠."

"어, 그래. 두 시간 후에 다시 올라오라고."

"알겠습니다."

일항사는 황 선장과 교대하기로 하고 브리지를 나섰다. 동철은 브리지 밖에서 득의만면한 웃음을 지었다. 조만간 이 썩은 어선에서 벗어나 깔끔하고 세련된 신형 어선을 몰 생각을 하니 기분이 좋았다. 철 계단을 밟으며 아래를 내려다보던 그는 갑판에 앉아 있는 우섭을 발견했다.

"야, 인마 거기서 뭐 하냐?"

우섭이 몸을 돌려 쳐다보니 일항사가 눈을 쪼프리며 자신을 보고 있었다. 그는 약간 경계하는 투로 조심스레 말했다.

"아직 안 잤는교?"

"마, 느그들이 힘 빠져 있는데 내사 잠이 오겠나? 허허."

"아, 예. 말로나마 고맙네예."

"뭐? 말로나마? 하, 이 자식 말하는 것 봐라?"

일항사는 우섭을 노려보았다. 우섭도 그를 빤히 쳐다보았다. 부산을 출항하던 날, 남준이 우섭을 데리고 배에 올라타자 일항사는 심드렁하게 그를 대했다. 두 사람은 예전에 멸치와 오징어를 잡던 동명호에서 처음 만난 사이라고 했다. 동철 역시 한때는 남준과 연근해 어선을 함께 탄 적이 있었다. 그때 동갑인 그와 사사건건 부딪친 일이 많았다.

그런 이유로 남준이 데리고 온 선원을 그는 별로 좋아하지 않았다. 우섭도 그런 경우였다. 게다가 첫인상도 별로였다. 왼쪽 눈이 조금 찌부러졌고 왼쪽 다리도 저는 우섭이 놈이 꼭 등신 팔푼이처럼 보였다. 동철이 처음부터 그런 태도로 자신을 대하니 우섭도 동철에게 번버스름하게 대했다.

"어이, 우섭아. 머하노?"

멀리서 남준이 두 사람을 발견하고 천천히 다가왔다. 고개를 힐끗 돌려 남준을 쳐다본 동철은 같잖다는 표정을 지으며 간부 전용 선실로 내려갔다. 갑판장도 멀어져 가는 그의 등에 싸늘한 표정을 날렸다.

"저 새끼가 와 니한테 지랄이고. 요절을 낼 놈!"

"마, 됐습니더. 소주나 한잔하입시더."

두 사람은 갑판에 앉아 소주를 들이켰다. 짜릿한 액체가 위장 안으로 들어가자 몸이 훈훈하게 데워졌다.

"니 왼손에 든 건 머꼬? 작은 칼처럼 보이는데."

"저에게 가장 소중한 사람이 준 것입니다."

"누구? 니 마누라?"

우섭은 대답 대신 엷은 미소를 지으며 칼을 만지작거렸다. 남준도 그러려니 생각하며 더 이상 묻지 않았다. 두 사람은 한참 동안 주거니 받거니 하며 술잔을 기울였다.

"형님들, 거기서 뭐 하십니까?"

언제 올라왔는지 영호가 웃으며 다가왔다.

"니는 인마 자다가 와 나왔노?"

"하하, 형님들 걱정하느라고 잠이 옵니까?"

"지랄하네. 이리 와서 술이나 먹어라."

남준이 손짓하자 영호는 슬그머니 두 사람 사이에 끼어 앉았다. 세 사람은 한동안 술을 먹다가 나란히 뱃전으로 가서 바다를 향해 오줌을 갈겼다. 적막한 밤바다에 물줄기 떨어지는 소리가 요란하게 울려 퍼졌다.

"형님들 두 분은 인연이 깊지요?"

"응, 그래. 우섭이 하고는 동명호를 오래 탔다. 작년 사월이었는데, 한차례 조업을 끝낸 동명호가 자갈치 항에 정박했을 때지. 청사포에 지 마누라 만나러 간다는 놈이 하루 만에 죽을 꼴을 하고서 나를 찾아왔으이 무척 놀랐지. 옷이고 머고 다 찢어진 채로."

"우섭이 행님이 죽을 뻔했습니까?"

"그래. 폭풍우 치는 미포 앞바다에서 내가 탔던 배가 뒤집어졌어."

"그런데 어떻게 살았습니까?"

"큰 파도를 맞고 정신을 잃었는데 눈 떠 보니까 모래사장이더란다. 허허."

"정말 천우신조군요."

"그때 남준이 형님하고 연말까지 다시 동명호에서 작업했지. 그리고 올해 일월에 남준이 형님이 갑판장으로 남지 2호에 타면서 나도 함께하게 된 거야."

"우섭이 니도 참 사연이 많다."

"많은 시간이 흘렀심더… 지는 살아도 산목숨이 아닙니다."

"그렇게 생각할 수도 있겠지만 뭐 살아서 가면 되지."

"제 아내 여주는 제가 죽었다고 생각할 겁니다."

세 사람은 두런두런 이야기를 나누며 술잔을 주고받았다. 남지 2호는 바다의 힘에 실려 이리저리 일렁거리고 있었다. 그 깊이도 헤아릴 수 없거니와 모든 것을 삼킬지라도 도로 뱉어낼 줄 모르는 바다. 시시때때로 풍랑을 일으켜 만물을 침몰시키는 예측불허의 존재. 바다는 생명의 시원이자 뭇 존재들의 어머니였다.

"그럼 두 명이서 술 먹고 오니라. 내가 좀 피곤하네."

남준이 자리에서 먼저 일어나자 두 사람은 꾸벅 인사를 하며 마저 술자리를 이어갔다.

"형님, 혹시 푸른 거북이에 대해 들어 봤습니까?'

"응, 푸른 거북이?"

우섭은 눈동자를 반짝이며 호기심을 보였다. 야학을 다녔다는 영호는 항상 선실에서 책을 읽었고 남을 배려하는 마음 씀씀이도 컸다. 처음 영호를 보았을 때 우섭은 낯설지 않은 인상을 가진 그가 무척 마음에 들었다. 얌전한 태도에 선한 얼굴을 가진 영호는 어릴 적 사고로 왼쪽 귀가 말려 올라갔다고 했다.

"세이셸군도 중에서 프랄린, 큐리어스라는 섬이 있는데, 그 섬에는 자이언트 육지거북이들이 있답니다."

"그것하고 푸른 거북이가 무신 상관이고?"

"그 자이언트 거북이들의 조상이 바로 푸른 거북이라는 겁니다."

우섭은 잠시 말이 없었다. 무언가를 골똘히 생각하는 듯한 모습이었다.

"참, 형님 고향이 청사포라고 했지요?"

"응, 그래. 해운대 달맞이 고개와 가까운 바닷가 마을이지."

"청사포라… 참 낯익은 이름인데."

"푸른 뱀의 전설도 전해오는 조용한 어촌이야."

"푸른 뱀의 전설? 언젠가 한 번 들어본 것 같은데… 잘 기억이 안 나네요. 근데 이곳에는 푸른 거북이, 청사포에는 푸른 뱀. 가만 보니 형님이 이곳에 온 것도 무슨 인연이 있는 것 같군요. 하하."

"우연히 그리됐겠지."

"근데 그 전설이 어떤 내용인가요?"

"옛날에 말이야, 김 씨 부부가 청사포에 살았다네. 그런데 풍랑이 오던 날에 남편이 고기잡이를 갔다가 돌아오지 않았다는 거야."

"죽었겠군요."

"그렇지. 근데 아내인 김 씨 여인은 남편을 하염없이 기다렸다는 거야."

"슬픈 이야기네요."

"김 씨 여인은 죽어가면서도 남편을 기다렸어. 그걸 안 용왕이 푸른 뱀을 보내 그 여인을 뱀의 등에 태워 용궁으로 데려왔다는 거야. 결국 김 씨 여인은 그토록 그리워하던 남편을 만났다는 이야기야."

"산 사람이 용궁으로 갔다는 것은 결국 죽었다는 말 아닙니까?"

"그럴 수도 있겠지."

"그런데 김 씨 여인이 용궁에서 남편을 만났다는 것은 새 삶을 얻었다는 의미 아닐까요?"

"듣고 보니 그렇군."

"죽어서 다시 산다? 참 역설적인 말입니다."

우섭은 말없이 밤바다를 쳐다보다가 조용하게 말했다.

"나는 저 바다를 보면 죽음보다는 늘 삶을 떠올려. 청사포에서도 바다는 언제나 나에게 생명을 주었어. 나에게 먹을 것을 주고 희망을 주었지."

"형님 말이 맞습니다. 저 바다는 삶의 바다입니다."

말을 마친 우섭은 술을 입 안에 털어 넣더니 어렵사리 말했다.

"영호야, 사실 나는 부모도 모르는 고아야."

"예? 그, 그렇습니까? 형님은 그런 내색도 안 하드만…"

"어쩌면 그 전설은 나와 내 아내의 이야기일 수도 있어. 난 무슨 일이 있어도 돈을 많이 벌어서 고향에 가야 해. 그때까지 나는 절대로 죽을 수 없어."

우섭은 한숨을 푹 쉬었다. 영호는 아내를 간절히 그리워하는 그의 마음이 고스란히 느껴졌다. 아리따운 몸매에 갸름한 얼굴을 가진 미인이라고 우섭은 말했다. 그렇게 어여쁜 여인을 두고 머나먼 인도양을 떠도는 그의 처지가 가련하게 느껴졌다. 밤이 깊어갔고 우섭의 한숨 소리는 물결에 실려 안개처럼 사라졌다. 남십자성과 스피카를 비롯한 아름다운 별들이 그들의 머리 위에서 여전히 밝게 빛나고 있었다.

그날 밤, 쾨쾨한 선실 안이었다. 우섭의 옆에서 잠을 청하며 이리저리 뒤척이던 영호는 갑자기 벌떡 윗몸을 일으켰다.

'아, 그래! 그곳이 청사포였어. 푸른 뱀의 전설이 있는.'

고른 숨소리를 내며 깊은 잠에 빠진 우섭의 얼굴이 희미하게 보였다. 넓고 각이 진 얼굴. 남지 2호에서 처음 만났다고 생각했지만 어딘가 낯이 익었던 얼굴이었다. 가만히 눈을 감은 영호의 머릿속에 커다란 소나무와 좁은 황톳길, 바닷가의 푸른 돌이 떠올랐다. 망부송이라는 나무였던가. 그 나무 앞에서 동해안 별신굿이 펼쳐졌고 무녀들이 부채를 손에 쥐며 무가를 부르던 것이 기억났다. 그리고 거리굿 행렬을 따라가면서 어떤 사내와 말을 나눴던 광경이 떠올랐다.

'그렇군! 그때 그 사람이 우섭이 형이었어.'

그는 다시 몸을 눕혔다. 그날의 풍경이 서서히 떠올랐다. 영호는 십 대 후반에 부산 영도에서 야학을 다닌 적이 있었다. 그때가 삼월의 어느 주말이었다. 그는 야학 반 학생들과 함께 송정 해수욕장에 일박 이일의 일정으로 놀러 가게 되었다. 당시 그를 가르친 선생님은 늦은 나이에 대학 국문과에 들어간 창하였다. 창하의 인솔하에 학생들은 영도에서 송정으로 향했다. 버스가 달맞이 고개에 이르렀을 때, 오른쪽으로 넓은 바다가 나타났고 청사포라는 이정표가 보였다. 그걸 본 창하가 그 포구를 구경하자고 해서 모두 내리게 되었다.

그날, 그의 눈에 들어온 청사포의 풍경은 무척 평화로운 모습이었다. 왼쪽 산비탈에는 조그만 밭들이 있었고 밭고랑 사이로 야생화들이 바람에 고붓고붓 흔들거렸다. 먼바다에는 미역 양식장을 알리는 부표들이 간잔지런하게 떠 있었다. 바다는 눈이 시리도록 푸른 색이었다. 그들은 청사포를 향해 뻗어 있는 비탈길을 따라 주변 풍경을 완상하며 천천히 내려갔다. 길 입구의 현수막에는 '정월 대보름맞이 동해안 별신굿'이라는 글자가 적혀 있었다.

학생 하나가 동해안 별신굿에 관해 물어보자 창하는 마을의 안녕과 풍어를 기원하는 굿이라고 설명해 주었다. 일명 풍어제라고도 한다면서. 별신굿의 의미는 몇 가지 설이 있는데, 수년에 한 번씩 크게 난장을 벌이는, 별다르게 행하는 굿이라는 의미도 덧붙였다.

그들이 마을에 도착하니 소나무 앞에 파란색 천막이 설치되어 있었고 그 안에서 북소리와 징소리가 요란하게 들려왔다. 천막 주변의 전봇대와 가로등에는 하양, 검정, 노랑, 파랑, 빨강 등 여러 가지 색깔의 깃발이 바람에 나부끼고 있었다. 아낙네들이 음식을 가득 담은 제사상을 들고 차일 안팎을 돌아다녔다. 창하를 선두로 학생들은 조심스럽게 굿당 안으로 들어갔다.

그들의 눈에 한지로 덮인 제사상이 보였다. 사람 가슴 정도의 높이를 가진 상이었다. 가로로 길게 늘어선 상 위에는 떡과 과일, 각종 생선과 한과가 높다랗게 쌓여 있었다. 또한 쌀 항아리에 꽂은 지화(紙花)가 방추형의 모습으로 자리 잡았는데 종이로 만든 꽃치고는 무척 정교했다. 왼쪽에는 황색, 오른쪽에는 적색 국화가 놓였고 붉은색 작약이 그 사이에 자리 잡고 있었다. 그 상을 등지고 젊은 무녀가 사람들을 향해 부채를 흔들며 무가를 부르고 있었다.

"아, 저 무녀. 너무 예뻐. 노래도 어쩜 저리 잘할까?"

여학생 하나가 젊은 무녀의 노래를 들으며 감탄스러운 표정으로 말했다. 남자의 혼을 쏙 빼놓을 정도로 아름다운 여자가 노래도 무척 잘했다. 학생들의 옆에는 어떤 사내가 미동도 하지 않고 그 무녀를 쳐다보고 있었다.

한 시간 후 굿이 끝나자 무당들과 마을 사람들이 천막에서 나왔다. 그들은 대열을 이룬 채 북쪽 해안가로 걸어가기 시작했다. 오색 깃발을 든 사내들이 앞장서고 그 뒤에 무당들과 마을 유지들, 그리고 마을 사람들이 따라갔다. 영호와 친구들은 흥겨운 기분에 행렬에 합류했다. 그때 영호는 옆에 있던 우섭과 우연히 이야기를 나누기도 했다. 그들은 거리굿이 끝나자 청사포 이곳저곳을 구경하다가 소나무 맞은편에 있는 표지석을 발견하곤 그 앞으로 모였다.

일행들은 표지석의 앞과 뒤에 적혀 있는 글자를 유심히 읽어보았다. 청사포에는 푸른 뱀의 전설이 내려오고 있는데, 마을 어른들이 뱀 사자가 안 좋다고 하여 모래 사자로 바꾸었다는 내용이 있었다. 창하는 모든 전설이나 신화에는 반드시 그에 맞는 근거가 있다고 했고 마을을 돌아다니면서 그걸 찾아보자고 제안했다. 그 말에 학생들은 호기심을 느끼며 창하와 함께 마을 여기저기를 돌아다녔다.

그들이 바닷가 근처 갯바위로 다가갔을 때 굿거리를 끝낸 무당 일행을 망연자실 쳐다보는 사내가 있었다. 아까 굿당에서 무녀를 유심히 쳐다보던 사람이었다. 꼭 무슨 사연이 있는 것처럼 사내는 미동도 하지 않고 그 행렬을 지켜보고 있었다. 그 사내의 눈길은 조금 전 굿당에서 무가를 부르던 젊은 무녀에게 향해 있었다.

 창하는 학생들을 이끌고 황톳길을 걸어가서 마을 끝의 바닷가에 도착했다. 그들의 눈에 철길이 놓여 있는 작은 언덕이 보였다. 학생들은 언덕으로 올라갔다. 창하와 학생들은 철길 위에 올라서서 눈앞에 펼쳐진 바다를 신기한 듯이 내려다보았다. 절벽 끝 먼바다 위에는 다섯 개의 암초가 푸른 물결 위에 점점이 떠 있었다. 암초들은 뱀의 허리처럼 나선형으로 휘어진 상태로 배치되어있었다. 파도가 그 암초들에 부딪혀 철썩철썩 소리를 내며 포말을 일으켰다. 그걸 유심히 바라보던 창하가 무릎을 '탁' 치며 알았다는 듯이 외쳤다.

 "바로 저 암초들이 바다를 기어가는 푸른 뱀의 형상이야. 어쩌면 푸른 뱀의 전설은 저 다릿돌에서 비롯된 것일지도 몰라."

 "어머, 정말 뱀을 닮았어요."

 "그래, 정말 신기하네."

 그날, 창하의 말에 모든 학생은 암초들을 내려다보며 신기한 표정을 지었다. 영호는 생생하게 되살아 오는 그날의 풍경을 떠올리며 연한 미소를 띠었다. 그는 때 묻은 이불 위에 다시 몸을 눕히면서 그 시절 만났던 친구들을 그리워했다. 머나먼 인도양의 낡은 어선에서 우섭을 만난 것에 그는 새삼 놀라운 마음을 금할 수 없었다. '우연도 이런 우연이 어디 있을까? 청사포에서 아주 잠깐 스쳤던 사람을 이렇게 다시 만나다니. 혹시 우섭이 그리워하는 아내가 그때 굿당에서 무가를 불렀던 젊은 무녀가 아닐까?' 영호는 그럴지도 모른다는 생각을 하며 눈을 감았다.

3

보름간의 조업이 계속 실패하자 황 선장은 간부 선원들을 불러 현 위치에서 좀 더 북상하겠다고 말했다. 모두 그 말에 동의했고 배는 북위 6도 방향으로 항로를 바꾸며 항진했다. 밤새도록 북상을 거듭한 남지 2호는 새벽녘에 북위 6도, 동경 63도의 목표 지점에 도착했다.

새벽하늘에 은하수와 별들이 모래알처럼 박혀 있었다. 바람은 거의 불지 않았고, 바다는 마룻바닥처럼 평평했다. 이런 바다를 선원들은 날 선 장판이라고 불렀다. 너무 고요한 바다이기에 땅인지 바다인지 구별하기도 어려웠다. 마스트에 달린 항해등은 붉은빛을 쉴 새 없이 반짝거리며 새벽하늘을 깨우고 있었다.

"야야, 꽁치를 그리 끼우면 어떡하노? 눈알에 바늘을 꽂아야지."

"아, 예. 죄송함다. 아직 서툴러서."

노 씨가 영호의 등짝을 툭 치며 인상을 찡그렸다. 갑판은 대낮처럼 밝았다. 선교에 매달린 투광등이 은빛 폭포를 갑판 위에 화려하게 쏟아내고 있었다.

우섭이 영호에게 다가가 미끼 끼우는 법을 시범해 보였다. 고개를 주억거리며 미안해하는 그를 보고 재식이 헤벌쭉 웃었다.

"영호야, 가서 고등어 좀 더 갖고 온나."

"예예. 우섭이 형님."

영호가 창고로 달려가 고등어 한 상자를 가져왔다. 마른 몸매의 그에게는 제법 무거운 상자였다. 재식이 얼른 그 상자를 받아 들었다. 선원들은 부지런히 손을 놀려 어른 손가락만 한 낚싯바늘에 고등어나 꽁치를 끼웠다. 마린이나 마가, 빅아이를 통째로 잡으려면 미끼가 싱싱해야 했다. 그래서 미끼를 미리 끼워놓지 않고 투승 직전에 낚싯바늘에 끼우는 작업을 했던 것이다. 남지 2호는 세 시간을 달리면서 수천 개의 낚싯바늘을 인도양에 투척했다.

멀리 초원의 기마병처럼 박명이 오는가 싶더니 수평선 한쪽이 희번하게 번지기 시작했다. 어느덧 엄지손톱만 한 붉은색 반점이 보이는가 했더니 곧이어 커다란 접시가 나타났다. 갑자기 인도양의 물결이 일렁거렸다. 수평선 한쪽이 짝자그르하게 끓어오르면서 태양의 윗부분이 계란처럼 솟구쳐 올랐다. 무척 강건한 빛이지만 한편으론 그걸 보는 사람들의 눈을 현란하게 만드는 광경이었다. 인도양의 태양은 오늘도 힘차게 떠올랐다.

선원들은 누구랄 것도 없이 갑판에 주저앉아 담배를 피웠다. 쉬지 않고 작업한 탓인지 모두 축 늘어진 자세였다. 이제 모든 것은 바다에 맡겨야 했다. 바다는 그들의 가족을 먹여 살리는 삶의 터전이었다. 선원들은 바다에 떠다니는 부표를 내려다보며 희망 섞인 표정을 지었다. 오늘은 제발 수십 마리의 다랑어가 물리기를 고대하는 눈빛이었다. 갑판장은 선원들에게 아침 먹을 때까지 푹 쉬라고 하면서 브리지로 올라갔다. 문을 열고 들어선 그는 일항사에게 보고했다.

"일항사님, 투승 완료했습니다."

"어, 뭐… 수, 수고했네. 갑판장도 좀 쉬소. 선장님께는 내가 보고할 테니."

동철은 다소 뚱한 목소리로 대답했다. 보면 볼수록 정이 안 가는 놈이라는 표정이 그의 얼굴에 쓰여 있었다.

"이번에는 좀 잡아야 할 건데…"

남준이 답답하면서도 희망 섞인 표정을 짓자 동철은 다소 타박하듯이 말했다.

"아, 쓸데없는 걱정 마소. 수십 마리는 너끈히 올라올 테니까?"

"그게 참말입니꺼? 그리만 된다면야…"

"걱정하지 말고 그만 가소."

"그럼, 저는 이만 내려가겠습니다."

"그리하소."

동철은 고개를 돌리지도 않고 건성으로 대답했고 남준은 씨발놈이 하는 말을 중얼거리며 계단을 내려갔다. 그가 사라진 후, 브리지 한쪽에 자리한 선장실의 문이 벌컥 열렸다. 황 선장은 턱수염을 쓰다듬으며 파이프 담배를 물고 있었다.

"선장님, 이제 손맛 좀 보게 해줘야 할 것 같습니다."

"흐흐, 그동안 많이 놀았지. 오 분만 있어 봐. 제법 올라올 거야."

황 선장은 에코 사운더와 어군탐지기를 바라보았다. 에코 사운더는 해저의 굴곡 상황을 페이퍼에 표시하는 장비였다. 보텀 라인은 제법 들쑥날쑥했다. 주변에 부분적으로 암초가 있다는 의미였다. 어군탐지기 모니터에는 붉은빛이 흩어졌다가 뭉치기를 반복하면서 물고기가 이동하고 있다는 것을 보여주었다. 황 선장과 일항사는 계기판을 들여다보다가 서로를 쳐다보며 음흉한 미소를 지었다.

조리장이 준비한 아침을 맛있게 먹은 선원들은 갑판 위에 앉아 참치가 잡히기를 기다렸다. 유리 부표가 물결 따라 움직일 때마다 그들은 긴장된 표정으로 깃발과 부표를 응시했다. 그들의 눈동자에는 간절함이 가득했다.

"젠장! 그놈의 부표가 사람 애간장 태우네. 고기야, 제발 좀 물어라."

"야, 이놈아. 그런다고 다랑어가 쑥쑥 올라온다 하드냐? 다 선장을 잘 만나야 하는기라, 선장을."

노 씨가 다시 새퉁스럽게 선장 타박을 하기 시작했다. 지나가던 갑판장이 그 소리를 듣고 인상을 찡그렸다. 그때, 코파(망루대)에서 먼바다를 응시하고 있던 고참 선원 박 씨가 다급하게 외쳤다.

"백파가 보인다, 백파!"

"뭐, 백파? 어디 어디?"

망루대에서 들려 온 말에 선원들이 벌떡 일어나 선미 갑판으로 달려왔다. 모두 바다를 바라보았다. 박 씨의 말대로 멀지 않은 곳에 백파가 은빛 물방울을 튀기며 안개꽃처럼 바다를 수놓고 있었다. 참치 떼였다. 하얀 파도가 치는 그 수면 아래에 수백, 수천 마리의 참치가 떼를 지어 유영하고 있는 것이 분명했다.

선교에 매달린 스피커에서 초사의 목소리가 들려왔다.

"양승, 양승!"

"빨리 양승기 돌려!"

남준의 고함에 우섭이 다급하게 양승기의 스위치를 눌렀다. 영호와 다른 선원들은 갈고리와 장대를 잡았다. 곧이어 모터가 달달 소리를 내며 요란하게 돌아가자 브랜치 라인이 올라왔다. 그러자 낚싯바늘에 매달린 눈다랑어가 보이기 시작했다.

"와, 고기다 고기!"

모두 고함을 지르며 뱃전에 몰려가 갈고리로 참치를 찍어 올렸다. 눈다랑어들이 푸드덕거리며 갑판으로 올라왔다. 풍작이었다. 족히 삼 톤은 넘어 보이는 참치가 올라왔다. 백 킬로그램짜리가 삼십 마리라는 이야기였다. 하루에 이 톤만 잡아도 충분히 이윤이 남았는데 무려 삼 톤이 넘었으니 대성공이었다.

최 씨와 노 씨는 참치를 급속 냉동실로 옮기면서 콧노래를 불렀다. 한꺼번에 몰려온 참치를 잡느라 작업량은 평상시의 두 배가 넘었다. 하지만 누구 하나 힘들다는 내색을 하지 않았다. 해가 중천에 떠올라도 선원들은 점심도 먹는 둥 마는 둥 하면서 작업에 매달렸다. 차츰 태양이 서쪽으로 넘어가면서 붉은빛이 바다를 물들였다.

"마, 오늘 작업은 여기까지다. 다들 마무리하고 쉬도록 합시다."

남준은 상기된 표정으로 선원들을 둘러보며 흡족하게 말했다.

"갑판장님, 메뚜기도 한철인데 좀 더 잡읍시다."

재식이 온몸에 피 칠갑을 한 채 신이 나서 떠들었다.

"맞습니더. 또 언제 고기가 올라오겠심니꺼?"

우섭도 흥분된 얼굴로 외쳤다.

"그래, 아쉽지만 이대로 가면 내일도 풍년이다. 오늘은 마무리합시다."

남준의 말에 우섭과 선원들이 호응하며 갑판을 정리하기 시작했다.

"오늘 이거 정리하기도 벅차다. 흐흐."

"지랄, 니 혼자 벅차지 나는 신이 나 죽겠구먼."

최 씨와 노 씨의 농지거리에 모두 한바탕 웃었다. 참치가 많이 잡힐수록 그들에게 돌아오는 몫은 더욱 커졌다. 갑판 위에는 행복한 기운이 차고 넘쳤다. 갑판을 둘러보며 작업을 지켜보던 일항사는 씩 미소를 지었다. 떠들썩하게 웃던 선원들은 그를 보자 만면에 미소를 띠며 반갑게 인사했다. 자식들, 참치 좀 잡았다고 금세 헤헤거리기는. 일항사는 내심 비웃으며 선교로 올라가는 철 계단을 밟았고 브리지 문을 열고 들어갔다. 커피를 마시고 있던 황 선장이 싱긋 웃으며 그에게 말했다.

"어젯밤에 일은 잘 처리했겠지."

"여부가 있습니까? 일주일 후에 냉동이 멈출 겁니다."

"잘했어. 오늘 저녁 회식에 참치 한 마리 자르라고 했지?"

"예. 놈들이 신났더군요."

"여기 이 양주도 들고 가서 먹여."

황 선장은 입가에 비릿한 미소를 지으며 고급 양주 두 병을 내밀었다. 일항사 역시 엉큼한 웃음으로 화답하며 술병을 두 손으로 받았다. 그들의 얼굴에는 시궁창 냄새가 날 정도로 추악한 미소가 담겨 있었다.

오랜만에 참치를 잡은 선원들은 오후 늦게까지 작업에 몰두했다. 어느덧 저녁 시간이 되었고 작업도 얼추 마무리되었다. 그날 밤, 식당에 모인 선원들은 밝은 표정으로 왁자하게 떠들어대며 술을 마셨다. 냉동 창고에 모셔놓은 참치들을 생각하니 절로 신이 났다. 이대로라면 귀국할 때 두둑한 보합금을 받을 게 분명했다. 밤늦게까지 질펀한 술자리가 끝나고 선원들이 제각기 선실로 들어갈 즈음, 우섭은 자리에서 일어나 선미 갑판으로 올라갔다.

그는 고개를 들어 밤하늘을 쳐다보았다. 여러 가지 색깔로 빛나는 별들이 그의 눈동자에 깊숙이 들어왔다. 물고기자리, 양자리, 황소자리를 짚어가던 우섭은 차츰 처녀자리로 눈길을 돌렸다. 비록 초등학교밖에 마치지 않은 우섭이었지만 별자리에 관해서는 남들보다 많은 지식을 가지고 있었다. 어릴 때부터 혼자였던 그는 외로움을 달래면서 청사포의 밤하늘을 보며 별을 공부했던 것이다.

우섭은 처녀자리의 중간에 있는 스피카를 오래도록 쳐다보았다. 스피카는 파종의 별이었다. 페르세포네가 손에 든 보리 이삭이 바로 스피카이며 이 별이 나타나면 농부들은 파종할 시기가 되었다고 생각했다. 우섭은 스피카를 쳐다보며 청사포의 봄을 생각했다. 해마다 사월이 되면 스피카는 청사포의 밤하늘을 밝게 비추었다. 그때 청사포에서는 도다리와 광어, 장어를 잡기 위한 통발 작업이 시작되었다. 우섭은 오늘 참치가 많이 잡힌 것도 저 스피카 덕분이라고 생각했다.

여주의 얼굴이 처녀자리의 별들 사이로 서서히 떠올랐다. 그 옛날 청사포에서 여주와 함께 스피카를 보던 날이 그리웠다. 그녀가 중학생이었을 때, 여주의 가족들과 철길에서 한여름의 밤하늘을 보던 날도 생각났다. 여주와 혼인하고 부부 아닌 부부로 살아야 했던 때,

사람들의 눈을 피해 철길에서 그녀와 함께 스피카를 보던 날이 어제처럼 선명하게 느껴졌다. 그는 애잔한 마음에 푹 빠져들어 눈을 감았다. 어디선가 노랫소리가 들려왔다. 청사포에서 별신굿이 열릴 때 여주가 부르던 무가가, 때론 처연하고 때론 비장한 그 음조가 머릿속을 맴돌았다.

돌아오소 돌아오소
어열신 임술생아 부산하고도 청사포야
억울하게 죽은 넋이야 있고 없고
이 내 넋을 건져 주사 극락일랑 보내주소

"형님, 거기서 또 뭐 합니까?"
그의 상념은 영호의 부드러운 목소리로 잔잔히 흩어졌다. 영호와 남준이 걸어오면서 환하게 웃고 있었다.
"두 사람 다 안 자고… 피곤할 텐데."
"허허. 그러는 니는? 또 별 보면서 마누라 생각하나?"
갑자기 우섭의 얼굴이 어두워졌다. 그는 여주의 이야기만 나오면 표정이 변하곤 했다.
"사실, 제 아내 여주를 생각할 때마다 폐부가 찢어집니다. 청사포에 남겨놓고 온 것이 아닌데."
"와, 무슨 사연이 있는 갑네."
"고향 청사포에 악마가 하나 있어요. 그놈에게 어떤 패악을 당할지 몰라 그저 참담할 뿐입니다."

우섭은 한숨을 쉬며 담배를 꺼내 두 사람에게 권했다. 세 사람은 나란히 담배를 피워 물었다. 느실난실 하늘로 올라가는 잿빛 연기 사이로 봄 하늘의 별자리들이 보였다. 이윽고 마음의 평정을 찾은 우섭이 남준에게 물었다.

"근데 형님 뭔가 이상하지 않소?"

"뭐가?"

우섭은 남준에게 의문스러운 표정으로 물어보았다.

"선장님이 처음부터 이쪽으로 오면 되는데 왜 안 왔을까요?"

"맞아요. 저도 그게 좀 이상합니다. 처음부터 이쪽에서 작업했더라면 훨씬 더 많이 잡았을 텐데."

"머, 그쪽에서 잡을 수 있다고 생각했겠지."

"그라믄 빨리 이동해야지. 아무래도 어딘가 좀 이상해요."

"뭐 딴에는 그럴 수도 있겠지만…"

영호와 우섭이 계속 의문을 제기하자 갑판장은 묵묵히 담배만 피워대다가 한마디 꺼냈다.

"하여간 인자 고기가 잡히니까 그라믄 된 거지."

"그렇긴 하지마는…"

"형님, 걱정하지 마이소. 인자 형님이 바라던 대로 돈 많이 벌어서 고향에 계시는 형수님한테 갈 수 있을 겁니다."

영호의 말에 우섭은 설핏 웃으며 담배 연기를 길게 내뿜었다. 그 연기 사이로 스피카는 여전히 밝은 빛을 내고 있었다.

4

한 차례 조업이 성공하자 남지 2호에는 활기가 돌았다. 무엇보다 우섭의 표정이 더없이 밝아졌다. 항상 우울하고 생각에 잠겨 있었던 그였다. 희망이 생긴 그의 얼굴에는 알바트로스의 날갯짓처럼 건강한 기운이 넘쳤다.

황 선장은 북상할수록 고기가 많이 잡힌다면서 북위 7도로 다시 올라가겠다고 말했다. 일항사도 찬성한 터라 남준은 별다른 반대를 하지 않았다. 한편으로 그는 내심 찜찜함을 갖고 있었다. 선령이 오래된 남지 2호가 빅토리아항에서 자꾸 멀어지는 것이 불안했던 것이다. 기관실에서 잔고장이 몇 번 있었고 가끔 냉각 파이프가 부르르 떨기도 했다.

"좌현 5도!"

"침로 좌현 5도!"

일항사는 선장의 오더를 복창했고 조타수는 타륜기를 좌현으로 돌렸다. 남지 2호는 검은 옻빛으로 물든 바다를 가로지르며 북위 7도 5분, 동경 65도 30분으로 향했다. 밤사이 배가 북진하는 동안, 선원들은 오랜만에 달콤한 휴식을 취했다.

다음 날 새벽, 남지 2호는 목표 지점에 도착해서 투승 준비를 하게 되었다. 수평선에 붉은 해가 떠올랐다. 우섭과 재식, 영호는 낚싯줄에 미끼를 끼웠다. 남준은 눈을 부라리며 선원들의 작업을 독려했다. 모두 표정이 밝고 활기찼다. 그런 분위기 속에 미끼 작업이 모두 끝났다. 이제 부표를 매단 낚싯줄을 바다에 던지기만 하면 되었다. 모두 갑판장의 투승 지시를 기다리고 있을 때였다. 얼굴이 벌게진 기관장이 선미 갑판으로 뛰어오면서 외쳤다.

"크, 큰일났데이. 냉동창고가 돌아가지 않는데이."

"머라꼬 하노? 냉동창고가 고장이라꼬?"

갑판장이 뜨악한 표정으로 기관장을 쏘아보았다. 그 소리에 모든 선원의 얼굴이 굳어졌다. 무엇보다 놀란 얼굴을 한 사람은 우섭이었다. 그는 기관장에게 다가가며 다급하게 외쳤다.

"그기 무슨 소리요? 냉동창고가 머 어찌 됐다고요?"

"아이고, 냉동창고가 고장이믄 고기들이 다 썩을 낀데."

재식이 울상인 표정으로 앙알거렸다.

"갑자기 잘 돌아가던 냉동창고가 와 고장이란 말입니까?"

우섭이 따지듯이 기관장에게 물었다.

"아무래도 프레온 가스가 새는 것 같아. 이를 어쩌누?"

"지랄한다 아이가? 좀 똑띠 하지 이게 머꼬?"

최 씨가 화난 표정으로 고함치자 다른 선원들도 덩달아 웅성거렸다. 그때 일항사가 나타났다.

"냉동창고가 고장이라고요?"

"초사님, 죄송합니다. 관이 터진 것 같습니다."

"지금 무슨 소리요? 여태껏 잡은 참치가 얼만데."

그때 우섭이 앞으로 쑥 나서며 동철에게 말했다.

"초사님, 냉동창고가 고장 나면 우짭니까?"

"헛소리하지 마라. 아무 일 없을 테니 그냥 작업이나 해!"

"이 상황에서 일이 됩니까? 자세한 사항을 알려줘야지요."

우섭이 계속 다그치자 다른 선원들도 그 말에 동조하는 분위기였다. 일항사는 눈을 부릅뜨며 그를 노려보다가 서둘러 브리지로 올라갔다. 그 뒤를 기관장이 급히 따라갔다. 남준은 어창을 점검하느라 사건이 벌어진 줄도 몰랐다. 상황이 이상하게 돌아간다는 것을 느낀 선원들은 일손을 놓고 웅성거렸다.

브리지 문을 연 일항사와 기관장은 황 선장을 바라보며 의미 있는 미소를 지었다. 짜고 치는 고스톱대로 되어 가고 있다는 무언의 합의였다.

"선장님, 시킨 대로 했습니다."

"흠, 프레온 가스가 다 날라 갔단 말이지."

기관장이 긴장된 표정으로 말하자 옆에 선 일항사가 음흉하게 웃으며 거들었다.

"자연스레 참치를 버릴 명분이 생겼습니다."

"빅토리아항으로 돌아갈 명분도 생겼고."

"물론이지요."

세 사람은 서로를 쳐다보며 고개를 끄덕였다.

"남준이 새끼는 아무것도 모르겠지?"

"걱정 마십시오. 그놈이 뭘 압니까?"

"됐어. 슬슬 나가보자고. 표정 관리 좀 잘하고."

"예. 걱정 마십쇼."

황 선장이 출구로 걸어가자 그 뒤를 일항사와 기관장이 따라갔다. 밖으로 나온 그들은 짐짓 심각한 표정을 지으며 기관실로 내려갔다. 뒤늦게 사실을 알게 된 남준도 따라 뛰어갔다. 선원들은 초조한 표정으로 그들의 뒷모습을 쳐다보았다. 최 씨와 노 씨는 갑판에 털썩 주저앉았다. 그로부터 한 시간이 지났다. 황 선장을 비롯한 사관 선원들이 어두운 표정으로 나타났다. 그들은 선원들을 한번 둘러보더니 브리지로 바로 올라가 버렸다. 우섭을 비롯한 선원들은 남준을 에워싸며 질문을 퍼부었다.

"형님, 뭐가 우찌 됐습니꺼?"

"프레온 가스가 다 날아간 것 같다. 냉각 파이프에 균열이 생겼어."

그 말에 모든 선원의 동작이 일시에 멈추고 말았다. 프레온 가스가 날아갔다면 어창의 참치들은 모두 썩고 만다. 그러면 여태껏 고생한 것들이 한순간에 날아간다. 보합금이고 나발이고 그 모든 노력이 연기처럼 사라지게 되는 것이다. 차츰 선원들의 얼굴에 분노가 피어올랐다.

그때 선교 스피커에서 갑판장을 호출하는 소리가 요란하게 울렸다. 서둘러 브리지로 올라간 갑판장은 우울한 표정으로 선원들에게 다시 나타났다. 영호와 우섭, 재식이 그에게 달려갔다.

"갑판장님, 어떻게 한답니까?"

"빅토리아항으로 가기로 했다. 참치는 얼음으로 감싸고."

"그라믄 괜찮을랑가?"

노 씨가 걱정스레 말하자 최 씨가 버럭 큰소리를 질렀다.

"씨불 것! 그게 대책이가? 지랄 염병허네."

"아, 씨발! 얼음으로 비상조치 하면 항구로 갈 때까지는 버틴다니까."

갑판장이 버럭 화를 내며 최 씨를 노려보았다. 그는 금세 꼬리를 내리며 뒤로 물러섰다. 어쨌든 갑판의 왕은 갑판장이었다.

"다들 어구 정리하고 선실로 들어가라."

남준의 신경질적인 말에 선원들은 맥 빠진 모습으로 주섬주섬 어구를 정리하면서 투덜댔다. 배가 항구로 가는 동안 선원들은 휴식 아닌 휴식에 빠져들었다. 하루 정도는 모두 온종일 잠만 잤다.

이틀째 되는 날, 무풍지대를 지난 남지 2호는 차츰 남반구로 진입하고 있었다. 남미의 에콰도르, 아프리카의 상투메 프린시페, 그리고 인도네시아를 지나는 적도를 통과한 것이다. 연중 기온이 섭씨 23도에서 32도를 유지하는 고온다습한 곳이 바로 적도였다. 그 아래 남위 4도 부근에 인구 십만도 안 되는 작은 섬나라인 세이셸 공화국이 있었다. 이제 만 하루만 있으면 배는 빅토리아항으로 들어가서 냉동 파이프를 교체하고 프레온 가스를 공급받게 될 것이다. 그 전에 반드시 참치가 올곧게 있어야 했다. 그건 선원들의 생명줄이었다.

다음날, 선원들의 바람을 안고 남지 2호는 빅토리아항으로 진입을 앞두고 있었다. 항구 앞 100km 지점에서 황 선장은 배를 멈췄다. 마지막 점검을 하자는 것이었다. 일단 제일 먼저 참치를 보관해 놓은 어창부터 보기로 했다. 선장은 일항사와 갑판장을 대동하고 어창 해치를 열고 그 안으로 들어갔다. 선원들은 모두 해치 주변으로 몰려들었다. 중앙 갑판 밑에 위치한 어창은 둥그런 해치를 열어야 들어갈 수 있는 구조였다. 밖에서 열기는 쉬워도 안에서는 절대로 못 여는 구조였다.

사관 선원들이 어창 안을 살펴보는 동안 우섭과 재식, 영호는 블랙홀 같은 구멍을 내려다보며 마른침을 삼키고 있었다. 다른 선원들도 긴장하기는 마찬가지였다. 과연 참치가 무사할 것인가? 혹시라도 참치가 상했으면 어쩔 것인가 하는 두려움이 그들의 얼굴에 나타나 있었다.

한 참 후, 황 선장 일행이 어창에서 갑판으로 올라왔다. 선원들은 그들을 에워싸며 질문을 퍼부었지만, 선장과 일항사는 대꾸도 하지 않고 브리지로 올라가 버렸다. 우섭이 갑판장에게 다가가 물어보자 남준은 참치가 거의 다 상했다고 일러주었다. 그 말에 선원들이 모두 동요하자 갑판장은 일단 항구로 가서 대책을 마련할 테니 모두 선실에서 대기하라고 말했다.

남준의 설득에도 선원들은 욕설을 퍼부으며 갑판 주변에서 웅성거렸다. 모든 것은 다 선장 잘못이라고 노골적으로 욕하는 이도 있었다. 갑판장은 사십 년이 넘은 배를 인도양까지 출항시킨 선사 잘못도 있다며 선장을 거들기도 했다. 선원들이 불만을 표시하며 해산할 기미가 보이지 않자 황 선장과 일항사가 다시 갑판으로 나와 선원들을 달래기 시작했다.

"마, 다들 실망이 크겠지만 우짜겠노?"

"그래, 다들 재수 없다 생각하고 수리할 때까지 좀 참자."

노 씨가 앞으로 나서며 불만을 토했다.

"아니, 무조건 참으라고 하면 우짜요? 우리 보합금은 우짜고?"

"그건 말도 안 됩니다. 보합금에 대한 무슨 대책이 있어야지."

우섭이 선원들의 보합금에 대한 이야기를 꺼내자 황 선장이 노려보다가 회사의 방침을 전해주었다.

"사장님이 약속했다. 앞으로 잡는 고기에 대해서는 일 인당 보합금을 이십 프로 더 주기로 했다. 그러면 되제?"

거기에 더해서 수리 기간 동안 숙식비는 물론이고 별도의 용돈 이백 달러를 지급한다고 약속했다. 황 선장의 말에 선원들은 약간 누그러졌다. 그들이 웅성거리며 선실로 가는 동안, 파도가 뱃전을 몇 차례 때렸다. 갑판 위에서 바다를 보던 갑판장의 머리에 하얀 물방울들이 내려앉았다. 그의 벗겨진 소갈머리에 앉은 파도 방울들이 스르륵 그의 뺨을 타고 흘러내렸다.

그날 밤, 남지 2호는 상한 참치들을 버리고 빅토리아항구로 들어갔다. 배는 일주일간 빅토리아항에 정박하면서 수리받았다. 선원들은 이백 달러의 용돈을 들고 항구 근처 술집에서 먹고 마시고 떠들어댔다. 이 와중에서도 가장 신난 사람은 재식이었다. 파트리샤를 만날 수 있기 때문이었다. 배가 빅토리아항에 맨 처음 정박했을 때 그는 보발롱 비치에서 그녀를 만나 진한 인연을 맺은 바 있었다. 그런 그녀를 만난다는 생각에 재식은 앞뒤 재지 않고 해변으로 가자고 졸라댔다. 우섭과 남준, 영호도 여유로운 마음으로 재식을 따라 보발롱 해변으로 향했다. 회사가 마련해 준 숙소도 해변과 멀지 않은 곳에 있었다.

세 사람이 비치베드에 기댄 채 맥주를 마시고 있을 때 재식이 파트리샤를 데리고 왔다. 한눈에 보아도 매혹적인 젖가슴과 엉덩이를 가진 크레올족 아가씨였다. 세이셸 인구의 대다수는 에스파냐나 프랑스인의 혼혈 자손들이었고 공식 언어는 영어와 크레올어였다.

네 사람은 해변에서 환상적인 시간을 보내며 그동안의 피로와 스트레스를 날려 보냈다. 무엇보다도 그들을 즐겁게 한 것은 파트리샤가 만들어 준 모히토였다. 럼주에 라임 즙과 민트 잎을 넣어 만든 칵테일로 헤밍웨이가 즐겨 마시던 것으로 유명한 술이었다. 서서히 땅거미가 질 즈음, 그들은 얼큰히 취해 있었다. 어느새 재식은 파트리샤와 어딘가로 사라졌다. 남준과 영호는 피곤하다며 먼저 숙소로 들어갔다. 우섭은 붉게 물들어 가는 석양을 바라보며 해변에 홀로 남게 되었다.

서쪽 하늘의 붉은 놀은 모래사장에 여운을 남기며 금방 사라지고 말았다. 낮에 거칠게 몰아치던 파도도 잦아들었는지 눈앞에는 적요의 바다가 펼쳐져 있었다. 놀이 완전히 사라지자 해변에는 짙은 어둠이 내려앉았다. 우섭은 눈을 감으며 바지 속 호주머니로 손을 집어넣었다. 그 안에는 그가 늘 지니고 다니는 신칼이 놓여 있었다. 그는 그것을 만지작거리며 여주를 그리워했다. 시원하게 불어오는 인도양의 바람이 그의 얼굴을 스쳐 지나갔다. 청사포의 망부송에도, 삼거리 주막 앞의 숲속에도, 배를 묶어두는 물목에도 봄바람이 돌아다닐 것이다.

5

빅토리아항에서 모든 수리와 점검을 마친 남지 2호는 다시 출항 준비를 서둘렀다. 파트리샤와 매일 뜨거운 밤을 보낸 재식은 안 가겠다며 떼를 썼다. 갑판장에게 몇 대 쥐어박힌 다음에야 그는 마치 도살장에 끌려가는 소처럼 배에 올라탔다. 항구에 마중 나온 파트리샤는 눈물을 흘리며 잘 가라 개새끼야 라고 외쳐댔다. 재식이 가장 사랑하는 사람을 한국말로 '개새끼'라고 가르쳤던 것이다. 놈의 장난질에 남준은 다시 그의 머리를 쥐어박으며 깔깔거렸다. 우섭과 영호도 키득거리며 배에 올랐다.

"선장님, 출항 준비 끝났습니다."

"흐흐. 좋아, 또 나가보자고."

일항사가 승선 완료를 보고하자 황 선장은 음흉한 웃음을 띠며 출항하라고 지시했다. 쿵쿵쿵쿵. 엔진의 소음이 고조되면서 남지 2호는 힘차게 항구를 출발했다. 선수의 방향은 아라비아해를 만날 수 있는 북동쪽이었다. 앞서 조업한 위치보다 약간 북쪽에 치우친 곳이었다. 처음 조업한 한 달간은 래카다이브 해 쪽이었다. 황 선장은 북위 4도, 동경 60도를 목표 지점으로 설정했다. 빅토리아항에서 천이백 킬로미터 정도 떨어진 위치였다. 그는 이 지점에서 시간을 좀 보내다가 다시 북상과 남하를 반복하면서 적도 부근을 항해할 생각이었다. 남지 2호의 출항 목적은 만선이 아니라 운반선이 도착하는 칠월까지 시간을 때우는 것이었다.

이틀 후 목표 지점에 거의 도달할 즈음, 예상치 못한 폭풍이 몰려왔다. 오 미터나 되는 파도가 끊임없이 몰려왔고 하늘은 새카만 구름으로 뒤덮였다. 하루 종일 폭우가 쏟아졌고 갑판과 조타실 창문에 부딪힌 파도가 격렬하게 물보라를 일으켰다. 파도가 배에 부딪힐 때마다 "쿵!" 하는 굉음이 들렸다. 생명이 있는 모든 것들이 엄청난 비바람과 파도에 침몰할 것만 같았다. 바다는 거대한 용이 꿈틀거리는 것처럼 심하게 요동쳤다. 선원들은 붙잡을 수 있는 것은 총동원하여 몸을 지탱하고 있었다.

우섭은 넌들넌들한 선실 안에서 신참 선원들을 다독이며 청사포를 강타했던 빌리 태풍을 떠올렸다. 폭풍우 속에 청사호를 건지기 위해 애쓰던 상호 아저씨. 그 아저씨를 향해 빨리 나오라고 울부짖던 제주댁과 여주. 두 번 다시 기억하기 싫은 그날이 뇌리에 떠오르자 그는 진절머리를 치며 눈을 감았다.

아침이 되자 인도양은 언제 그랬냐는 듯 고요했다. 바다는 그야말로 심술쟁이였다. 바람도 거의 불지 않았고 하늘에는 옥색 구름이 한가로이 떠다니고 있었다. 조업에 나서기 전, 남준은 남지 2호의 상태를 세밀하게 점검했다. 워낙 낡은 배인지라 소소한 파손들이 제법 있었다. 구명보트를 뱃전에 매다는 결속장치가 몇 개 파손되었고 기관실 바닥에는 물이 들어찼다. 갑판 일부도 금이 가서 누수가 진행되었다. 그가 가장 신경 쓰는 부분은 역시 냉동 창고였다. 기껏 수리해서 다시 출항했는데 그게 다시 고장 나면 말짱 도루묵이 되는 거였다. 다행히 냉동 파이프와 냉동 창고는 괜찮아 보였다.

남지 2호는 다시 항진해서 투승지점에 도착했다. 선원들은 모두 남준의 지시를 기다리며 선미 갑판에 대기하고 있었다. 영호와 재식은 우섭의 지도하에 부지런히 낚싯바늘에 미끼를 끼웠다. 고등어와 꽁치가 연필 굵기만 한 바늘에 툭툭 끼워졌다. 마침내 선교 스피커에서 오더가 떨어졌다.

"투승!"

선원들은 일제히 부표를 매단 메인라인을 바다로 투척했다. 배가 저속으로 달리면서 브랜치 라인은 인도양의 초록 바닷속으로 깊숙이 가라앉았다. 이번에는 제발 풍어이기를. 모든 선원의 얼굴에는 간절한 희망이 담겨 있었다. 날씨는 더없이 쾌청했다. 배는 전진하면서 텅텅거렸고 선미에는 하얀 물살이 메밀꽃처럼 피어올랐다. 그 꽃은 모두의 희망이자 바람이었다

남지 2호는 그 후 두 달간 지속적인 조업을 이어갔다. 배는 어장을 찾아 북반구와 남반구를 오가며 인도양을 휘저었다. 운이 좋았던지 조업 성과는 날이 갈수록 좋아졌다. 한번 투승에 이, 삼 톤은 거뜬히 올라왔다. 눈다랑어와 황다랑어가 대량으로 잡히면서 어창에는 백오십 톤에 육박하는 참치가 쌓이게 되었다. 선원들은 모두 신이 났다. 이대로만 간다면 귀국할 때 충분한 보합금이 기대되었다. 우섭은 환한 미소로 낚싯바늘에 미끼를 끼웠다. 재식과 영호도 표정이 밝았다.

"짜식, 머를 그리 실실 쪼개노?"

갑판장이 미끼를 끼우고 있는 우섭의 어깨를 툭 쳤다. 그의 구릿빛 이마 위에 햇살이 반사되었다. 남준의 얼굴에도 환한 미소가 맺혔다. 그동안 참치가 잡히지 않은 것이 너무 미안했는데 그런 마음이 한꺼번에 사라진 것이다. 그는 괜히 황 선장을 의심한 자신이 부끄럽기도 했다.

냉동 창고에 쌓인 참치가 근 이백 톤을 넘어가자 남지 2호는 짐짓 여유를 갖게 되었다. 다시 한 달이 흘러가서 어느덧 선선한 칠월로 접어들었다. 인도양 일대는 사월이 덥고 칠, 팔월이 가장 시원

했다. 선원들은 가끔 참치 한 마리를 통째로 해체해서 회식하기도 했다.

황 선장은 남지 2호를 몰디브 방향으로 하향시켰다. 여태까지는 세이셸군도와 스리랑카 사이의 인도양을 종횡으로 돌아다녔다. 선원들에게는 어군을 찾아 남하한다는 구실을 내세웠다. 실상은 기름을 소비하겠다는 속셈이었다.

"일주일 남았군."

브리지에서 정면을 응시한 채, 황 선장은 시가를 태우며 일항사를 쳐다보았다. 동철은 커피를 홀짝거리며 조타륜을 돌리고 있었다.

"거의 다 준비되었습니다. 운반선과 통신도 끝냈고."

필리핀해역에서 출발한 운반선 오리엔탈호는 남지나해를 거쳐 인도양으로 항진하고 있다고 알려왔다. 참치 운반선은 육 개월에 한 번씩 원양어선들에게 접근해서 참치를 국내나 외국의 다른 항구에 운반하는 선박이었다.

오리엔탈호의 차 선장은 황 선장과 해기사 동기였다. 이미 그에게도 연락이 간 상태였다. 모든 것은 일사천리로 진행되었다. 이제 관건은 선원들을 얼마나 완벽하게 속이냐는 것이다. 그들의 최종 계획은 선상 반란을 유도해서 남지 2호가 혼란스러울 때, 기관실을 폭파해 불을 내는 것이었다. 그러면 선원들이 구명보트를 타고 배에서 탈출할 것이고 그때 운반선이 와서 그들을 구조한다는 시나리오였다.

그날 밤, 황 선장과 일항사는 은밀히 기관장을 불렀다. 두 번째로 냉각 파이프를 고장 낼 음모를 꾸미기 위해서였다. 운반선이 오기 사흘 전에 최종 계획을 실행할 계획이었다. 세 사람의 은밀한 대화가 깊어지면서 인도양의 붉은 달은 냉기를 띤 푸른색으로 변해 갔다.

6

황 선장은 오리엔탈호 차 선장과 무선 교신을 하면서 랑데부할 날짜를 계산했다. 오리엔탈호는 남지 2호에서 가까운 지점까지 접근했다. 몇 시간이면 남지 2호로 도착할 거리였다. 그는 핸드 토커로 일항사를 호출했다. 선원들은 아침을 먹고 양승할 준비에 여념이 없었다. 일항사는 남준에게 양승에 차질이 없도록 이르고는 브리지로 올라갔다. 참치 어획고는 이제 이백 톤을 넘어 삼백 톤을 향해 가고 있었다. 모두 콧노래를 부르며 양승할 준비에 마음이 들떴다.

우섭이 양승기를 돌리자 메인라인이 맹렬히 올라왔고 그 밑에 달린 브랜치 라인도 쉴 새 없이 물 위로 나타났다. 그런데 수백 개의 브랜치 라인이 올라오면서 눈다랑어들이 몇 마리 올라올 때였다. 얼굴이 벌게진 기관장이 선수 갑판을 지나 헐레벌떡 브리지로 올라갔다.

그 모습을 본 재식이 커다랗게 눈을 떴다. 우섭도 덩달아 불안한 눈초리였고 다른 선원들도 마찬가지였다. 설마 또 냉동 창고 고장일까 싶었다. 선원들의 분위기를 눈치챈 갑판장도 걱정스러운 표정을 지었다. 곧이어 선교 스피커에서 갑판장을 호출하는 일항사의 목소리가 들려왔다. 남준은 서둘러 브리지로 올라갔다.

잠시 후, 갑판장과 일항사가 갑판으로 내려왔다. 남준의 얼굴이 심하게 일그러져 있었고 동철은 굳은 표정이었다. 우섭이 그들에게 다가가서 조심스레 입을 열었다.

"형님, 뭐가 우찌 됐습니꺼? 설마…"

"그건 아니지라, 잉?"

노 씨가 불안한 표정으로 일항사에게 물었다.

"설마 그럴 리가 있겠어요? 얼마나 열심히 점검받았는데."

우섭이 희망 섞인 투로 이야기하자 선원들은 그럼 그렇지 하며 안심하는 표정을 지었다. 그러나 갑판장의 짜증 섞인 목소리는 모두를 아연실색게 했다.

"씨발, 이번에는 감압 파이프 고장이란다."

"그, 그기 무신 말이고? 그라믄 참치는?"

"마, 이번에도 썩어빠지겠네. 증말 미치겠네."

남준이 절망적인 목소리로 말하자 일시에 침묵이 흘렀다. 모두 손에 들고 있던 어구들을 내려놓으면서 무서운 표정을 지었다.

"이런 처 죽일 놈들! 그라믄 우리는 손가락 빨란 말이가?"

노 씨가 눈을 부라리며 입에 게거품을 물었다.

"좆같은 소리 하네. 이게 지금 무슨 새 씹 같은 소리고?"

재식이 잡아먹을 듯이 초사를 바라보며 내뱉었다. 일항사는 겉으로는 당황하고 겁을 집어먹은 표정이었지만 선원들의 얼굴을 보고 속으로 쾌재를 불렀다. 곧 있으면 놈들의 분노가 폭발할 것이고 그러면 계획한 대로 일이 성사되는 것이었다.

"씨발 그라믄 참치를 빨리 다른 데로 옮기야 지라!"

최 씨가 목소리를 높이며 말했다. 그 말에 일항사가 같잖다는 듯이 대꾸했다.

"옮겨? 이 망망대해에서 어디로 옮긴단 말이고?"

"운반선을 부르면 되지 않습니까?"

"우리 배만 보고 운반선이 오나?"

"그럼 대책이 없단 말입니꺼?"

우섭이 따지듯이 일항사에게 물었다. 그런 그를 동철은 이 놈 봐라 하는 표정으로 한동안 쏘아보았다. 선원들은 마른침을 삼키며 두 사람 사이의 긴장된 분위기를 지켜보았다.

"야야, 일단 좀 기다리보자. 선장님과 연구를 해 볼 테니 다들 기다리라."

"머라꼬 하노? 씨발, 먼 대책이 있어야 할 것 아니가?"

노 씨가 갑판 바닥을 발로 탕 치며 동철에게 대들 듯이 따졌다. 최 씨도 같이 나서자 일항사는 똥 씹은 표정으로 두 노인에게 외쳤다.

"마, 기다리라면 기다리소. 선장님이 더 죽을 맛이요. 알겠소?"

"염병할! 참치가 모두 썩으면 우리는 돈 한 푼도 못 건지는데!"

우섭이 눈을 부라리며 일항사를 쏘아보았다. 동철이 주먹을 쥐며 우섭에게 다가갔다. 곧 후려칠 기세였다. 이때 갑판장이 불쑥 끼어들었다.

"다들 흥분한 것은 알겠지만 이런다고 문제가 해결되는 것은 아니니까 일단 기다려 봅시다."

남준의 말에 선원들은 반신반의하면서도 선실로 하나둘 내려가기 시작했다. 그다음 날, 선미 갑판에 모인 선원들은 누구라 할 것 없이 눈이 부어 있었다. 식당에서 과음한 탓도 있었고 걱정스러운 마음에 잠도 거의 자지 못했기 때문이었다. 그들은 모두 갑판장의 지휘하에 어창으로 가보았다. 최 씨와 노 씨, 우섭이 대표로 어창으로 들어가서 상태를 점검했다. 눈다랑어는 썩어가고 있었다. 얼음이 좀 있었지만 아무 소용이 없었다. 여기서 빅토리아항까지는 줄잡아 천오백 킬로미터였다. 아무리 빨리 간다고 해도 보름은 걸리는 거리였다.

　어창을 나온 최 씨는 브리지로 후닥닥 올라갔다. 그 뒤를 따라 노 씨와 재식, 우섭을 비롯한 선원들이 흥분해서 같이 올라갔다.

　"선장님, 무신 대책이 있어야 할 것 아닙니까?"

　황 선장과 일항사는 해도를 보며 무언가를 논의하고 있었다. 선장은 우섭의 말에 미동도 하지 않았다. 대신 일항사가 자리에서 벌떡 일어났다.

　"이 자식이 여기가 어디라고 쳐들어와서는. 마, 우리도 죽을 맛이다. 대책을 마련하고 있으니까 가서 기다리라."

　"아, 무신 대책이요? 우리도 좀 알아야지요."

　"하, 이런 쥐 좆만 한 것들이. 냉동 창고 고치고 있으니까 기다리라고."

　"이런 제길! 무조건 즈그 좆대로야. 우리가 종놈들도 아니고 머하는 짓이고?"

　최 씨가 냅다 일항사의 멱살을 움켜잡았다. 일항사도 최 씨의 멱살을 잡으며 고함을 질렀다. 뒤늦게 브리지로 들어온 갑판장은 이러지도 저러지도 못하고 엉거주춤하고 있었다.

"이 씨발 영감탱이가. 지금 누구한테 행패고?"

"이 손 못 놓나? 지금 여기가 어디고?"

"어디긴 어디야? 빨리 대책을 내놓으라고?"

최 씨가 더 큰 소리로 고함을 지르자 황 선장이 뛰어와 그의 뺨을 후려쳤다. 그가 뒤로 벌렁 자빠졌다. 우섭과 노 씨가 급히 최 씨를 부축했다. 우섭은 시퍼런 눈길로 황 선장을 노려보며 고함을 질렀다.

"아니, 아무리 선장이라도 사람을 이리 패면 되나?"

"이 새끼가 감히 누구에게 대드노?"

"지금 도대체 머 하는 작당이고? 선장은 무신 놈의 선장!"

우섭이 황 선장에게 달려들었다. 갑판장이 급히 들어와 우섭의 허리를 잡으며 제지했지만 소용없었다. 선원들은 이미 흥분한 상태였다. 우섭과 황 선장이 엉겨 붙어 서로 난타전을 벌였다. 재식과 영호, 노 씨도 일항사와 엉키게 되었다. 결국 황 선장과 일항사는 숫적 열세에 밀려 몸이 잡히고 말았다. 선원들은 두 사람을 붙잡아 끈으로 묶은 후 창고에 가두자고 고함을 질렀다. 갑판장은 감정을 가라앉히라고 말했지만 이미 최고조로 흥분한 선원들의 폭주를 막을 수 없었다. 황 선장은 고래고래 고함을 질렀다.

"이 새끼들이, 선상 반란이다. 육지에 가면 어찌 되는 줄 아나?"

"감빵에 가든 죽든 우리 사정이고. 우짤 끼고? 참치를 우짤 끼고?"

재식을 비롯한 선원들이 두 사람을 끌고 가자 그들은 그 와중에 희미한 미소를 지었다. 모든 것이 자신들의 의도대로 풀려간다는 의미였다. 선원들은 황 선장과 일항사를 부식 창고에 가두었다. 소식을 듣고 달려온 기관장이 안절부절못하는 표정으로 선원들을 달래기 시작했다.

"와 이리 흥분하노? 자자, 조금만 냉정해…"

"좆같은 소리. 냉정은 무슨 냉정이고?"

노 씨가 고함을 버럭 지르자 기관장은 어깨를 움츠리며 아무 말도 못 했다.

"기관장, 아무래도 먼가 이상하네. 분명 수리를 받았고 내가 꼼꼼하게 살펴봤는데 어째서 또 고장이요?"

사태를 냉정하게 지켜보던 남준이 말하자 기관장이 찔끔하는 얼굴로 말을 더듬거렸다.

"내사 아나? 감압 파이프가 터졌는데 그 이유를 잘 모리겠다."

"누가 장난친 거 아니요? 모두 기관실로 함 가봅시다."

영호가 말하자 우섭이 동조했다.

"맞아. 아무래도 누가 장난친 것 같아. 가서 조사 함 해보자."

"조사? 무신 조사? 느그들이 머 아나?"

기관장이 같잖다는 듯이 외치자 노 씨가 즉답했다.

"야야, 이래 봬도 뱃놈 생활 이십 년이다. 기관실에도 있어 봤다. 내가 보면 척 안다."

"그래, 형님 말이 맞다. 빨리 앞장서라."

선원들은 기관장을 앞세우고 기관실로 내려갔다. 역한 기름 냄새가 몰려오는 기관실 안에는 백열등 하나가 겨우 빛을 내고 있었다. 기관장이 떨떠름한 표정을 짓고 있는 가운데 노 씨와 갑판장이 냉동 파이프를 유심히 살폈다. 파이프를 이리저리 살피던 노 씨의 얼굴에 차츰 분노가 스몄다.

"자, 봐라. 어떤 새끼가 고의로 파이프에 구멍을 낸 것 같다."

"머라꼬요? 구멍을 냈다고요?"

우섭이 눈에 쌍심지를 켜며 목소리 톤을 높였다. 그 말에 갑판장이 앞으로 나서며 한마디 거들었다.

"내가 함 보자. 이래 봬도 공고 출신이다."

남준이 이리저리 살피는 동안 기관장의 얼굴이 굳어졌다. 사람들이 갑판장 주변으로 몰려들었다. 잠시 후, 황 선장과 일항사를 부식 창고에 가둔 재식이 최 씨와 함께 기관실로 내려왔다. 사람들이 기관실에 꽉 들어차면서 혼잡해지자 그 틈을 타서 기관장이 몰래 갑판으로 올라갔다. 우섭은 이상한 기색에 뒤를 돌아보았고 기관장이 사라진 걸 확인하고는 급히 갑판으로 올라갔다.

손에 쇠톱을 든 기관장은 득달같이 부식 창고로 뛰어갔다. 우섭은 그 뒤를 따라가다가 뱃전에 매달린 구명보트를 발견했다. 잠시 주춤거리던 그는 품속에서 늘 들고 다니던 신칼을 꺼내 노란색 구명보트에 작은 구멍을 냈다. 곧이어 피식하며 바람이 서서히 빠졌다. 우섭은 다시 부식 창고로 뛰어갔다. 창고 앞에 도착한 기관장은 자물쇠를 쇠톱으로 자르기 시작했다.

"빨리 좀 잘라라! 놈들이 오기 전에."

"조금만 기다리소."

황 선장과 일항사는 이빨을 뿌드득 갈며 소리쳤다.

"폭파 장치는 잘해 놨겠지?"

"걱정 마이소. 한 시간 후에 폭파할 깁니더."

"흐흐, 잘하고 있네."

그의 손놀림에 자물쇠가 서걱서걱 잘렸다. 기관장이 창고 문을 쇠톱으로 자르는 동안, 황 선장과 일항사는 긴장한 표정으로 기다리고 있었다. 그때 갑자기 우섭이 고함을 지르며 기관장에게 달려갔다.

"거기 멈춰! 이 후레자식들아!"

우섭이 달려오자 기관장이 흠칫했다. 황 선장과 초사의 얼굴도 뜨악해졌다.

"저, 저 거지새끼! 기관장 빨리 잘라라."

"다 됐습니더! 안에서 문을 차이소."

일항사가 어깨를 앞세우며 문으로 돌진했다. 우지끈하면서 창고 문이 열리는 순간, 우섭이 기관장에게 달려들어 몸싸움이 벌어졌다. 두 사람이 엎치락뒤치락 싸우는 동안 황 선장과 일항사는 창고 밖으로 나왔다. 일항사는 우섭에게 뛰어가 발길질을 해댔고 황 선장은 노란색 구명보트 쪽으로 달려갔다. 동철의 발길질에 나가떨어진 우섭은 얼굴을 찡그리며 고통스러운 표정을 지었다. 기관장은 발딱 일어서서 우섭을 깔고 앉아 주먹을 휘둘렀다. 그사이 일항사는 황 선장의 뒤를 따라갔다.

잠시 후, 기관실에 있던 갑판장과 선원들이 우 하며 몰려들었다. 그들은 갑판에서 들려오는 소리에 모두 뛰어온 것이었다. 재식이 냅다 뛰어가 이단 옆차기로 기관장을 자빠트렸다. 갑판장이 기관장에게 뛰어가 세차게 뺨을 후려쳤다. 기관장은 얼굴을 감싸 쥐었고 우섭과 최 씨, 영호가 그를 붙잡았다.

"그놈들 잡으러 갑시다."

"기관장 붙잡고 있어라. 나하고 재식이 잡으러 갈 테니까."

갑판장과 재식이 급히 뱃전으로 뛰어갔다. 그들이 뱃전에 도착하자 황 선장과 일항사가 구명보트를 바다로 던질 준비를 하고 있었다.

"어딜 도망가려고 이 씨불놈들아!"

갑판장이 일항사에게 뛰어가자 동철은 몽둥이를 휘두르며 격렬하게 저항했다. 그 틈을 타서 황 선장은 라이프 재킷을 입은 채 급히 구명보트를 바다에 떨어트리더니 바로 뛰어내렸다. 일항사도 냅다 남준을 밀치더니 바다로 몸을 날렸다.

보트를 잡은 황 선장은 급히 그 위에 올라탔다. 일항사가 그 보트를 향해 헤엄치자 갑판장과 재식, 선원들 서넛이 바다로 뛰어들었다. 수영을 잘하는 일항사는 잽싸게 보트로 다가갔고 마침내 올라탔다. 노란색 보트는 물결 따라 이내 멀리 사라졌다. 갑판장은 멀어져 가는 보트를 향해 쌍욕을 하기 시작했다. 동철은 바다에 떠 있는 갑판장에게 손가락 욕을 하며 놀려댔다. 황 선장은 안도의 표정으로 너털웃음을 터뜨렸다. 그러나 두 사람은 모르고 있었다. 그들이 탄 보트의 바람이 서서히 빠지고 있는 것을.

갑판장과 선원들은 멀어져 가는 구명보트를 보다가 할 수 없이 돌아서서 남지 2호로 헤엄쳐 갔다. 그들이 열심히 수영하는 동안 갑자기 펑하는 소리가 들리더니 기관실에서 연기가 치솟았다. 그 충격에 기관장을 붙잡고 있던 우섭과 선원들이 뱃전으로 나가떨어지자 기관장은 바다로 뛰어들었다. 그는 라이프 재킷을 걸치고 있었다.

"이, 이게 도대체 무슨?"

우섭은 뱃전에 부딪힌 충격으로 고통스러운 표정을 지었다. 선수 갑판에 있던 노 씨와 선원들이 우왕좌왕하고 있었다. 갑판장이 바다에서 큰 소리로 외쳤다.

"우섭아, 놈들이 폭약을 설치했나 보다. 빨리 탈출해라!"

"이 죽일 놈들이."

노 씨와 영호가 우섭과 함께 반대편 뱃전에 있는 빨간색 보트로 뛰어갔다. 그들은 보트를 매달고 있는 밧줄을 풀기 위해 안간힘을 썼다. 우섭은 품속에서 신칼을 꺼내 밧줄을 자르기 시작했다. 그러는 사이 또 한 차례 강력한 폭발이 일어났다. 그 충격으로 노 씨와 영호, 선원들이 바다로 튕겨 나갔다. 폭발의 충격으로 배 밑창에 구멍이 났는지 남지 2호가 서서히 옆으로 기울기 시작했다. 구명보트는 밧줄에 매달린 채 위태롭게 붙어있었다. 우섭은 보트 위 밧줄을 붙잡은 상태였다. 그의 발밑에 붉은색 구명보트가 대롱거리고 있었다. 연이어 폭음이 들려왔다.

"형님!"

영호가 다급한 목소리로 외쳤다. 우섭은 거의 정신을 잃은 상태였다.

"빨리 뛰어내리라, 우섭아!"

우섭은 발아래 보트를 매달고 있는 밧줄을 신칼로 자르기 시작했다. 그 밑의 바다에는 선원들이 거친 물살 속에서 우왕좌왕하고 있었다. 구명보트가 없다면 그들 모두는 물고기의 밥이 될 처지였다. 우섭은 필사적으로 밧줄을 끊었다. 마침내 줄이 끊어지면서 구명보트가 바다로 떨어졌다. 그와 동시에 무게감이 사라진 반동으로 그는 밧줄에 매달린 채 마스트로 날아갔다.

우섭의 몸은 마스트에 정면으로 부딪친 후 바로 아래로 떨어졌다. 배는 바닷물에 잠기고 있었다. 그의 왼쪽 다리에서 선홍색 피가 흘러나왔다. 갑판으로 밀려오는 바닷물에 그의 피가 붉게 풀려나갔다. 갑판장과 재식을 비롯한 선원들은 붉은색 구명보트를 향해 헤엄치기 시작했다. 힘겹게 보트에 올라탄 그들은 한목소리로 우섭을 불렀다.

"우섭이 형님, 빨리 내리오이소!"
"머하노? 우섭아, 빨리 뛰어내리라!"

그들의 안타까운 외침에도 우섭의 모습은 보이지 않았다. 남지 2호는 급속하게 침몰하고 있었다. 한참 후, 거의 삼십 도 이상이나 기울어진 우현 갑판에서 우섭이 힘겹게 얼굴을 내밀었다. 피가 줄줄 흐르는 그의 모습은 처참했다. 한쪽 눈마저 제대로 뜨지 못했다. 사람들은 그에게 내려오라고 애타게 외쳤지만, 우섭은 뱃전에 기대 희미하게 미소를 지을 뿐 미동도 하지 않았다.

"아이고, 저러다 우리 우섭이 죽겠다!"

노 씨가 울음을 터트렸다. 갑판장과 영호도 안타까운 표정을 지으며 우섭을 향해 계속 고함을 질렀다. 그사이 남지 2호는 삼분의 이 정도가 물에 잠긴 상태였다. 우섭은 하늘을 쳐다보았다. 아내 여주의 얼굴이 구름 사이로 떠다녔다. 그의 두 눈에서 굵은 눈물이 흘러내렸고 곧이어 바닷물이 그의 얼굴을 덮쳤다.

남지 2호가 침몰하는 사이 황 선장과 일항사를 태운 구명보트는 노를 저어 멀리 바다로 나가고 있었다. 조금 있으면 오리엔탈 2호가 그들에게 접근할 예정이었다. 폭음이 연이어 들리자 두 사람은 침몰하는 남지 2호를 바라보며 회심의 미소를 지었다. 갑판장을 비롯한 선원들이 구명보트에 올라타는 모습도 그들의 눈에 들어왔다. 잠시 숨을 고른 일항사가 담배를 꺼내 황 선장에게 권했고 두 사람은 맛있게 나눠 피웠다.

"시원하게 터졌심다."

"흐흐. 그래."

"곧 있으면 운반선이 올 겁니다."

"그래, 한 두어 시간 걸릴 거야."

"완전 작전 성공입니다."

그들은 음흉한 웃음을 지으며 화염에 휩싸인 남지 2호를 바라보았다. 그때 희미하게 바람이 빠지는 소리가 들렸다.

"가만 이기 무신 소리고? 바람 빠지는 소리 같은데."

"예? 바람이?"

일항사는 혹시 하는 표정으로 보트 이곳저곳을 살피다가 바람이 빠지는 구멍을 발견하고는 사색이 되었다. 황 선장도 그 부위를 확인하고는 놀란 표정을 지으며 입을 다물지 못했다. 두 사람은 갑자기 당황하여 허둥거렸다. 보트 바닥을 뒤지며 혹시 구멍을 막을 것이 있나 찾아보았지만 아무것도 발견되지 않았다. 서서히 보트의 한쪽이 찌그러지면서 바닷물이 들어오기 시작했다. 큰일이었다. 운반선이 자기들을 발견하려면 앞으로 두 시간은 더 필요했다. 그전에 자신들은 물속에 빠질 것이 뻔했다. 그들은 두 손으로 물을 퍼내기 시작했지만 보트가 가라앉는 것을 어찌지 못했다.

보트가 절반쯤 가라앉았을 무렵, 일항사가 황 선장의 뒷모습을 조심스레 살폈다. 그의 두 눈에 살기가 어렸다. 그는 살며시 황 선장의 뒤로 다가가더니 갑자기 달려들어 라이프 재킷을 확 잡아챘다. 놀란 선장은 몸을 뒤로 돌리며 외쳤다.

"이 개새끼가! 지금 무신 짓이고?"

"씨발놈아, 나라도 살아야겠다!"

"머라꼬? 이 씹새끼가!"

황 선장이 일항사에게 달려들어 라이프 재킷을 뺏으려고 안간힘을 썼다. 일항사는 그런 황 선장의 턱에 주먹을 날렸다. 한 대 맞은 황 선장은 순간 비틀거렸으나 이내 일항사의 멱살을 잡고 마구 주먹을 날렸다. 그 와중에 라이프 재킷이 바다로 날아갔다. 노란색 구명보트는 서서히 바다로 침몰하고 있었다. 두 사람은 이제 완전히 엉켜 엎치락뒤치락했다. 그들은 바다로 잠기는 와중에도 서로에게 주먹을 날렸다. 마침내 보트가 완전히 가라앉았고 두 사람의 몸도 가라앉았다. 두 사람의 양손은 물속으로 잠기면서도 싸우고 있었다.

멀리 오리엔탈 2호가 침몰하고 있는 남지 2호로 서서히 다가오고 있었다. 운반선 차 선장은 망원경을 통해 남지 2호가 가라앉는 것을 확인했다. 그는 바다 위에 떠 있는 붉은색 구명보트에 선원들이 타고 있는 것을 보았고 그쪽으로 전속 항진했다. 라이프 재킷을 입은 채 보트 주변의 바다 위를 맴돌던 기관장은 자신 쪽으로 다가오는 운반선을 보자 히죽 웃었다. 선원들도 거대한 운반선을 보자 안도의 한숨을 내쉬면서도 우섭을 생각하며 안타까운 표정을 지었다.

인도양의 바닷물이 우섭의 얼굴을 덮치는 동안 남지 2호는 빠르게 아래로 내려갔다. 침몰하는 배 안에서 그는 공포와 두려움 속에서 두 팔을 휘저었다. 차츰 숨이 가빠 오면서 심장이 터질 듯 아파졌다. 죽음의 순간이 다가옴을 직감한 그는 눈을 감았다. 차라리 이 고통이 빨리 끝나기를 바랄 뿐이었다.

적도의 태양 빛이 사선을 그으며 물속으로 비쳐들어 그의 몸을 어루만졌다. 그 빛은 마치 불타는 쇠의 신처럼 우섭의 얼굴에 찬연히 스며들었다. 바닷속 물결의 흐름 사이로 빛이 비스듬히 퍼져 바닥까지 닿을 듯 긴 여운을 그렸다. 우섭은 여주의 이름을 부르며 희미한 미소를 지었다. 순간, 그는 저 멀리서 푸른 뱀을 타고 오는 여주의 환영을 보며 정신을 잃었다.

우섭의 주변에는 스티로폼 조각들과 나무판자, 플라스틱 부이를 비롯한 각종 부유물 등이 어지럽게 돌아다녔다. 그때, 줄로 묶인 한 무더기의 라이프 재킷이 빠른 속도로 떠오르는가 싶더니 우섭의 몸을 받친 채 물 위로 올라가기 시작했다. 라이프 재킷 위에는 푸른 배낭이 걸쳐져 있었다. 그는 오른손에 쥐고 있던 신칼을 혼신의 힘을 다해 배낭 속에 집어넣고 곧 정신을 잃었다. 어느새 그의 몸은 바다 표면으로 솟구쳤다. 태양은 강렬한 빛을 내리고 있었고 라이프 재킷에 걸쳐진 그의 몸은 해류를 따라 세이셸 방향으로 흘러갔다.

6장

그녀, 여주

1

　보라색의 꽃창포가 마당 가녘에 고고하게 피어 있었다. 왕벚나무 아래 다문다문 앉아 있는 야생화 사이에서 단연 돋보이는 꽃이었다. 노란색, 보라색, 하얀색이 한데 어우러지는 삼색제비꽃은 귀여웠고, 붉은 꽃잎과 노란 꽃술을 자랑하는 양귀비는 요염한 자태였다.
　미향은 툇마루 넘어 보이는 꽃들을 바라보며 깊은 생각에 잠겼다. '꽃창포의 꽃말이 우아한 마음, 좋은 소식이라고 했던가? 우리 집안에도 좋은 소식이 오려는가? 이제 나는 강수의 손아귀에서 벗어나 동해안 별신굿의 앞날을 위한 방도를 찾을 것이다. 그리고 나의 애제자 여주를 반드시 동해안 제일의 무녀로 키워야 하리라.' 굳게 다문 미향의 입술에서 결기가 느껴졌다.
　"만신님, 제가 왔습니다."

기수 노인의 음성에 큰무당은 일어나서 툇마루로 나가 밝은 표정을 지었다.

"어서 오세요. 이렇게 오게 해서 미안하오. 자, 안으로 드시오."

"별말씀을 다 하십니다."

미향이 먼저 안방에 들어가 좌정하자 기수 노인이 뒤따라 들어와 앉았다. 큰무당의 등 뒤로 작은 제단이 있었고 제단 위 벽에는 동해 용왕의 진영이 근엄한 자세로 두 사람을 굽어보았다. 제단에는 향로를 중심으로 양옆에 촛불이 켜져 있고 은은하게 피어오르는 침향이 방 안을 맴돌았다. 자세를 가다듬은 기수 노인이 먼저 말문을 열었다.

"만신님, 제가 도와드리는 거야 어렵지 않습니다만 괜찮겠습니까?"

"어려워도 서로 도우면 될 거요. 기수 노인께서 마을 사람들에게 조금씩 추렴하자고 전해주시오."

"거야, 모두가 배를 모는 사람들이라 별굿을 하자는데 누가 빠지겠습니까? 다만, 제가 우려하는 것은…"

"방해가 들어올지도 모른다, 그거지요? 그것도 걱정 마시오. 내 용왕님을 모시는 무당이요. 제아무리 위세가 대단한 강수 영감이라 해도 무녀인 나를 어쩌지는 못할 거요. 더군다나 인간문화재만 된다면…"

큰무당은 눈을 지그시 감고 곰방대를 만지작거렸다. 두 사람은 한동안 말없이 곰방대를 뻑뻑거렸다. 기수 노인의 얼굴에 한줄기 불안한 빛이 흘렀다. 그걸 의식한 미향은 다시 한번 자신의 굳은 결의를 드러내면서 노인을 위무했다. 잠시 고민하던 기수 노인은 미향의 결의를 확신하면서 자신의 역할을 다하겠다고 말했다. 두 사람은 서로의 눈을 쳐다보며 고개를 끄덕였다. 그 며칠 후, 노인은 마을 원로 회의를 통해 큰무당의 뜻에 따르기로 하고 각 집에서 조금씩 별굿 경비를 추렴하기로 했다. 한편, 예비 심사를 쉽게 통과한 큰무당은 인간문화재 본 심사를 앞두고 백방으로 뛰어다녔다. 이제 큰무당은 강수의 그늘에서 나와 독자적으로 별신굿을 치를 수 있다는 확신을 가지게 되었다.

인간문화재 본 심사일을 한 달 정도 남겨둔 시점이었다. 강수는 만치를 통해 도와주겠다는 기별을 수시로 날렸지만 큰무당은 단호히 거절했다. 그걸 전해 들은 강수는 쓴웃음을 날리며 비아냥거렸다.

"호, 미향 그년이 단단히 돌았구나. 인간문화재? 어디 되나 두고 보자."

"그렇지요, 어르신. 미향 고년을 아작내버릴까요?"

"그래, 그것도 좋겠다."

강수는 입꼬리를 비릿하게 올리며 잔인한 웃음을 지었다. 양 입술에 까불어봤자 무당이라는 심사가 한껏 담겨 있었다. 큰무당과 마을 사람들이 내통하고 있다는 걸 이미 알고 있는 강수였다.

"문화재국 석 과장에게 전화 좀 넣어라. 제까짓 년이 세상 무서운 줄 모르고 있으니, 허허."

"예, 어르신."

"그리고 미향 고년을 혼내는 방법을 한번 생각해 봐라."

"걱정 마십시오. 헤헤."

만치는 히죽혜죽 웃으며 일 층 응접실로 내려가서 수화기를 집어 들었다. 강수는 통유리 넘어 물목을 내려다보며 같잖다는 미소를 지었다.

강수가 흉계를 꾸미는 가운데, 미향은 몇 차례 석 과장에게 연통을 취했지만 웬일인지 늘 출장 중이라는 대답이 돌아왔다. 큰무당은 인간문화재 본심이 다가오는데 담당 과장과 통화가 되지 않자 불안한 기색이 역력했다. 강수의 방해가 시작되었다는 느낌을 지울 수가 없었다. 그래도 미향은 굴하지 않기로 했다. 누가 뭐라 해도 동해안 별신굿 보유자로 조선 천지에 자신만 한 인물은 없었다. 아버지 대부터 이어져 온 동해안 별굿은 반드시 국가무형문화재로 지정되어야 했다. 며칠을 고민하던 큰무당은 석 과장을 만나 담판을 짓기 위해 서울로 갈 결심을 했다.

미향은 여주에게 자신이 인간문화재로 지정될 때까지 연화리 본가로 가 있으라고 당부했다. 음험한 강수가 여주에게 어떤 짓을 할지 몰라 미리 대비한 것이었다. 여주는 큰무당의 뜻에 따라 주령의 집으로 은밀히 들어가게 되었다. 주령은 미향의 여동생으로서 연화리에서 오랫동안 별굿을 주관했던 무녀였다. 그로부터 나흘이 지난 후였다. 미향이 어두운 표정으로 연화리로 내려왔다. 여주는 불안했다. 어딘가 일이 잘 안 풀린 모양이었다.

"그래, 여주야. 그동안 별고 없었지."

안방에 좌정한 큰무당은 다소 어두운 표정으로 여주의 안위를 물었다.

"예, 어머님. 큰일은 없었습니다. 가셨던 일은…"

"음, 뜻대로 잘 안되는구나. 내 오늘은 쉬고 내일은 강수 영감을 만나러 가야겠다. 못된 놈의 인간!"

다음날, 까마귀 몇 마리가 담장에 올라앉아 불길하게 울던 날이었다. 우섭이 바닷속으로 사라진 후, 여주의 심장에 피멍 든 사건들이 조금씩 물러가고 겨우내 심었던 미역들을 수확하는 날이 다가왔다. 아침 일찍 자리에서 일어난 큰무당은 청사포의 용성으로 향했다.

"어이구, 이게 누구신가? 우리 큰무당께서 어쩐 일로?"

강수는 큰무당이 응접실로 들어서자 비아냥거리듯이 툭 내뱉었다. 아랫입술을 잘근거리며 한동안 강수를 쳐다보던 미향은 소파에 앉았다. 강수는 아낙을 시켜 중국 명차를 한 잔 내오게 했다. 잠시 뜨거운 차를 마시던 미향은 작심한 듯 강수에게 물었다.

"어르신, 이럴 수는 없습니다."

"응? 그게 무슨 말인가?"

"석 과장에게 전화를 넣어 제 일을 방해하신 것 말입니다."

"뭐라는 건가? 내가 왜 방해를 해?"

"석 과장이 까다로운 조건을 내걸면서 자꾸 딴지를 걸고 있습니다."

"그래? 그런데 그게 도대체 나와 무슨 상관인가?"

강수는 짐짓 딴청을 피우며 담배만 연속으로 피웠다. 미향은 분노의 눈길로 강수를 쳐다보았으나 이내 그 눈길을 거두었다. 아직은 자신이 힘이 없었다. 인간문화재로 지정만 된다면야 나라에서 인정하는 예술인이니 당당해질 수 있으련만.

"그럼, 제가 어찌하면 진노를 거두시겠습니까?"

"그야 두말하면 잔소리 아닌가? 나에게 주는 것이 있어야 내가 자네 뒤를 봐줄 것 아닌가?"

"그럼 좋습니다. 아직 여주의 몸이 편치 않으니 그 아이가 회복되면 제가 자리를 마련하겠습니다."

"진즉에 그리 나올 것이지. 그럼 내 자네만 믿고 석 과장에게 다시 연통을 넣겠네. 나와의 약조는 잊지 말게."

"예, 어르신. 제 말을 믿으십시오."

미향은 자리에서 일어났다. 용성을 나가면서 큰무당은 결연한 표정으로 집으로 향했다. 며칠 후, 아니나 다를까 석 과장이 연락을 해왔고, 미향은 바로 서울로 올라가서 본 심사에 필요한 서류를 전달했다. 모든 것은 일사천리로 진행되었다. 열흘 후에 본심사가 열리면 인간문화재가 되는 것은 따 놓은 당상이라고 언질을 주었다. 미향은 비로소 안도의 한숨을 쉬게 되었다. 이제 자신이 할 일은 여주를 강수의 손아귀에서 영구히 벗어나게 하는 것이었다.

"여주야, 이제부터 너는 청사포에 갈 생각하지 말거라. 여기 본가에서 나랑 편히 살자꾸나. 내가 인간문화재만 되면 강수 그놈도 어쩌지 못할 것이다."

"하오나 어머님. 강수 영감이 자신을 속인 사실을 알게 되면 어머님께 화가 미칠까 두렵습니다."

"걱정하지 마라. 나는 신령님을 모시는 무당이다. 용왕님께 천벌을 받을 생각이 있다면 나를 해코지하지 못할 것이다."

"예, 어머님. 저는 그저 어머님만 믿습니다."

며칠이 지나 강수는 미향을 불러 언제 여주와의 자리를 마련해 주겠냐고 따지듯 물었다. 큰무당은 아직도 여주의 몸이 성치 않아 어르신을 상대하기 어렵다고 말하면서 얼버무렸다. 그러나 차츰 강수는 미향을 의심하기 시작했다. 여주가 연화리 본가에 가 있는 것을 알게 된 터라 그 의심은 더해만 갔다.

"만치야, 내가 미향에게 속은 것 같아. 괘씸한 년!"

"예, 어르신. 저도 뭔가 이상합니다. 여주 년이 연화리로 간 것 하며 미향 년도 저를 대하는 태도가 예전과 다릅니다."

"고얀 년! 내 이년을 어찌해야 좋을까?"

강수는 들고 있던 찻잔을 냅다 벽으로 집어 던졌다. 와장창 깨지는 소리가 들렸고 그 서슬에 만치는 고개를 자라목처럼 웅크렸다. 숨을 씩씩거리며 화를 참지 못하는 강수. 급기야 자리에서 벌떡 일어나 미향의 욕을 해대기 시작했다. 어느 정도 시간이 흐르자 강수는 약간 화가 누그러졌다. 하지만 얼굴빛은 여전히 붉으락푸르락하며 분노의 기운이 사라지지 않았다. 그 기회를 틈타 만치가 강수에게 은근하게 말했다.

"어르신, 잠시만 노여움을 삭히고 제 말을 들어보십시오. 저한테 혼을 내줄 방법이 있습니다."

그 말을 들은 강수는 만치를 향해 피식 웃으며 스치듯이 물었다.

"네깟 놈한테 뭐 좋은 방도라도 있느냐?"

만치는 대답 대신 강수에게 다가와 귓속말로 속삭였다. 곧이어 강수의 얼굴에 묘한 표정이 나타났다.

"그래, 거 좋은 생각이다. 당장 미향 년에게 달려가서 그리 말하거라."

"예, 어르신. 제깟 년이 감히 어르신을 속이다니요."

만치는 벌떡 일어나서 잽싸게 용성을 나서 미향의 집으로 달려갔다. 그가 큰무당 집에 도착하니 마침 미향이 툇마루에 앉아 있었다. 그는 능글거리는 웃음을 지으며 큰무당에게 다가갔다.

"자네가 예까지 웬일인가?"

큰무당은 찜부럭한 얼굴로 말했다. 이제 일주일이 지나면 모든 것은 끝날 터이다. 미향은 인간문화재로 지정만 된다면 당분간 청사포를 떠날 생각이었다. 그때까지만 자신이 강수를 어르고 달래야 했다. 그의 인간문화재 지정은 심사위원들에게 넘어갔다. 제아무리 강수라지만 대학교수를 비롯한 다수의 문화재 전문위원이 포진한 심사위원단까지 어쩌지는 못할 것이다.

"예, 만신님. 곧 있으면 인간문화재가 될 터이니 미리 감축드립니다. 헤헤. 다른 게 아니라 강수 어르신께서 부모님 제사를 부탁했습니다."

"그게 무슨 말인가? 두 어른의 기일은 아직 멀었는데."

"어제 강수 어르신 꿈에 두 분이 나타나서 서럽게 울더랍니다. 저승에서 무슨 일을 당했는지 모르겠다면서 무사히 잘 계시라는 평안굿을 해 달라십니다."

"평안굿? 그, 그래?"

미향은 어딘가 꺼림칙했지만 부모님의 제사를 치러달라는 것을 무작정 거절할 수는 없었다. 그 제사를 지내는데 무슨 일이 있으랴 싶었다. 평안굿을 지내려면 골매기 서낭당이 아닌 해마루 언덕의 제당에서 지내야 했다. 청사포 전경이 훤히 내려다보이는 곳에 위치한 그 제당은 커다란 소나무로 둘러싸여 있고 인적이 드문 곳이었다.

"알았네. 내 바로 굿을 준비하겠네. 날짜는 가만 보자, 언제가 좋을까?"

미향은 쌀알을 상 위에 뿌려 길일을 골라보았다.

"음력 삼월 보름이라. 그러면 삼 일 후에 함세.

"예, 만신님. 어르신께 그리 전하겠습니다."

"하모. 내 연화리에 기별하여 화랑이들도 부르겠네. 자네는 제당 청소나 좀 해주게."

"예이, 그리해야지요. 헤헤."

그다음 날, 만치는 변 씨와 이 씨를 데리고 언덕 위 제당으로 올라갔다. 그들은 손에 빗자루와 삽, 낫, 톱을 들고 제당 주변을 청소하기도 하고 잡초들을 베어내기도 했다. 그때 만치는 주변을 두리번거리더니 제당 주변에 있는 커다란 소나무를 변 씨와 이 씨에게 가리켰다. 두 사람은 눈을 번득이며 소나무 밑동을 톱질하기 시작했다. 나무가 쓰러지면 제당 앞의 제사상을 덮치는 자리였다. 어느 정도 둥치를 자른 두 사람은 망을 보고 있는 만치를 향해 씨익 웃음을 던졌다. 그의 얼굴에 사악한 미소가 흘러넘쳤다.

한편, 연화리에 있던 여주는 동료 무당 주희를 통해 미향의 평안굿 소식을 들으며 불안감을 감출 수 없었다. 사악한 강수가 무슨 음모를 꾸미는 것만 같았다. 그녀는 큰무당에게 아무런 일이 없기를 바라며 신칼을 손에 잡고 최영 장군에게 오래도록 치성을 드렸다.

> 여흔아 여흔아 이월 신강 씨 임술생
> 우리 아버지 이 굿 받고 좋은데 좋은데
> 극락세계 가시고 나무서방정토극락세계
> 불신장엄상호부정 금세광명변조법계
> 나무 서방정토 극락세계 다시 뒤돌아보지 말고~

미향은 푸른 쾌자에 푸른 고깔을 쓰고 오른손에는 부채를, 왼손에는 대나무 신대를 들고 무가를 불렀다. 화랑이들의 푸너리가 차츰 고조되는 가운데, 무가를 끝낸 큰무당은 제당 앞을 뛰어다니며 춤을 추었다. 그걸 멀찍이서 바라보던 강수는 엄혹한 표정을 짓고 있었다. 그는 고개를 돌려 만치를 찾아보았다. 놈이 멀리서 비위를 맞추듯이 실실 웃음을 띠었다. 강수는 양 입술을 비죽이며 고개를 끄덕였고 만치는 주변에 선 변 씨와 이 씨에게 손짓했다.

큰무당의 춤이 절정에 이를 때쯤 커다란 소나무 밑둥치로 다가간 두 사람은 나무에 비스듬히 몸을 기댔고 그 압박에 소나무가 서서히 제당 쪽으로 쓰러져 갔다. 곧이어 우당탕하면서 천지를 가르는 듯한 굉음이 울렸고 소나무는 큰무당이 춤을 추고 있는 제당을 덮쳤다. 화랑이들이 놀라 자리에서 일어설 찰나, 그들은 쓰러진 소나무가 큰무당의 하반신을 짓누르고 있는 것을 보게 되었다. 놀란 그들은 힘을 다해 소나무를 치웠고 급히 큰무당을 둘러업고 제당을 빠져나갔다.

어수선한 소동이 끝나갈 즈음, 만치 일행이 다시 나타나서 제당 주변 풀밭에 불을 질렀다. 화르르 불꽃이 일더니 순식간에 제당 주변이 화염에 휩싸였다. 그들이 자른 소나무를 비롯한 몇 그루의 나무에서 불이 타오르자 만치는 소방서에 연락했다. 수 시간 후, 제당 주변은 온통 까맣게 타버렸고 그들이 자른 소나무도 흔적 없이 사라졌다.

기별을 받고 달려온 여주와 미향의 형제들은 수술실 앞에서 서로의 손을 맞잡고 신령님께 기도를 올렸다. 곧이어 나온 젊은 의사는 침통한 표정으로 미향의 죽음을 알렸다. 그 말을 들은 여주는 바로 혼절하고 말았다. 한참 후에 병실에서 깨어난 여주는 하염없이 흐느끼는 수밖에 없었다.

2

큰무당이 불귀의 객이 되자 강수는 이제 방해꾼이 없다고 생각하고 여주를 취할 욕심을 노골적으로 드러냈다. 그는 연화리에 만치를 보내 몇 번이나 청사포에 오라고 협박했다. 하지만 그녀는 한사코 가길 거부했다. 큰무당의 동생 주령도 심지를 독하게 먹고 절대로 청사포로 가지 말라고 여주에게 당부했다. 언니의 억울한 죽음은 분명 강수 짓이라고 확신한 주령이었다. 그건 여주도 마찬가지였다. 여주가 요지부동으로 움직이질 않자 강수는 비열하게도 청사포 사람들을 괴롭히기 시작했다. 소출을 오 대 오에서 육 대 사로 올렸고 개인적으로 잡은 물고기도 몽땅 소출 비율대로 거두겠다고 협박했던 것이다.

그 모든 강수의 협박이 여주를 향한 음심에서 비롯된 것임을 알고 있는 어민들이었지만 누구 하나 연화리에 갈 용기는 없었다. 결국 참다 못한 마을 아낙네들이 여주를 찾아가기로 했다. 수자 해녀는 길길이 날뛰며 아낙네들을 욕하고 가는 길을 막아섰지만 네가 우리를 먹여 살릴 거냐는 말에 그만 할 말을 잊고 말았다.

"여주야, 제발 우리들을 좀 살려다오."

"강수의 횡포가 날이 갈수록 심해져서 도저히 살 수가 없어."

"눈 딱 감고 한 번만 강수의 요구를 들어주면 안 되겠니?"

질례댁과 청사댁, 구덕댁은 여주에게 너무 미안한 마음이었지만 자식들을 건사하기 위해 어쩔 수 없이 여주를 찾아와 눈물로 하소연했다. 기수 노인을 비롯한 마을 남정네들은 그저 비통한 마음으로 하루하루를 살아야 했다. 여주의 부모가 어떻게 죽었는지 잘 알고 있는 그들은 어찌 사람된 입장에서 그런 부탁을 할 수 있느냐고, 그건 짐승이나 하는 짓이라고 손사래를 쳤지만, 아낙네들의 성화에 어쩔 수 없이 모른 척해야 했다.

청사포 아낙들의 하소연을 접한 여주는 그저 입을 다문 채 아무말을 하지 못했다. 인간으로서 도저히 할 수 없는 짓을 저지르는 강수에 대한 분노로 온몸이 떨려왔지만 그를 징치할 수 있는 힘이 없다는 사실이 그녀의 심장을 난도질했다.

'어떻게 할 것인가. 이제 내 편이 되어주는 사람은 그 어디에도 없다. 주령 만신은 연화리 사람이지 청사포 사람이 아니다. 내 고향 사람들이 저리도 고통을 받고 있는데 내가 무작정 외면하는 것이

과연 옳은 일인가? 도대체 신령님은 왜 나에게 이런 고통을 안겨주시는지.'

여주는 몇 날 며칠을 눈물로 지새우며 피골이 상접해 갔다. 그걸 지켜보는 주령의 마음도 갈기갈기 찢어졌다. 큰언니가 가고 없는 지금, 여주를 보호해 줄 수 있는 힘이 자신에겐 없었다.

결국, 여주는 자신을 데리고 갈 때까지 연화리를 떠나지 않겠다는 질례댁과 청사댁의 읍소에 못 이겨 청사포로 오고야 말았다. 여주가 집에 돌아오자 강수는 만치를 시켜 밤새도록 여주의 집을 감시하기 시작했다. 그녀는 근 열흘 동안 하루 종일 툇마루에 앉아 마당만 바라보았다. 마당 가녘의 왕벚나무에서 나뭇잎이 떨어지는 날들이 계속되었지만, 여주는 툇마루에서 석상처럼 앉아만 있었다.

만치는 아낙들을 협박해서 여주를 빨리 용성으로 들이라고 성화였다. 질례댁과 청사댁이 다시 찾아와서 눈물로 그녀에게 매달렸다. 제발 한 번만 살려달라고. 그들의 얼굴에는 말할 수 없는 비루함과 미안함이 묻어 있었다. 여주는 두 사람의 얼굴을 물끄러미 바라보다가 서서히 몸을 일으켜 고운 한복으로 갈아입었다. 두 아낙은 굵은 눈물을 펑펑 흘리며 은혜를 잊지 않겠다고 머리를 조아렸다. 만치는 아낙들을 시켜 여주를 곱게 화장시킨 후, 강수가 기다리는 용성으로 여주를 데려갔다. 그녀의 뒷모습을 보며 아낙들은 자신들이 죄인이라고 머리를 쥐어뜯었다..

여주가 용성에 도착하자 만치는 그녀를 용성 삼층의 은밀한 방 안으로 데려갔다. 강수는 만면에 웃음을 띤 채 산해진미가 차려진 술상 앞에서 여주를 기다리고 있었다. 잠시 망설이던 여주는 만치의 채근에 조용히 앉았고 만치는 비릿하게 웃으며 밖으로 나갔다. 그녀는 옥색 저고리에 하늘색 치마를 입었고, 강수가 내미는 잔에 술을 따라주었다.

"어 거참, 술맛 참 좋다. 애야, 술 한 잔 도고."

여주가 다시 술을 따라주자 강수는 그 손을 잡고 주무르기 시작했다. 강수의 손은 이제 여주의 젖가슴으로 올라갔다. 벌레가 몸속으로 기어들어 오는 환상에 여주는 일순 몸을 부르르 떨었지만 어쩔 수 없었다. 이제 다 된 밥이라는 자신감이 강수의 얼굴에 가득했다. 고개를 든 여주는 한숨을 푹 쉬더니 살짝 미소를 지었다. 모든 것을 체념한 듯한 모습이었다.

"거참, 보면 볼수록 곱구나."

"제가 그리도 곱습니까?"

"하모 하모. 너처럼 고운 애가 또 어디 있겠노?"

"어르신이 그리도 원한다면 이 또한 신령님 뜻이라고 생각하겠나이다."

그녀는 고요히 일어나서 저고리를 풀었다. 그녀의 수밀도 같은 유방이 드러나자 강수가 여주 곁으로 다가갔다. 치마까지 벗은 여주가 자리에 앉자 그는 여주를 넘기며 그 위로 올라갔다. 급히 손을 놀려 여주의 속곳을 벗긴 강수는 다짜고짜 여주의 몸속으로 들어갔다. 이윽고 여주의 고통스러운 신음이 방 안에 가득했다. 강수는 여주의 몸 위에서 헉헉거렸고, 그녀의 눈에서는 쉴 새 없이 눈물이 흘렀다.

그 후 강수는 수시로 여주의 몸을 농락했다. 언제 어디서나 자신이 욕망을 느끼면 여주를 불러냈다. 용성 삼층에서, 큰무당의 집 안방에서, 오산마을 본가 안방에서도 여주를 농락했다. 그의 육봉이 자신의 아랫도리를 파고들 때마다 여주의 귓가에는 엄마의 목소리가 들렸다.

"여주야, 저 다릿돌은 푸른 뱀의 현신이야."

강수가 자신의 몸속에 욕정의 찌꺼기들을 배설할 때, 여주는 한이 뭉치고 뭉친 푸른 뱀이 나타나는 환상을 보았다. 손톱으로 강수의 등을 긁으면서 여주는 피눈물을 삼켰다.

3

해운대 해수욕장 인근에 있는 시장에 여주가 주희와 함께 별굿을 지내기 위한 제수용품을 사러 나왔다. 큰무당도 없는 지금 삼 년에 한 번씩 돌아오는 청사포의 별굿을 주관하는 것은 이제 여주의 몫이 되었다. 강수의 성 노리개로 살아야 하는 현실이 너무 비참하고 우울했지만 그래도 굿을 주관하는 무녀로서의 본분을 잊을 수는 없었다.

강수는 예전 큰무당과 약속한 대로 별굿에 대한 모든 경비를 부담했다. 해운 삼포 최고의 거부인 그에게 별굿 경비는 소소한 것에 불과했다. 그의 입장에서는 여주가 별굿을 주관하는 것은 청사포 어민을 다스리기 위한 효과적인 장치였다. 큰무당의 후계자라는 상징성도 있었고 풍어를 위한 굿을 후원함으로써 어민들을 달래는 역할도 있었기 때문이었다. 이제 여주는 강수의 애첩임을 모든 사람이 공공연히 인정하는 분위기였다. 마을 아낙 중에서는 여주를 마님이라고 부르며 아부를 떠는 치도 있었다. 과정이야 어찌 되었든 여주는 청사포를 다스리는 강수의 첩이자 별신굿을 주관하는 무당이었던 것이다.

여주는 늘 냉정한 표정을 지을 뿐 사람들의 그런 대접에 대해 그 어떤 대꾸도 하지 않았다. 마을 사람들과 왕래도 없었고 아낙들이 집에 찾아와서 너스레를 떨어도 고개 하나 끄떡이지 않고 그네들의 눈을 바라만 보았다. 아낙들은 그 눈빛을 차츰 두려워하면서 여주의 집에 발길을 끊었다. 남정네들은 그녀에게 죄를 지었다는 자괴감 때문에 감히 여주의 얼굴을 보지 못했다. 기수 노인은 먼발치에서 여주를 볼 때마다 마치 죄인처럼 고개를 푹 떨구었다. 술이라도 들어가면 우섭과 여주의 이름을 목 놓아 부르며 미안하다는 말만 되풀이했다. 그걸 듣는 추영이나 한수 등 남정네들도 그저 망연자실한 표정만을 지을 뿐이었다.

차츰 여주는 마을 사람들에게 두려움의 대상이 되었다. 자신들이 살기 위해 여주를 희생시킨 것에 대한 미안함이 두려움으로 발전된 것이다. 누군가는 무녀인 여주의 마음속에 도사린 깊은 원한이 청사포를 망하게 할 거라며 겁을 먹기도 했다. 가끔 여주는 망부송 앞에 서서 하염없이 바다를 바라보았다. 그녀를 본 마을 사람들은 그 곁에 얼씬도 하지 않았다. 깊은 바닷속에서 올라온 냉기가 그녀에게서 흘러나오기 때문이었다.

이런 여주에게 유일한 말벗이 있다면 그건 주희였다. 중학을 졸업하고 큰무당 제자로 들어와 새끼무당 수업을 받았던 주희는 이제 어엿한 스무 살의 여인으로 성장했다. 처지가 비슷한 두 사람이었다. 십 대 시절에 부모를 모두 잃은 공통점이 있었고 큰무당이 직접 고른 제자들인 점도 같았다. 또한 주희의 미모도 여주에 뒤지지 않을 정도로 뛰어났다. 여주는 한편으로 두려웠다. 강수의 마수가 언제 주희에게 미칠지 모르기 때문이었다. 주희만은 절대로 자신이 겪은 아픔을 받지 말아야 했다.

두 사람은 정육점에 가서 돼지 한 마리를 통째로 주문했고 생선가게에 들러서는 조기와 민어를 샀다. 또한 과일가게로 가서 싱싱한 과일을 여러 종류 골랐다. 모든 제물(祭物)을 마련한 두 사람은 간단히 요기라도 할 요량으로 국숫집을 찾아보았다. 두 사람이 두리번거리던 중에 애숙이 여주의 뒤를 따라가고 있었다. 애숙은 정육점 이층의 상가 번영회에 커피를 배달하고 일 층으로 내려가던 중에 여주를 발견했던 것이다. 두 사람이 막 국숫집으로 들어가려는 찰나, 애숙은 여주의 이름을 불렀다.

"여주야!"

여주는 움찔 놀라 뒤를 돌아보며 놀란 표정을 지었다.

"반가워, 여주야."

"정말 오랜만이야, 애숙아. 여긴 어쩐 일로?"

"배달하러 왔지. 잘 있었어?"

"그, 그래…"

여주는 말끝을 흐렸다. 애숙에게 잘 있었냐는 말을 들으니 괜한 자괴감이 들었다.

"이럴 게 아니라 우리 오랜만에 만났으니 회포라도 풀자."
"근데 나는 일행이 있는데…"
"어라, 새끼무당이 있었네. 청사포에서 몇 번 봤는데."

주희는 살짝 고개를 숙이며 애숙에게 인사했다. 애숙은 껌을 짝짝 씹으며 요년 봐라 하는 표정으로 주희의 아래위를 훑어보았다. 순간 기분이 나빠진 주희였지만 여주의 친구라 내색은 하지 않았다. 두 분이서 말씀 나누라는 말을 남기고 주희는 총총히 발걸음을 옮겼다.

애숙은 근처 선술집으로 여주를 데려갔다. 머뭇거리던 여주는 이내 그 뒤를 따라 술집으로 들어갔다. 낡고 허름한 술집 안에 들어가니 작은 테이블 서너 개가 있었다. 한쪽 구석에는 얼굴이 불콰한 두 사내가 소주를 먹고 있었다. 사내 한 명이 요란한 차림의 애숙을 짓궂은 시선으로 쳐다보았다. 애숙은 구석진 곳의 테이블로 여주를 데려가서 소주와 안주를 시켰다.

"얘, 대낮부터 무슨 술이니?"
"원래 술은 낮술이 최고야."

주모가 술을 가져오자 애숙은 단숨에 한 잔 마시고는 여주에게 술을 따라주었다. 손사래를 치며 여주가 만류했지만 막무가내였다.

"언제 이곳으로 왔니? 동철 씨랑 멀리 도망갔다는 이야기를 들었는데."
"에헤, 그 새끼 이야기 꺼내지도 마라. 그 개놈의 새끼!"
"왜 무슨 일 있었니?"
"그 새끼가 내 돈 들고 튀었잖아?"

"에, 그런 일이 있었어? 정말 못된 인간이구나."

애숙은 갑자기 열이 뻗쳤는지 연거푸 두 잔을 마셨다. 어느새 얼굴에 불콰한 기운이 감돈 애숙은 여주를 빤히 바라보았다. 여주는 그 눈길이 부담스러워 고개를 옆으로 돌렸다.

"하여간 여주가 니도 팔자가 참 박복하다. 누구 때문에 아버지가 죽었는지도 모르고."

"그, 그게 무슨 말이야? 우리 아버지가 왜?"

애숙의 말에 여주는 놀란 표정을 지으며 다음 말을 기다렸다. 두 사람은 잠시 침묵을 지켰다. 애숙이 다시 한 잔 먹자 급기야 여주도 잔에 손을 갖다 댔다. 그녀의 두 손이 가볍게 떨렸다. 한숨을 쉬며 애숙은 천천히 말문을 열었다.

"여주야, 니 아버지는 말이야, 사고로 돌아가신 게 아니야."

"도대체 무슨 말인데, 빨리 말해줘!"

"니 아버지가 바다로 들어간 것은 다 강수와 만치 때문이야."

여주의 눈동자가 점점 커졌다. 애숙은 다시 소주 한 잔을 들이키며 말했다.

"원래 니 아버지는 바다로 들어갈 생각이 없었다고."

여주는 애숙의 말에 다시 멍한 표정이 되었다.

"생각이 없으셨다고?"

"그래. 내 두 귀로 똑똑히 들었어. 골목길에서 만치가 니 아버지 닦달하는 것을. 그때 나는 막 변소로 가려고 하던 참에 담장 너머 들리는 이상한 소리를 들었거든."

숨을 거칠게 쉬는 여주는 차츰 커다란 충격을 받은 표정이 되어

갔다.

"만치가 강수 지시로 네 아버지가 바다로 들어가게 협박한 거야. 창천호를 못 타게 한다면서."

"그, 그게 사실이야?"

"그렇다니까. 니가 너무 불쌍해서 말해주는 거라고."

그 말에 다시 큰 충격을 받은 여주는 얼굴이 붉어지며 숨을 거칠게 몰아쉬었다. 잠시 후, 그녀의 눈동자에서 눈물이 흘러내렸다. 애처롭다는 표정으로 한동안 여주를 쳐다보던 애숙은 소주를 몇 잔 더 마신 후, 휑하니 술집을 나가버렸다. 애숙이 가고 난 다음에도 여주는 여전히 자리에 앉아 있었다. 그녀의 두 손이 심하게 떨렸다.

애숙과 헤어진 그녀는 오후 늦게 청사포로 돌아왔다. 여주는 곧바로 집으로 들어가지 못하고 황망한 마음으로 바닷가를 돌아다녔다. 아버지가 사라졌던 죽음의 바다를 서성거리는 그녀의 얼굴에 검붉은빛이 감돌았다. 손공장군비에 이른 여주는 흑요석을 닮은 비석을 어루만졌다. 그녀의 눈동자에 우섭의 얼굴이 검은 돌과 겹치면서 나타났다. 비석을 지날 때마다 우섭은 항상 그걸 손으로 어루만졌다. 왜 만지느냐고 물어보면 자신의 처지가 바로 손공장군과 같다고 했다.

비석을 지나친 여주는 언덕 위 철길로 올라가서 눈 앞에 펼쳐진 바다를 내려다보았다. 절벽 끝에 선 그녀의 눈에 수평선 위로 적요하게 떠 있는 연두색 띠가 보였다. 여주의 얼굴에 노랗고 붉은빛이 맺혔다. 그녀는 눈을 감았다. 수많은 얼굴과 수많은 일이 스쳐 지나갔다. 폭풍우 속에 뛰어 들어가 배를 건지려고 애쓰던 아버지, 바다로 들어가던 엄마의 뒷모습, 모질게 우섭을 매질하던 만치와 강수, 배를 타고 멀리 사라진 우섭의 얼굴, 그리고 자신을 겁탈하는 강수의 탐욕스러운 눈동자.

'왜 아버지가 그 죽음의 바다에 들어갔는지 비로소 의문이 풀렸어. 아버지는 결코 그 바다로 뛰어 들어갈 이유가 없었어. 아버지로 하여금 그 죽음의 바다로 들어가게 만든 것이 무엇인지, 엄마마저 죽게 만든 것이 무엇인지 이제 알겠어. 가증스러운 것들. 이 모든 것을 알고 있으면서도 나를 농락했어. 나에게서 모든 것을 빼앗아 갔어.'

여주는 고요히 눈을 떴다. 눈에 핏발이 맺혀 있고 분노가 이글거렸다. 멀리 다섯 개의 암초가 푸른 뱀으로 변하기 시작했다. 품속에서 작은 신칼을 꺼내는 여주. 칼을 꽉 움켜쥔 그녀의 손이 파르르 떨렸다. 붉은 피가 여주의 손에서 뚝뚝 떨어졌다. 순간, 바다에서 푸른 뱀이 여주에게 달려왔다. 여주는 그를 향해 두 팔을 넓게 벌렸다. 뱀은 그녀의 가슴속으로 왈칵 들어왔다. 푸른 뱀을 가슴에 품고 여주는 쓰러진 채 오래도록 흐느꼈다. 그녀가 쥔 신칼에 붉은 놀이 희미하게 스며들었다.

4

오랜만에 청사포에서 별신굿 중의 하나인 망자 진혼굿이 열리게 되었다. 삼 년에 한 번 치르는 별신굿과 별개로 뱃일하다가 숨지거나 행방불명된 사람들을 위로하는 굿이 열린 것이다. 연둣빛으로 곱게 물든 청사포의 사월은 소박하면서도 단아했다. 위령굿은 망부송이 아닌 어선들이 정박하는 물목 앞에 푸른 차일을 설치하면서 시작되었다. 그 차일 안에 굿당이 차려졌고 요란한 굿거리장단이 울려 퍼졌다. 장단이 차츰 고조되면서 빨라지자 붉은 쾌자를 걸친 여주가 신들린 듯 무가를 불렀다.

그녀는 오른손으로 커다란 월도를 잡고 있었다. 동네 아낙들은 굿당을 향해 무릎을 꿇고 연신 손바닥을 비벼댔다. 징과 꽹과리 소리가 더욱 커지면서 분위기가 달아올랐다. 푸른 고깔을 쓴 여주가 혼을 부르는 방울을 흔들며 어선이 묶여 있는 바닷가로 걸어갔다. 사람들이 모두 그 뒤를 따라갔다. 그녀는 바닷물 위에서 출렁거리는 배들을 향해 다시 무가를 불렀다.

넋이야, 넋이야 있고 말고~
오매불망 창창한 하늘, 붉은 바다에 떠도는 넋이여~
이 내 제물 받아 들고 편안히 쉬소서~

여주가 방울을 흔들며 무가를 부르자 위패를 든 유족들이 어선을 바라보며 음울한 표정을 지었다. 화랑이들의 푸너리가 빨라지자 여주의 무가도 빨라졌다. 유족들은 양푼에 담긴 제물들을 바다로 던졌다.

여보시오 용왕님. 가련 타 불쌍타 이 내 영혼 건져주소~

이 술 한 잔 받으시고, 사해용왕님아 애잔한 영혼 돌려주소~

　방울을 요란스레 흔들던 여주는 탁주를 바다로 뿌렸다. 곧이어 어선 위에 올라간 여주는 이 배 저 배를 뛰어다니며 방울과 칠성선을 흔들었다. 어쩌면 이 굿은 아버지와 엄마, 우섭과 큰무당의 혼을 부르는 그녀 자신의 굿인지도 몰랐다. 죽음의 바다에 맺힌 한을 풀어주는 굿이라고 해도 좋았다. 그녀의 깊고 푸른 눈동자에는 검은 바다의 빛이 처연히 걸려 있었다.
　주희가 발이 묶인 생닭을 여주에게 가져왔다. 그걸 받아 든 여주는 잠시 하늘로 닭을 올리더니 바다에 풍덩 집어 던졌다. 생닭은 물 위에서 제자리걸음으로 빙빙 돌았다.

　　용왕님, 사해용왕님~ 내 명에 죽었는지, 남의 명에 죽었는지
　　이 불쌍한 중생 혼을 육지로 보내주소서~

　바다로 가서 둥둥 떠 있는 닭을 주희가 건져 올렸다. 닭은 죽었는지 살았는지 꼼짝도 하지 않았다. 그녀는 닭을 여주에게 건네주었다.
　"아이고메, 준식이 아부지~"
　한 아낙네가 땅바닥에 주저앉아 통곡하자 몇 명의 아낙들도 따라 울었다. 여주는 그 닭을 품에 안은 채 천천히 북쪽 해안가로 걸어갔다. 그녀를 따라 주희와 동네 사람들도 걸어갔다.
　양중 하나가 태평소를 힘차게 불었다. 그 소리를 시작으로 푸너

리장단이 낮게 시작하다가 차츰 크게 울렸다. 일행들은 북쪽 해안 길을 지나 언덕으로 올라갔다. 비탈길을 오르니 뜨거운 햇살을 받는 녹슨 철길이 보였고 절벽 아래로 만경창파 푸른 물이 넘실댔다. 철길 오른쪽에는 작은 공터가 있었는데 그곳에는 큰 구덩이가 하나 파여 있었다. 그 앞에는 제사상이 차려져 있었다. 여주 일행이 구덩이 근처로 몰려갔다.

　　용왕님네, 이 내 넋이 육지로 올라왔으니
　　이제 내 넋을 받아 주시오.

여주가 무가를 부르며 구덩이로 다가갔다. 그녀는 닭을 품에 안고 구덩이 주변을 빙빙 돌았다. 푸너리장단이 빨라지면서 분위기가 고조되었다. 무아지경의 춤을 추다가 닭을 구덩이에 집어넣는 여주. 닭은 곧 바다에 빠져 죽은 영혼들이었다. 바야흐로 바다에서 죽은 넋을 지상에 곱게 매장하는 의식이었던 것이다.

　　마오 마오 그리 마오. 이 내 넋이 육지로 올라왔으니~
　　이제 흙을 다져 이 내 넋이 편안히 잠들도록 해주오~

그녀가 무가를 부르는 동안 어느새 구덩이가 흙으로 메워졌고 마을 사람들과 유족들이 그 위를 발로 꼭꼭 다지기 시작했다. 다시 태평소의 유장한 음색이 흘러왔다. 그 소리는 영과 혼을 부르는 소리였다. 유족들이 흙을 밟는 동안, 여주가 월도와 삼지창을 허공에 휘저으며 구덩이 주변을 빙빙 돌았다. 입술을 깨물며 어딘가 결연한 표정을 짓는 것이 심상치 않았다. 화랑이들의 반주가 빨라지면서 분위기는 최고조에 달했다.

사람들은 이제 여주의 마무리 춤을 보고 있었다. 강수는 여주의 춤을 보며 음탕한 시선을 감추지 않았다. 여주가 몸을 움직일 때마다 치맛자락이 날리면서 속치마가 슬쩍슬쩍 드러났다. 덩달아 저고리가 들썩이면서 여주의 풍만한 젖가슴도 출렁거렸다.

강수는 신성한 제사 의식에서도 여주의 벌거벗은 몸매를 상상하며 음험한 마음에 사로잡혔다. 그걸 눈치챈 만치도 여주의 날씬한 몸매를 보며 괜히 사타구니로 손을 가져갔다. 여주는 춤을 마친 후, 진중한 표정으로 말했다.

"망자들이 바다를 떠돌다가 땅으로 올라왔습니다. 구천을 헤매던 혼백들이 비로소 안정을 찾은 거지요. 이제 원혼들은 진혼이 되어 하늘로 가야 합니다."

그녀가 손짓하자 주희가 오색 종이로 치장된 용선을 들고 왔다. 그 배를 건네받은 여주는 무가를 부르며 배에 무언가를 싣는 듯한 동작을 되풀이했다.

"지금 이 배에 망자들의 진혼을 담았습니다. 이제 이 배를 이승의 강을 건너 저승으로 보내는 망자 이별굿을 하겠습니다."

다시 여주가 손짓하자 주희와 다른 무당들이 강을 상징하는 하얀 삼베를 양쪽에서 길게 늘어뜨렸다. 여주는 왼손에 용선을, 오른손에는 월도를 들고 삼베 앞에 섰다. 화랑이들의 굿거리장단과 태평소 소리가 은은하게 퍼지는 가운데 여주는 삼베를 두 쪽으로 찢으면서 앞으로 천천히 나아갔다. 때론 몸을 빙빙 돌리기도 하고 주저앉기도 하면서 여주는 앞으로 나아갔다. 처연한 분위기가 흐르는 가운데 유족들이 눈물을 흘리며 흐느꼈다.

삼베를 거의 다 찢고 끄트머리에 도착한 여주 주변에 사람들이 모여들었다. 그중에는 강수와 만치도 끼어 있었다. 마침내 여주가 삼베를 완전히 찢고 밖으로 나왔다. 굿거리장단과 태평소 소리가 절정을 이루었고 태양은 서쪽으로 천천히 넘어갔다. 파도 소리가 거칠게 들려왔다.

뭇사람들이 숨을 죽이고 있는 가운데, 여주는 절벽 끝으로 다가갔다. 그녀는 바다에 떠 있는 다릿돌을 지그시 응시했다. 어딘가 팽팽한 긴장감이 흘렀다. 녹슨 철길 위에 태양 빛이 붉게 맺혀 있었다. 무슨 일이 벌어질 것만 같은 분위기에 강수와 만치도 마른침을 삼키며 여주의 뒷모습을 쳐다보았다.

갑자기 여주가 커다란 월도(月刀)를 허공에 휘저으며 미친 듯이 몸을 흔들었다. 그 서슬에 놀란 화랑이들이 자신들도 모르게 징을 쳤고 북을 울렸으며 길게 태평소를 불었다. 그 소리에 응답하듯 다릿돌 위에 붉은 기운이 감도는가 싶더니 석우돌과 상좌가 서서히 고개를 쳐들었다. 곧이어 뒤의 넙떡돌이 위로 솟구쳤고 뒤에 있는 거무섬과 안돌도 물 위로 올라왔다.

놀라운 광경이었다. 태평소 소리에 맞춰 다릿돌 다섯 개가 한 몸뚱이가 되는가 싶더니 이내 장려한 동물의 모습으로 순식간에 변모했다. 그건 인도의 풍기 소리에 맞춰 춤추는 코브라를 연상케 했다. 이윽고 물속으로 거대한 생물의 그림자가 어른거렸다. 그것은 몸을 비틀면서 이리저리 물속을 돌아다녔고 사람들은 신비로운 광경에 그저 입을 다물지 못했다. 곧이어 물 위가 부글부글 끓어오르는가 싶더니 한 마리 거대한 푸른 뱀이 물 위로 솟구쳐 올랐다.

"어어, 저, 저게 뭐야?"

"세상에! 저거 뱀 아녜요?"

"용 아녀? 전설에 나오는 푸른 용."

"뱀이에요, 뱀! 푸른 뱀이라고요."

사람들이 놀람과 두려움 속에 웅성거리며 한마디씩 하는 중에 푸른 뱀이 파도를 타고 넘었다. 뱀의 외피를 둘러싼 푸른색 비늘들이 저마다 꿈틀거렸다. 이제 뱀은 그 거대한 몸을 돌려 사람들이 모여 있는 절벽을 향해 물 위를 가르며 다가오더니 이내 물속으로 사라졌다. 모든 이들은 한바탕 꿈을 꾸고 있는 듯한 착각에 휩싸였다. 지금 벌어지는 풍경은 도무지 말로 설명할 수 없는 일이었다. 무엇보다 놀란 사람은 강수였다. 그는 공포감에 휩싸여 뒷걸음질 치고 있었다.

더 기이한 것은 여주의 행동이었다. 그녀는 월도를 손에 든 채 몸을 뒤로 돌려 사람들을 노려보았다. 여주의 눈동자에서 새파란 불꽃이 일어났다. 그 모습을 본 아낙네들은 모두 바닥에 주저앉아 몸을 벌벌 떨었다. 그때였다. 여주가 커다란 월도를 휘두르는가 싶더니 이내 만치의 목을 확 찔렀다. 이미 그녀의 모습은 예전의 아름답던 여주가 아니었다. 독기가 가득 서린 여인의 형상이었다. 그녀의 두 눈동자에 파란 불꽃이 일렁거렸다. 순식간에 목을 찔린 만치는 비명 한마디 지르지 못하고 입을 크게 벌렸다. 여주가 차가운 표정으로 월도를 뽑자 만치의 목에서 붉은 피가 콸콸 쏟아졌다. 갑작스레 벌어진 광경에 사람들이 경악하는 표정을 지었고 파도 소리는 더 세게 들려왔다.

사람들의 어안이 벙벙한 가운데 만치가 서서히 앞으로 고꾸라졌다. 강수는 공포에 질린 표정을 지었다. 순간, 월도를 버리고 품에서 신칼을 꺼낸 여주가 그의 목에 그걸 들이댔다. 마치 독사 앞에 놓인 짐승처럼 강수는 그녀의 서슬에 놀라 꼼짝도 하지 못했다. 여주의 몸에서 흘러나온 기운은 너무나 엄혹했다.

사람들은 눈앞의 순식간에 벌어진 상황에 누구 하나 숨도 쉬지 못했다. 그들은 올 것이 왔다는 표정이었다. 그토록 아름답고 순박했던 여주를 저리 무섭게 만든 것이 무엇인지 모두 알고 있었다. 그녀에게 청사포로 돌아와 달라고 애걸복걸하던 아낙네들은 바닥에 털썩 주저앉은 채 벌벌 떨기 시작했다.

겁에 질린 강수가 사람들을 보며 애원했지만, 누구 하나 나서는 이가 없었다. 눈동자를 이리저리 굴리던 그가 일순 몸을 돌리려 하자 여주는 신칼을 그의 목에 깊숙이 박아버렸다. 강수의 목에서 선홍색 피가 후드득 떨어지더니 서서히 앞으로 고꾸라졌다. 여주는 쓰러지는 강수를 쳐다보며 주춤주춤 뒤로 물러났다. 절벽 끝에 도착한 여주는 몸을 돌려 한동안 바다를 응시하더니 바로 절벽으로 몸을 날렸다. 바다로 떨어지는 그녀의 눈에서 투명한 눈물이 흘러내렸다. 그 무서운 광경에도 불구하고 화랑이들은 빠른 곡조를 연주했고 태평소를 길게 울렸다. 주희와 다른 세 명의 새끼무당들 또한 방울과 칠성선을 흔들며 무아지경의 춤에 빠져들었다.

그때 마을 사람들은 보았다. 화랑이들의 연주와 새끼무당들의 춤사위가 강렬하게 돌아가는 가운데, 절벽 아래 물속에서 거대한 푸른 뱀이 물 위로 솟구쳤고 그 뱀의 등에 여주가 타고 있는 것을. 푸른 뱀은 그녀를 태운 채 코발트블루의 바다 위를 힘차게 헤쳐갔다. 장엄하면서도 너무나 무서운 광경에 사람들은 모두 몸을 떨었다. 그건 꿈처럼 한순간에 벌어진 일이었다.

7장

에필로그

보발롱 비치를 떠나 바다를 항해하던 카오의 배는 북쪽으로 향했다. 큐리어스 섬은 마에섬의 북쪽에 있었다. 인도양의 바람을 받아 그의 배는 물살을 가르며 빠르게 북상했다. 이제 배는 마에섬의 북쪽 해안을 돌아 프랄린 섬으로 항진했다. 헬리오스의 태양 마차는 서쪽 바다로 서서히 가라앉고 있었다. 노랗고 붉은 놀이 나타났고 카오의 얼굴에도 연붉은 색감이 진진하게 피어올랐다. 열대어들이 하루를 마친 듯 그의 보트 주변을 조용히 돌아다녔다. 그는 니샤가 준 작은 칼을 가만히 내려다보았다.

그 여인. 그의 꿈속에 매일 나타나 하얀 미소를 짓던 여인의 얼굴이 칼날 위에 서려 있었다. 카오는 고개를 들어 정면을 바라보았다. 그의 시야에 프랄린 섬과 큐리어스 섬이 보였다. 이제 잠시 후면 큐리어스 섬에 도착할 것이다. 그는 보트의 닻을 내렸다. 보트는 롤링과 피치를 거듭하면서 인도양의 푸른 물결 위에 일엽편주처럼 떠 있었다.

그는 황금빛으로 변해가는 바닷물로 뛰어들었다. 인도양의 사월은 무척 더웠다. 강렬하게 내리꽂히는 태양 빛의 열기를 받아서인지 물은 따뜻했다. 카오는 물속에 머리를 집어넣은 채 두 팔과 두 다리를 뻗어 가만히 엎드렸다. 그의 몸은 조류를 따라 물 위를 떠다녔다. 카오는 자유와 해방감을 만끽했다. 그의 시야에 하얗고 빨간 산호초와 홍돔, 줄돔이 들어왔다. '저놈들도 자유를 즐기고 있구나.'

눈을 감고 한참 동안 물 위를 떠돌던 그는 차츰 자신이 물과 하나 되는 것을 느끼게 되었다. 물이 그의 손과 몸을 투과하고 있었다. 그는 물 위에 누워 자기 얼굴을 만져보았다. 이상했다. 얼굴의 질감이 느껴지지 않았고 손에 아무런 감각이 없었다. 잠시 후, 그는 배 위에 올라 큐리어스 섬으로 방향을 틀었다. 섬은 이제 그의 시야에 잡힐 정도로 가까웠다.

그때였다. 그의 오른쪽에 거대한 푸른 뱀이 다가오고 있었다. 붉은빛이 감도는 푸른색이 뱀의 비늘 사이로 맹렬히 흐르고 있었다. 마치 푸른색 물결처럼 거대한 뱀은 너울거리며 그에게 가까이 다가왔다. 카오는 꿈속에서 보았던 여인이 뱀의 등에 타고 있는 것을 보게 되었다. 하얀 옷을 입고 긴 머리를 나풀거리는 여인의 몸에서 제비꽃 향이 흘러나왔다. 그가 오래전에 맡았던 향이었다.

뱀의 푸른 비늘이 놀을 받아 오렌지빛과 검푸른 빛을 동시에 반사하고 있었다. 여인을 태운 뱀은 공중으로 떠올라 허공을 몇 번이나 빙그르르 돌았다. 카오는 혼미한 가운데 뱀의 몸짓을 그저 바라만 보고 있었다. 머리와 꼬리가 서로 닿을 듯 몇 차례나 돌던 뱀은 사뿐히 그의 배 앞으로 내려앉았다.

푸른 뱀이 프러시안 블루의 물결을 헤치며 앞으로 나아가자 그의 배는 그 뒤를 따라가기 시작했다. 여인이 얼핏 고개를 돌렸다. 싱긋 미소를 짓던 여인은 어서 자기를 따라오라는 듯 푸른 뱀을 채근하여 큐리어스 섬으로 달려갔다. 그때, 카오는 선명히 알게 되었다. 그 여인은 자신이 너무나도 사랑했던 여주였음을.

*

니샤는 보발롱 해변의 코코넛 나무 아래에 서서 카오가 사라진 수평선 쪽을 유심히 지켜보았다. 붉고 노란 놀 빛이 수평선을 물들였고 그 빛은 그녀 주변에도 고고히 비치고 있었다. 니샤의 오른팔에는 쉐나이가 들려 있었다. 니샤는 왼손에 든 푸른 나침반의 투명한 유리를 내려다보았다. 유리 위에는 카오가 푸른 뱀을 타고 있는 여인을 만나는 모습이 환영처럼 비치고 있었다.

그녀는 그 환영을 보며 이제 마음을 온전히 놓았다. 카오가 자신의 곁을 떠나지 않기를 바랐지만 결국 그는 여주를 만나러 갔다. 그게 그의 운명이었다. 그 운명의 수레바퀴 속에서 두 연인은 영원의 세계로 함께 갈 것이다.

니샤의 붉은 사리가 인도양의 바람에 가볍게 휘날렸다. 그녀는 쉐나이를 입으로 가져가 경쾌한 음조를 연주했다. 소리는 낮고도 흥거웠다. 니샤가 쉐나이를 불자 어느덧 그녀 주변에 푸른 뱀들이 옥시글거리며 모여들었다. 뱀들은 저마다 고개를 흔들며 쉐나이의 박자에 맞추어 몸을 흔들었다.

니샤는 쉐나이를 계속 연주하며 모래사장으로 나아갔다. 뱀들은 그녀의 뒤를 일제히 따라갔고 모래사장에 이르러 그녀를 빙 둘러쌌다. 곧이어 푸른 거북의 무리가 바다에서 모래사장으로 엉금엉금 기어 나왔다. 어느덧 푸른 뱀들과 푸른 거북은 쉐나이 소리에 취해 그녀를 가운데에 두고 한바탕 축제를 벌였다. 흥거운 쉐나이 연주가 끝나고 니샤는 청아한 목소리로 노래를 불렀다.

그대들이여 이제 함께 가라. 투명한 상어와 붉은 피의 향연이 펼쳐지는 저 푸른 바다로. 깊은 밤의 색깔이 몰려올 것이며 청사포와 세이셀의 어느 날 밤에는 천국의 비밀 문들이 활짝 열릴 것이다. 그러면 항아리들에 담겨 있는 물의 맛이 달콤해지리라. 그대들의 과거는 다가올 미래처럼 굳어 있지 않고 유연할 거야. 과거는 확정되어 있지 않아. 그건 과거가 현재의 기억에 의해 다시 만들어진다는 것을 의미하는 거야.

니샤는 쉐나이와 푸른 나침반을 바다로 던졌다. 파도는 두 기물(奇物)을 붉고 푸른 물결 속으로 쓸고 갔다. 어느덧 보발롱 비치에 흑다이아몬드 가루가 뿌려진 듯 어둠이 몰려왔다. 멀리 밤하늘에 스피카가 떠올랐다. 그건 다섯 개의 별이었다. 밤하늘에, 바다 위에, 니샤의 눈동자에. 그리고 카오와 여주의 심장 속에서 반짝이는.

작가의 말

　언제나, 한 편의 소설을 완성할 때마다, 나는 늘 미안했다. 내가 창조한 인물들에게. 내가 무엇이라고 그들의 운명을 결정짓는단 말인가? 과연 내게 그럴 자격이라도 있는 걸까?
　그런 미안함을 안고 나는 소설 속 인물들을 그려냈다. 아니, 정확하게는 소설이라는 장치를 빌려 하나의 우주를 만들었다. 그 도도한 인연의 강 속에서 그들이 질박한 삶을 살도록 내버려 두었다. 이미 내 손을 떠난 존재들이기에. 나의 현 우주에는 존재하지 않는 허구의 인물들에게 생명을 불어넣었고, 그들이 살아갈 어떤 우주를 만들었을 뿐이라고 나 자신을 위무했다. 한 편의 작품이 끝날 때마다 나는 그들을 추념하는 작은 제의를 올리곤 했다. 그 언젠가 나의 작품 속에서 다시 만나기를 원망(願望)하면서.

『푸른 뱀』이 세상에 나오기까지 제법 긴 시간이 흘렀다. 첫 구상, 그러니까 그 어슴푸레하게 떠오르던 얼개들이 활자화되기까지 근 십오 년 이상이 걸렸다. 대학에서 정통문학을 공부했다고 자부하는 나이지만, 등단은 늦깎이로 했으니 십오 년의 세월이 무슨 상관이겠냐마는. 어찌 되었든 나의 첫 장편소설인 『푸른 뱀』은 등단하기 전부터 내 머릿속에 하나의 부채처럼 맴돌고 있던 소재였다.

이 년 전 오월이었던가. 그때 나는 선비의 고장인 담양에 있었다. 그곳의 창작공간인 '글을 낳는 집'에 한 달간 레지던시 작가로 살면서 즐겁고 행복한 마음으로 장편소설을 완성했다. 십오 년의 세월이 결실을 보는 순간이었다. 그동안 썼던 원고를 처음부터 다시 검토하고 플롯을 다시 짜고, 인물 설정도 바꾸면서 많은 노력을 기울였다. 물론 『푸른 뱀』의 제목도 여러 번 바뀌었지만.

소설을 쓰는 틈틈이 첼로 연주를 자주 들었다. 인간의 심장을 가장 편안하게 만든다는 첼로 연주를 들으며 퇴고하는 것은 나에게 있어 가장 큰 기쁨이었다. 기분이 울적할 때는 양금 연주를 들으며 기지개를 켰고, 마음을 차분히 가라앉힐 때는 대금 소리를 들었다. 비가 오는 날이면 처마에서 떨어지는 빗물을 바라보며 비탈리의 샤콘느 혹은 오펜바흐가 작곡한 재클린의 눈물을 듣기도 했다. 소설 속 주인공의 청순가련함을 느껴보고 싶어서 일지도. 이 모두가 소설 속에서 공감각을 지향하는 나의 성향과 무관하지 않다.

가끔 담양의 아름다운 정자들을 입주 문인들과 찾아다니며 힐링의 시간을 가진 것도 무척 행운이었다. 면앙정, 송강정, 명옥헌, 그리고 소쇄원을 비롯한 수많은 정자. 가히 정자의 고장이라고 할 정도로 담양에는 자연과 어우러진 정자들이 무척 많았다. 그 고적한 분위기에 젖은 채 소설의 줄거리를 구상하는 것도 큰 즐거움이었다. 『푸른 뱀』을 상재한 후, 나의 부채 의식이 정자를 감싸고 돌던 안개 속으로 사라진 것이 무엇보다 기쁘다.

첫 소설집의 표제작인 「프러시안 블루」에서도 청사포 이야기는 등장한다. 주인공인 '수'와 '환'은 여주와 우섭으로 존재 회전을 거쳐 다시 세상에 나오게 되었다. 솔직하게 말하면 '수'와 '환'은 장편소설을 구상하는 와중에 먼저 세상 밖으로 나온 인물들이었다. 여주와 우섭에게 현대적인 감각의 외피를 달게 해서 먼저 탄생시킨 인물들이니까. 시간상으로 따지자면 『푸른 뱀』은 「프러시안 블루」의 프리퀄이라고 할 수 있다.

지금부터 수십 년 전이었다. 첫째 아이가 태어난 지 얼마 되지 않아, 나는 가족과 함께 청사포와 가까운 곳에 살게 되었다. 당시의 청사포는 지금처럼 관광지가 아닌, 무척 한가하고 여유로운 동해안의 마지막 어촌이었다. 나는 거의 매일 아침 프러시안 블루로 물든 청사포를 보며 온갖 상상과 환상의 틈바구니를 오고 갔다.

나는 우선 포구의 이름 자체가 마음에 들었다. 청사포에 오기 전부터, 청사포라는 이름을 들을 때마다 나는 그 이름이 주는 생경함과 푸르름, 어딘가 모를 신비로운 풍경을 떠올렸다.

푸를 청(靑), 뱀 사(蛇), 그리고 포구 포(浦). 푸른 뱀의 포구. 이름 자체에서 어딘가 문향(文香)이 가득 배어 있는, 그래서 시적인 향훈이 물씬 풍기는 청사포. 망부송 맞은 편에는 청사포 유래비가 서 있었다. 그 비석 뒷면에 적힌 짧은 전설을 바라보며 떠올렸던 상상의 순간들. 망부송에서 구덕포 방향으로 걸어가다가 만난 손공장군비는 또 어떠하던가?

검은 비석에 한자로 희미하게 쓰인 손공장군비(孫公長軍碑)라는 글자는 또 다른 우주를 떠올리는 신물(神物)이었다. 청사포에 마을이 들어선 후, 처음 당도한 유체를 위로하기 위해 세웠다는 이 비석의 주인공은 과연 어떤 사람이었을까?

뱀이라는 글자가 좋지 않다고 해 후일 마을 어른들이 모래 사로 바꾸었다는 청사포. 푸른 뱀의 포구도 좋고 푸른 모래의 포구도 좋았다. 그 어떤 이름이든 모두 풍요한 이미지를 나에게 주기에 충분했으니까.

우리 민족에게 뱀은 서양과 달리 그리 흉측한 것이 아니었다. 뱀의 머리는 남근을 닮아서 예로부터 다산과 풍요의 상징이었다. 동해안 7번 국도를 따라 올라가면 성 신앙과 관련된 유적지가 많다. 바다에 의존해서 살아가는 어촌 사람들은 늘 삶과 죽음의 문턱을 넘나들었다. 그래서 어촌에는 유독 무녀와 제의가 많았고 그를 통해 어부들은 신과 접촉하고자 했다. 그 모두가 생명에 대한 근원적인 희망이었다. 청사포의 푸른 뱀 전설도 그와 무관하지 않다고, 나는 늘 생각했다. 청사포의 동해안 별신굿 연행이 시작되는 곳은, 전설의 주인공인 김 씨 여인을 기리는 망부송과 그 앞의 당집인 것도 역시 밀접한 관련이 있는 것이다.

해운대 끝자락인 미포와 그 옆의 청사포, 그리고 송정의 시작이자 청사포의 끝자락이기도 한 구덕포. 이 세 포구를 일러 해운 삼포라고 한다. 예로부터 해운 삼포에는 삼 년에 한 번씩 〈동해안 별신굿〉이 열리곤 했다. 풍어제, 풍어굿, 골매기 당제라고도 불리는 이 굿은 그 규모도 장려하거니와 남부 동해안 마을의 문화를 집대성한 소중한 문화유산이다.

『푸른 뱀』의 시작은 청사포에 내려온 전설이었으나 그 전설과 함께 몸을 섞은 것은 동해안 별신굿이었다. 큰무당인 미향과 그의 애제자인 여주, 그리고 그 여주의 남자 우섭의 이야기가 『푸른 뱀』의 큰 줄기이다. 또한 청사포의 제왕으로 군림하는 악의 상징, 강수를 더해서 내 나름대로 청사포라는 공간에서 벌어지는 이야기를 만들어냈다.

우섭이라는 인물을 통해 내 소설은 멀리 인도양의 지상낙원, 세이셸이라는 환상의 섬까지 가닿았다. 거기서 니샤라는 인도계 출신의 무녀를 통해 여주와 우섭이 푸른 뱀이라는 신묘한 존재와 결합하는 모습을, 일종의 매지컬 리얼리즘 기법으로 그려내고자 했다. 그런데 그게 어색하지 않게 통했는지는 독자들의 몫으로 돌리고 싶다. 나의 소설 창작은 여전히 현재진행형이고 앞으로도 무한히 변모할 것이다.

소설은 결국 사람들의 이야기가 아닐까?

『푸른 뱀』은 청사포에 살았고, 지금도 청사포에 살고 있는 사람들의 모습을 그린 것이다. 그 수많은 인연의 얽히고설킴을 통해 청사포라는 우주를 만드는 사람들의 삶을 나는 빈약한 글재주로 표현해 보았다.

어쨌든 홀가분하다. 부산이라는 지역 문단에서 소설가라는 이름을 하나 얻었지만 정작 장편소설을 내지 못한 미안함을 이번에 떨치게 되었으니. 아직도 소설가라는 명칭은 나에게 과분하고 낯설다. 그냥 소설 쓰는 사람이라고 하는 것이 더 편할 뿐이다. 앞으로도 정말 좋은 소설로 독자들을 만나는 '소설 쓰는 사람'이 되고 싶다.

푸른 구름이 머무는 곳, 청운재(靑雲岾)에서
김대갑

푸른 뱀

김대갑 지음

발행처	도서출판 청어
발행인	이영철
영업	이동호
홍보	천성래
기획	육재섭
편집	이설빈
디자인	이수빈 | 구유림
제작이사	공병한
인쇄	두리터

등록 1999년 5월 3일
　　　(제321-3210000251001999000063호)

1판 1쇄 발행 2025년 7월 20일

주소　　서울특별시 서초구 남부순환로 364길 8-15 동일빌딩 2층
대표전화 02-586-0477
팩시밀리 0303-0942-0478
홈페이지 www.chungeobook.com
E-mail　 ppi20@hanmail.net

ISBN　979-11-6855-358-3(03810)

이 책의 저작권은 저자와 도서출판 청어에 있습니다.
무단 전재 및 복제를 금합니다.

이 책은 부산시와 부산문화재단의 지원을 받아 발간되었습니다.